# KRONIKA
## okresu wypowiedzenia

rafał wypiór

# KRONIKA
## okresu wypowiedzenia

WYDAWNICTWO
SONIA DRAGA

Projekt okładki: Joanna Wypiór
Projekt Che Psa: Arkadiusz Tkacz
Zdjęcie na okładce: Arkadiusz Ziółek

Redakcja: Ewa Penksyk-Kluczkowska
Korekta: Anna Rzędowska

ISBN: 978-83-7508-027-8

Dystrybucja:
Firma Księgarska Jacek Olesiejuk Sp. z o.o.
ul. Poznańska 91; 05-850 Ożarów Mazowiecki
tel. (22) 721 30 00
e-mail: hurt@olesiejuk.pl
www.olesiejuk.pl

Sprzedaż wysyłkowa:
www.merlin.com.pl. www.empik.com

WYDAWNICTWO SONIA DRAGA Sp. z o.o.
pl. Grunwaldzki 8-10; 40-950 Katowice
tel. (32) 782 64 77, fax (32) 253 77 28
e-mail: info@soniadraga.pl, www.soniadraga.pl

Skład i łamanie:
STUDIO NOA, Ireneusz Olsza
www.dtp.studio-noa.com.pl

Katowice 2007. Wydanie I

Druk: Abedik S.A, Poznań, ul. Ługańska 1

*Ricie Prosper*
*za niewierność*

Kim jest ten trzeci, który zawsze kroczy obok ciebie?
Kiedy liczę, jesteśmy tylko ty i ja,
Ale gdy spoglądam przed siebie w biel drogi,
Zawsze ktoś jeszcze kroczy obok ciebie,
Sunie owinięty brunatną opończą, w kapturze,
Nie wiem, czy to mężczyzna czy kobieta
– Kim jest ten po twojej drugiej stronie?

T.S. Eliot, *Ziemia jałowa*

# Dzień pierwszy

## (poniedziałek)

Byłem w banku – jak co miesiąc – puścić przelewy. Jak co miesiąc musiałem odstać swoje w kolejce do okienka. Podejrzewam, że to jeden z praktykowanych przez banki sposobów weryfikacji wiarygodności klienta. Jeśli delikwent się burzy, że nie ma czasu, by go marnować na stanie w kolejkach, bo przecież musi zarabiać na raty, z których utrzymuje całą tę hołotę za pulpitami, a zwłaszcza tych wpier... przepraszam, jedzących od godziny drugie śniadanie, jakiś ukryty w tłumie szpicel wpisuje go na czarną listę, a mądrale z gabinetów na wyższych piętrach już wiedzą, co z tym fantem zrobić. I lepiej, biedaku, żebyś miał mocne papiery, bo cię przekwalifikują do kategorii zagrożonych kredytów, a wtedy pogódź się z faktem, że bank, do którego z taką niechęcią przychodziłeś raz w miesiącu, stanie się częstym gościem w twoim domu, ba... to ty będziesz jego gościem w swoim domu, i ciesz się, bo w każdej chwili możesz zostać bezdomnym. Stałem więc pokornie, trzymając w ręku plik rachunków. Nigdy nie chowam rachunków po kieszeniach, bo oni jeszcze pomyślą, że parzą mnie w ręce, a wtedy wpis na czarną listę i... dalej już wiadomo. Rozglądając się wokół, liczyłem ludzi przed sobą i za sobą, liczyłem ludzi wchodzących i wychodzących, liczyłem ludzi za komputerami i bez komputerów, liczyłem żarówki, liczyłem płytki, liczyłem minuty w godzinie, liczyłem cokolwiek, nie liczyłem tylko ochroniarzy, żeby nie pomyśleli, że jestem jakimś

Clyde'em, no i oczywiście nie liczyłem pieniędzy, wiedząc, że i tak nie wystarczy. Absurdalne? I co z tego? W umowie kredytowej roi się od absurdów, a przecież bank nie oczekuje ode mnie niczego więcej prócz dotrzymania warunków umowy. By postawić mnie pod ścianą, wystarczą mu paragrafy, pod którymi złożyłem podpis. Trzymany na muszce weksla, poddany egzekucji, zabijam czas na różne sposoby i… wciąż liczę na łaskę. Przekonuję samego siebie, że nadal warto we mnie inwestować, że chociaż obniżam loty, to nie ma powodów do paniki, to tylko przejściowe turbulencje, tylko na chwilę musiałem odejść od obranego kursu i zanurkować, ale zaraz znów poszybuję ku słońcu. „Prawda, orły?" – zapytałem stojących obok rentierów, a ci pokiwali głowami, potwierdzając, że teraz moja kolej…

Stojąc przy okienku vis-à-vis popiersia wzorowego urzędnika, przykręconego obrotowym krzesłem do cokołu biurka, pozbawionego wszystkiego od pasa w dół, a zwłaszcza jaj, urzędnika, który za pancerną szybą operował moimi pieniędzmi z miną świadczącą o tym, że odbiera należne ofiary – heros pokręcony – bacznie obserwowałem każdy jego ruch. Nie zdradził się ani jednym grymasem. Skłonny byłem nawet uwierzyć, że coś jeszcze po tych przelewach pozostało, ale nie śmiałem zapytać. Ciekawe, co taki sobie myśli, kiedy na jego oczach jakiś nieszczęśnik czyści swoje konto do zera. Jego to nie interesuje. Gdyby interesowało, to dawno zostałby Ministrem Finansów, a tak jest tylko ślepym wykonawcą niedowładnej ręki kulejącej gospodarki. Tylko ja muszę być doskonały…

Przez trzydzieści dni żyję na kredyt z plastikowym paszportem Eldorado, które oferuje azyl wszędzie, gdziekolwiek się znajdę, ale raz w miesiącu to bajkowe *welfare state* zamienia się w pamiętliwego Lewiatana, żądającego ofiary całopalnej i biada mi, jeśli w Jego Dniu nie złożę mu hołdu… „Niech będzie pochwalony!"

– APAGE – odpowiedział, jakby znał moje myśli.

– Słucham?

– Autoryzacja Przelewu Gotówkowego – wyjaśnił, podając mi samokopiujący druczek.

Podpisałem go bez czytania, szczęśliwy, że jakimś cudem Lewiatan połknął rzuconą na tacę *limited edition* moich zasobów.

– Dziękuję! – powiedziałem, oddając kopię druku.

– Odejdź i nie grzesz więcej.

– Słucham? – zapytałem, zdziwiony tą poufałością.

– Nic, nic – usłyszałem w odpowiedzi, więc odwróciłem się na pięcie i skierowałem do wyjścia.

– Przed chwilą przyjął pan wymówienie – dobiegło mnie zza pleców. – Okres wypowiedzenia właśnie się rozpoczął.

– Jakiego znowu wypowiedzenia? – Chciałem zapytać. Tylko, po co? Przecież ja jestem na permanentnym wypowiedzeniu warunków życia. Miesiąc w miesiąc odliczam dni dobrobytu, żeby w ostatnim za ostatnie pieniądze wykupić opcję prolongaty. Jestem człowiekiem miesiąca, który nie sięga dalej wyobraźnią. Przede mną trzydzieści dni. Nie ma co czekać…

# Dzień drugi

## (wtorek)

„Nie ma co czekać" – powiedziałem ni to do siebie, ni to na wspomnienie poprzedniego dnia, kiedy w końcu zdecydowałem się zamknąć geszeft po całym dniu beznadziejnego wypatrywania klienta. Dzisiaj znowu nic się ludziom nie zepsuło, a w każdym razie niczego nie chcieli naprawić, więc z braku lepszego zajęcia naprawiłem kalkulator, którym onegdaj rzuciłem o ścianę, po tym jak licząc do dziesiątego miejsca po przecinku marżę na sprzedaży jakiegoś szpeja, sam pobrał prowizję, a tym samym pozbawił mnie zysku. Kalkulator znów był na chodzie i mamił mnie dziesięciocyfrowym wyświetlaczem, ale nie miałem na kim przetestować poprawności swoich kalkulacji. Pieprzona recesja! Jak długo prowadzę ten Punkt Usług dla Ludności, nie pamiętam takiej kiszki. Jakby wszyscy moi klienci powymierali. Kiedyś było to miejsce sąsiedzkich spotkań, gdzie zmagano się ze złośliwością rzeczy martwych i wymieniano nowinki z życia osiedla. Teraz przypomina położoną z dala od szlaków handlowych samotnię, po której kręcę się zdziwaczały. Niczym pustelnik odbywam codzienne procesje po tym bezpańskim gospodarstwie domowym, pochylając się nad każdym osieroconym artykułem, by wysłuchać jego próśb. Rozmawiam z oniemiałymi radioodbiornikami, zaglądam do wnętrza ociemniałych telewizorów, uczę chodzić sparaliżowane zegary, namaszczam olejkiem upadłe suszarki, sklejam, skręcam i lutuję porozbijane części i tchnę w nie wolę wynalazcy, przywracając godność dziełom ludzkiego geniu-szu, po czym rozdaję potrzebującym, odmawiając litanię, by przestrzegali instrukcji obsługi. Na nic to jednak, cała ta banda nie ma szacunku do owoców ludzkiej pracy. Zacho-wują się jak Ruscy w czterdziestym piątym – swołocz jedna – szturmują bazary i hipermarkety w poszukiwaniu tande-ty na promocji, a potem hurtem wymieniają stare na nowe i kombinują, gdzie to wszystko poupychać w tych swoich za ciasnych M-4. W końcu, kiedy już nie ma miejsca nawet na balkonie, pozbywają się staroci, a jeszcze kilka lat temu da-liby się poćwiartować, żeby tylko ich elektryczne cudeńko nie trafiło na śmietnik. Gotowi byli zapłacić każdą cenę za wskrzeszenie trupa, całując rączki (złote, rzecz jasna) i do nóżek padając, by obywatel fachowiec raczył znaleźć dla nich trochę czasu…

Zamknąłem sklep i poszedłem na zaplecze. Usiadłem nad klawiaturą komputera, przy którym poprzedniego dnia, po powrocie z banku pracowałem nad biznesplanem. Ach, co to był za twórczy szał. Z pasją wizjonera komponowa-łem swoje *opus magnum*, zapisując na pięcioliniach Excela melodię przyszłości. Dzisiaj nic jednak nie grało. Przez kil-ka chwil wpatrywałem się tępo w cyferki, które wdzięczy-ły się z rubryk arkusza kalkulacyjnego niczym prostytutki w oknach czerwonej uliczki w Amsterdamie, świadom, że one nigdy mi się nie oddadzą, mogę je sobie tylko pooglą-dać przez szybę monitora i pomarzyć, że wszystkie są moje i wszystkie pracują dla mnie – rajfura kreatywnej księgowo-ści. „Suki wredne, zobaczymy, jak teraz będziecie tańczyć". Ruchem pianisty ułożyłem palce na klawiaturze. Zastygłem, dając im ostatnią szansę. „Wystarczy, że zapuka spóźniony klient i rzuci na ladę najnędzniejszą spośród was, odzianą w łachman wytartego od obłapiania bilonu, a zagram kan-kana"… Cisza… Control+Zetem dałem sygnał do odwrotu. Cyk-cyk, cyk-cyk, cyk-cyk. Wystukując marsz żałobny na dwa palce, żegnałem swoje nienarodzone dziecko, punkt po punkcie skazywałem na niebyt biznesplan firmy, która miała zagrozić imperium Billa Gatesa. Poddając rewizji proces akumulacji kapitału, kasowałem zapisy złudnych kalkulacji, by powrócić do punktu zero. Usunąłem ze swojego życiorysu ostatnie dwadzieścia cztery godziny, cofając się na start, do punktu wyjścia z banku, gdzie ze świadomością *tabula rasa*, jakbym w bonusie otrzymał nowe życie, uwierzyłem, że w tej grze dam sobie jeszcze radę, i pognałem przed siebie jak Lara albo Lola, wszystko jedno – moje pięć minut, trzydzieści dni terminatora, właśnie się zaczęło, więc… „Nie ma co czekać" – powtarzałem w kółko, snując plany przekształcenia dogorywającego Punktu Usług dla Ludności w skład komputerów. „Genialny to plan, nie ma co…" Ctrl+Z… „genialny to plan…" Ctrl+Z… „genialny…" Ctrl+Z… Tak więc znów wyczyściłem swój dysk. Tym razem jednak już naprawdę na nic nie czekam. Odmawiam dalszego przetwarzania danych na własną modłę. Wyrażam zgodę na postawienie mnie w muzeum techniki obok sędziwego Eniaca. Zwalniam miejsce dla facetów nowej generacji. Niech sobie sami przetwarzają czipy na pecety, a pecety na peeleny. Mnie widać pisane pozostać do końca właścicielem PUdla (Ludności). Kończę sesję, kwituję, zamykam.

„Czy chcesz zachować zmiany?"

Z zimną krwią sięgnąłem po kabel, ująłem go pewnie w swoje ręce i mocnym szarpnięciem wykonałem twardy reset.

# Dzień trzeci

## *(środa)*

I pomyśleć, że po takim resecie można się jeszcze obudzić. Poruszyłem nogą – prawą, potem lewą, jedną ręką, potem drugą i dalej poszło jak co dzień – wszystkie układy sprawne. Dysk gotowy do pracy, w końcu po powrocie na rodzinne łono poddany został regeneracji przez parę domorosłych specjalistów z zestawem małego majsterkowicza. Wszystko byłoby w porządku, gdyby nie to oprogramowanie, w którego algorytmie co kilka kroków, niemalże obsesyjnie, powtarza się komenda: „GO TO START". Teraz już wiem, że ten nowy dzień to żaden bonus, tylko kolejny rozdział rozpisanej na trzydzieści etapów erpegry, opartej na pętli, która z nastaniem trzydziestego dnia zaciska się wokół szyi bohatera, i nie ma sposobu, by cokolwiek zmienić w tym scenariuszu. Wszedłem do komnaty z napisem: „BATHROOM", wziąłem do ręki szczoteczkę i przetarłem nią wnętrze jamy ustnej. Póki co nie miałem pojęcia, do czego przyda mi się ta czynność, ale ufałem, że tkwi w tym ukryty sens, który stanie się jasny w jednej z kolejnych komnat. Znowu pojawiła się komenda: „GO TO BANK". Zignorowałem ją, uznając, że to pułapka – krytyczny wyjątek, który przedwcześnie zamknie program. Poszedłem do kuchni, gdzie miałem doładować kalorie. Po kuchni krzątała się kobieta. W pierwszej chwili chciałem rzucić w nią nożem, ale się powstrzymałem. Kobieta może mi przyrządzić śniadanie – pomyślałem – należało tylko użyć magicznych słów: „proszę" i „kochanie".

Wprawni gracze dawno odkryli działanie tych zaklęć. Niestety, darowanie życia miało również złe strony. Przy śniadaniu trzeba było wysłuchać jej narzekań, które w miarę przechodzenia na konstruktywne tory myślenia układały się w nieprawdopodobnych rozmiarów listę zakupów. I znowu zapaliła się czerwona lampka – „GO TO BANK". „Nie pójdę, nie będę prosił o żadną chwilówkę, przecież i tak w moim położeniu nie mam żadnych szans". Siedziałem bez słowa, próbując rozgryźć jej rolę. Zachowywała się jak akwizytor albo zaopatrzeniowiec jakiejś hurtowni. Czyżby to była potężna królowa hurtu i recyklingu? Nie, to tylko jedna z jej córek. Królowa hurtu i recyklingu to moja teściowa. Skoro tak, to nie muszę jej dłużej słuchać. Wstałem od stołu. Zapytała: „Dokąd idziesz?". Powiedziałem, że umyć zęby. „Znowu? Już dzisiaj trzeci raz myjesz zęby!". Nic nie odpowiedziałem. Nie dałem się wyprowadzić z równowagi, to podobne do początkującego gracza, zbytecznie tracącego energię na użeranie się z potworami, które robią tylko dużo hałasu. Wróciłem do komnaty z napisem: „BATHROOM", odprowadzany wzrokiem przez moją Moni bliską rozpaczy, moją wrażliwą Moni, moją współczującą Moni, moją zaniepokojoną Moni, moją Moni, która już wie. Pewnie podejrzewa mnie o melancholię. Zastanawia się, czy to zaraźliwe, bo jej wystarczy, że cierpi na chandrę. Cierpi na chandrę, odkąd usłyszała to słowo. Dzięki chandrze łączy się z całym trzecim światem i rozpacza nad losem ginących gatunków.

– Moni, ratuj! – zawołałem spod prysznica.

– Wołałeś mnie?

– Moni, to ja, przedstawiciel wymierającego gatunku właścicieli PUdli.

– Wielorybku, wołałeś mnie? – zapytała, stając w drzwiach.

– Podaj mi, proszę, ręcznik.

Podała ręcznik, czule – miękki – przytul się. Nie! Żyj sobie dalej, Moniczko, w przekonaniu, że to tylko melancholia – nieświadoma prawdziwej pustki w naszym życiu. Tylko ja znam stan naszego konta… i wystarczy – pod tym względem zawsze byłem gnostykiem, a zresztą ty nigdy się nie paliłaś, by posiąść tę tajemną wiedzę, zainteresowana wyłącznie aktywami utracjuszowskiego sposobu życia. Pasywa wekslowałaś na mnie, bo, jak powtarzasz, masz za słabe nerwy. Przez cały dzień trapiło mnie, że po takim poranku moje Monidło może się czegoś domyślać. W drodze z pracy kupiłem kwiaty. Nie robię tego prawie nigdy, więc taka fantazja powinna ją ująć i rozwiać wszelkie obawy. Na wyprzedaży po Wszystkich Świętych wypatrzyłem bukiet „bratków-rabatków – za półdarmo kwiatków". Kiedy wróciłem, leżała w łóżku i czytała jakiegoś Grishama, chociaż ciągle jej powtarzam, że Grisham to grafoman, a prawdziwe sensacje piszą kasy fiskalne na paragonach. Trzeba tylko je przeczytać od deski do deski, nie uronić żadnej cyferki, a potem wszystko zsumować i wiadomo, kto kogo zabije. Położyłem doniczkę z bratkami na stoliku nocnym i od razu pożałowałem, że nie kupiłem drugiego bukietu – na drugi stolik, pewno wytargowałbym dodatkowy rabat i miałbym symetrię, tak jak lubię, bo dla mnie piękno wyraża się w symetrii i równowadze ciążenia. Nasze małżeńskie łoże zapadałoby się wśród nagrobnych kwiatów, piękne i dostojne niczym grobowiec familii, wspominający lata świetności, dzisiaj miejsce spoczynku, przerywanego już tylko masażami, bo przecież moja wampi-żona musi zachować w sprawności ciało, co to ma być wskrzeszone w Dniu Pańskim – jej ostatnia nadzieja na ułaskawienie – w takich chwilach po okolicy rozchodzi się szczękot kości, aż dzieci budzą się przerażone tym domowym halloween, a ja wycieńczony wcieraniem balsamów padam, oszukawszy sprawnymi pąlcami resztki libido…

Zlustrowała bukiet, powąchała, siląc się na uśmiech i zapytała: „Kupiłeś balsam?". Zapomniałem. Jak mogłem zapomnieć? Przecież tyle razy powtarzała, nawet chciała mi zapisać. „I co teraz?". Nic, oczywiście wrócę kupić balsam, by mogła zmumifikować ten swój wiecznie zblazowany wyraz twarzy kobiety, która zrozumiała, że już wyżej nie podskoczy, a nie chce pojąć, że można jeszcze skoczyć w dół. Nie mieszkamy wysoko, bo wysoko mieszka hołota, co się gnieździ w wieżowcach. Póki co, mieszkamy w czteropiętrowcu. Póki co, dodaje, bo marzy jej się domek z ogródkiem. Pstryk i stoi domek, drugie pstryk – jest i ogródek. Nie za mały? Mogę jeszcze raz pstryknąć. Pstryk – bulwary nad rzeczką, tak jak sobie wymarzyła, pstryk – mostek, a pod nim urocze tekturowe mieszkanko. Uniwersalny zestaw dla czteroosobowej rodziny – dwa duże pudła mieszczą dwa mniejsze, wszystko waży nie więcej niż pięć kilogramów i po spłaszczeniu jest łatwe do przenoszenia. Niestety, nie jest odporne na deszcz i chłód. Dlatego na jesień i zimę zaleca się wkładanie ciepłych skarpet i zażywanie aspiryny.

– Gaszę – pstryk. – Miłych snów, Monidło.

# Dzień czwarty

## (czwartek)

Idąc do pracy, minąłem kolejkę do kuchni brata Alberta. Mimo że to dopiero dziewiąta, a pierwsze posiłki wydają o trzynastej, oni już stoją – filary bezrobocia, profesjonaliści na rynku usług socjalnych, petenci miłosierdzia. Z każdą chwilą będzie ich przybywać, aż koło południa stłoczeni zajmą cały chodnik. Z każdą chwilą kolejka nabrzmiewa niczym wątroba trawiona marskością albo wyrostek robaczkowy, który niejeden szanujący się przechodzień miałby ochotę wyciąć. Punktualnie – stanowczo za późno – przychodzą świeżo zdegradowani – ostatni pomiot kryzysu na rynkach światowych i lokalnych. Zdziwieni, że jest ich tak wielu, zajmują miejsce na szarym końcu i z postawionym kołnierzem *à la incognito* czekają na stolik.

– *Oui Monsieur, es que vous voudrais une tableau a fenetre?* – łamaną francuszczyzną pyta rosły garson.

– Dziękuję, niech będzie pierwszy lepszy, byle nie przy oknie – odpowiada grzecznie świeżo upieczony amator kuroniówki. Boi się, że ktoś go rozpozna. Łudzi się, że dane mu będzie powrócić do świata, gdzie z wypiekami na policzkach znów będzie słuchać doniesień giełdowych, jak wtedy, gdy na hossie w jeden dzień zbił fortunę, jakiej nie dorobiłby się przez całe życie, pracując na etacie. Żeby nie wypaść z obiegu, wyławia każde słowo płynące z tranzystora sąsiada. Rozkoszuje się dynamicznym rytmem komunikatu, a ten, nie zatrzymując się przy znakach przestankowych, pruje z oszałamiającą prędkością jak jakiś InterCity z najnowszymi wieściami ze stolicy. Informacja goni informację, a każda z nich, każdy bit uwodzi jego szare komórki i rżnie je na potęgę, jak za dawnych lat, aż wydadzą z siebie jęk rozkoszy – jęk geniuszu, i na tym nie koniec, bo one chcą jeszcze, jak podjarane z nagła nimfomanki, bez końca, aż do krwawienia, wytrysku, eksplozji krwi do mózgu...

*Przedpołudniowa część dzisiejszych notowań przekonuje, że ubiegłotygodniowy atak podaży i przełamanie krótkoterminowych wsparć nie były przypadkowe. WIG ze sporym impetem spadł w początkowej części sesji i osiągnął 1635 punktów. To oznacza, że niewiele go już dzieli od dołka z minionego czwartku...*

Czwartek, kiedy to było? Nieważne, dowie się z jadłospisu. Teraz trzeba analizować, kalkulować, prognozować, zdywersyfikować indeks na akcje i obstawić. Czym? Nieważne, chodzi o zasadę.

*Wspomniana luka bessy to obecnie bardzo ważna bariera dla byków...*

Ile by dał, żeby stać teraz na parkiecie i stukać podzelowanymi obcasami w klepki, jak buhaj, który chce nabić cały ten świat pieniądza na swój róg.

*Dopiero przedarcie się przez nią zdecydowanie poprawi sytuację techniczną i pozwoli zredukować ryzyko dalszego ruchu w dół. Dopóki tak się nie stanie...*

A więc jednak – nadchodzi zwyżka. Potrafił czytać między linijkami i dałby się pokroić, że zaraz usłyszy receptę na złoty strzał.

*...nie warto chyba...*

Coooo?!

*...śpieszyć się z zakupami akcji...*

Wyraźny spadek nastroju.

*Wiele zależy teraz...* *

---

* Fragmenty komentarza giełdowego z serwisu internetowego Wirtualnej Polski.

– Żesz kurwa jego mać, ile można w koło pierdolić o tym samym?! – zaklął siarczyście właściciel tranzystora, okazując *désintéressement* dla tej niekończącej się prognozy pogody dla bogaczy. Ten czciciel słońca i bezwietrznej pogody, *flower power peacemaker*, weteran walk na froncie atmosferycznym ma gdzieś wszystkie nazdaki i wigi, bo odkąd znalazł nocleg pod gołym niebem, na nic mu wskaźniki temperatury na giełdzie (zresztą wcześniej też nic z tego nie rozumiał), lata mu szczytowanie kursów akcji i opadanie nastrojów inwestorskich; on ze swoją prostatą ma nieustającą hossę, a korridy byków na parkiecie są dobre dla lalusiowatych gogusiów w czerwonych szelkach na debecie adrenaliny – jemu wystarczą emocje *encierro*, gdy ucieka ulicami miasta przed bezpańskimi psami. Dlatego, DO KURWY NĘDZY, chce w końcu wysłuchać normalnego komunikatu meteorologicznego, wicherka, chmurki albo innej pizdy, która w skali Celsjusza określi jego rokowania na najbliższą przyszłość. MOŻE CZY NIE?!

– NIE! – zaprotestował w duchu Makler i powrócił myślami na parkiet. Wyobraził sobie, że znów stoi w tłumie jemu podobnych dzieci szczęścia, które przyjechały z prowincji, by zdobyć Warszawę, a potem Manhattan, Tokio, Londyn. Nerwowo przegląda gazetę, ale nie jest w stanie skupić się na czytaniu. Wlepia wzrok w pustą tablicę notowań. Może wypatrzy ciąg liczb swoich marzeń. Nic nie widać. Tak jest zawsze na minutę przed otwarciem sesji. *Tabula rasa*, jakby dopiero się urodził. Nie wie nawet, jak się nazywa i kim zostanie. I co z tego? Może być każdym, wystarczy otworzyć rachunek powierniczy. Może zostać nawet Rockefellerem. Rozlega się dzwonek…

– Ale ja… jak tam jest? – pyta jakiś jąkała.

Właśnie – *alea iacta est*. Na tablicy zabłysły pierwsze cyfry i przedefilowały w prawo, by zrobić miejsce kolejnym, które, jak modelki na wybiegu, paradowały dumne ze swych wdzięków. Tłum ruszył do przodu, a on z nim. Poddał się nurtowi prących przed siebie ciał, jakby dryfował rwącą rzeką i nagle pojął, że aby zagrać o najwyższą stawkę, musi wyjść z tej rzeki, przekroczyć Rubikon i postawić wszystko na jedną kartę, zostawić za sobą całą tę miernotę i uciec do przodu, w politykę, wejść w układ z prominentem – ustalić procent za informację z czarnej teczki i rozegrać partię życia... „Kości zostały rzucone" – zawył i wybiegł z kolejki.

– Słyszeliście? Rzucili kości – zawtórował ktoś z nadzieją w głosie.

– Ale ja... jak tam jest? – zagadnął ponownie jąkała.

– Gdzie?

– N... no w... sirodku.

– Chuj cię to obchodzi! – zganił jąkałę właściciel tranzystora. – A ty co? – zwrócił się do mnie, zauważywszy, że mu się przyglądam – Spierdalaj na koniec kolejki.

– Chciałem tylko popatrzeć – wyjaśniłem spokojnie.

– Po... paczeć to s... se możesz w makdonaldzie, a tu w... wypad na koniec.

Przez chwilę się wahałem, czy nie skorzystać z zaproszenia i już teraz dołączyć do tych bękartów, osieroconych przedwczesnym odejściem Prosper Rity, zamknąć na trzy spusty PUdla i zostać utrzymankiem brata Alberta. Ale nie mógłbym tego zrobić mojej Moni. Ona tak lubi razem odkrywać nowe knajpy. Wrócimy tu zatem niebawem całą rodzinką. Staniemy w kolejce i...

Klaps w ramię – zaczynamy próbne zdjęcia do filmu z gatunku kina strukturalnego niepokoju. „Statyści do kolejki! Pan, no pan z tym głupim wyrazem twarzy (to ja) na koniec! Pani ładna (to moja Moni), królowa elfów czy jak, pani stanie pośrodku tych trolli! Te bachory (to moje dzieci) też!".

Staje, jaśnieje niczym anioł, strącony do piekieł przez niedopatrzenie opatrzności, czeka tylko na znak, by zgodnie z napisanym pod nią scenariuszem wzbić się w wyższe sfery, gdzie jej miejsce. Wokół niej biegają dwa amorki, kandydujące do bandy nieletnich nożowników, umilają sobie czas przebijaniem serc żabom i jaszczurkom. Tylko ja jakoś nie mogę się odnaleźć w nowej roli, ale pewno na tym właśnie polega moja rola.

Z ulic najpiękniejszego miasta Wschodu mówił do Państwa Reces Jan.

# Dzień piąty

## (piątek)

Był rok osiemdziesiąty ósmy – już nie czarna noc stanu wojennego, ale jeszcze nie jutrzenka wolności, przynajmniej na śląskiej prowincji. Spotkali się, by stworzyć coś na kształt stowarzyszenia wspólnych ambicji, wykraczających poza granice wyobraźni mieszkańców miasteczka, w którym się urodzili, wychowali i w którym spodziewali się umrzeć. Benek, Pyziu, Wiechu, Olo, Miglanc i Makler. Wkraczali właśnie w dorosłość. Rzutem na taśmę poznali, co to przyjaźń.

Benek – sierota, rekompensujący sobie deficyt więzi rodzinnych budowaniem siatki bliższych i dalszych znajomych. Miał własne mieszkanie, które zamienił w ambasadę przyznającą azyl każdemu, kto tylko przekroczył jego próg. To tam właśnie urządzili metę.

Pyziu – prototyp cyborga, wyposażonego w nadludzką inteligencję i prowizoryczną powierzchowność, jak to bywa z prototypami. Pod skorupą z tworzywa sztucznego nieszczęśliwy, jak każdy osamotniony cyborg wśród istot niższego gatunku. Robot uniwersalny, a przez to pozbawiony konkretnych zastosowań.

Wiechu – ekstrakt wielkich postaw i dylematów. Reagował z herbatą, którą pił ze spodeczka z powodu braku koordynacji ruchów i zamiłowania do literatury rosyjskiej. Tworzył wtedy roztwór o bardziej przejrzystej konsystencji, choć nadal niejasnym działaniu. Bywał przewidywalny jedynie na szachownicy, lecz i tu rzadko – przy spadku formy.

Olo – po prostu Olo. Olo był zawsze. Bóg nie zdążył jeszcze stworzyć świata, a Olo już był.

Miglanc – jebaka i intelektualista albo intelektualista i jebaka, w zależności od tego, co akurat było pod ręką – dupa czy książka, do tego trybun w walce o wolność i demokrację, Król Maciuś II w gabinecie cieni, testujący talenty przywódcze na swojej świcie.

Makler – syn prywaciarza, z mlekiem matki wyssał zamiłowanie do interesów, ale ani myślał przejmować rodzinny biznes, wolał już zostać hochsztaplerem, chociażby w świecie idei.

Ukonstytuowali się pod nazwą, która brzmiała jak manifest, na jedną z liter nadziali flagę i zaczęli obalać komunizm. Ulotki, gazetki, kolportaż, graffiti – słowem wszystko to, co dzisiaj brzmi jak zabawa małych chłopców w wojnę. Prócz tego imprezy i dyskusje po świt – wtedy bardziej o smaku świeżo zerwanych owoców niż fermentu wina. A wino było parszywe, nawet to mszalne, którym schładzali gardła, gdy w domu parafialnym drukowali plakaty wyborcze, bo nikt inny w promieniu stu kilometrów nie potrafił tego robić, choć było wielu gotowych sprawować rządy dusz, nawet w tej zapadłej dziurze. Po wyborach uznali, że system runął. Już bez oficjalnej formuły spotykali się nadal, nie mając pomysłu na to, *szto diełat'*. Stopniowo politycy przestawali się interesować szczylami, którzy nie potrafili zerwać z atawistycznym antykomunizmem i anarchistycznymi ciągotami, a i sami nie chcieli się paprać polityką. Upajali się słowem i upijali winem, wlewali do głów ferment, aż zaczęło być cierpko.

Każdy odejdzie w swoją stronę,
nie będzie wcale błogosławione
nasze samotne, nocne łkanie.

– obwieścił Miglanc w pijackiej malignie. „Bzdura" – orzekli pozostali i przewrócili się na drugi bok. Mieli przecież wspólne ambicje, wystarczyło potraktować je serio. I znów spotkania nabrały rumieńców, ale wracając do domów nad ranem, potrafili już wyobrazić sobie życie na własny rachunek. Słowa, które padały w niekończących się dyskusjach, nie chciały być dłużej zakładnikami ich przyjaźni. Roiło im się w pojedynkę poszukiwać prawdy lub przynajmniej sensu, ale skrojonego na własną miarę. Stali się samowystarczalni. Przez wzgląd na przeszłość kultywowali spotkania. Rytuał odziewał nagą prawdę. Nie mogli się zdobyć na bezpretensjonalną szczerość. Byli przecież starymi znajomymi, ani się obejrzeli…

Pierwszy odszedł Pyzio – pod pretekstem wyjazdu na studia. Ulokował się w stolicy, w kawiarni sejmowej, gdzie obserwując pozakulisowe życie elit, logował się do systemu na najwyższym poziomie dostępności danych.

Wiechu nigdzie nie odszedł. Po prostu spauzował – został w domu, założył kółko szachowe dla małych okularników i przy pomocy tych niedorobionych paziów trzymał w szachu swoje rozterki.

Olo ożenił się z kobietą, która nie lubiła, jak mąż późno wraca do domu. Za to dała mu syna, który na dziadka wołał upa i zachowywał się, jakby był tutaj zawsze, Bóg nie zdążył jeszcze stworzyć świata, a on już był – do czasu, bo w końcu wszyscy spakowali manele i pojechali do Efu.

Makler i Miglanc pokłócili się o flaszkę wódki, co to w nią wspólnie zainwestowali, a jeden wypił. Benek, ten sk…, nie chciał pożyczyć na nową i zatrzasnął przed nimi drzwi. Co za kaszana! Nie mieli gdzie pójść, więc poszli w magistry.

Rozjechały się chłopaki po świecie i chuj z nimi.

Piiiiii…piiii…
– Słucham.
– Pyziu?
– A kto mówi?
– Nie poznajesz?

– ...?

– Jeżeli nie wiesz, kto mówi, to nie ma o czym mówić.

– ...

Piiiiii...piiii...

Piiiiii...piiii...

– Słucham.

– Pyziu?

– A kto mówi?!

Piiiiii...piiii...

Piiiiii...piiii...

– Czego chcesz, Makler?

– Może najpierw zapytasz, co u mnie słychać?

– Po co? Przecież wiem.

– Potrzebuję pomocy.

– Ale ja nie mam pieniędzy.

– Ale ja nie chcę pieniędzy.

– To po co dzwonisz?

– Szukam przełożenia na nieprzekupnych.

Piiiiii...piiii...

Piiiiii...piiii...

– Halo!

– Sorry, Pyziu, skończyły mi się impulsy...

– Pięć.

– Co pięć?

– Pięć procent.

– Jakie pięć procent?

– Pięć procent od zysku na kontakcie.

– Pyziu, czy ciebie Bóg opuścił?

– Inni biorą więcej, a ja ci jeszcze wystawię fakturę.

– Pyziu, ciebie chyba naprawdę pojebało w tej Warszawce.

– Usługi lobby i PR plus dwadzieścia dwa procent VAT.

– Ale kontakt jest pewny?

– Jaki tylko sobie życzysz.
– Bo widzisz, ja chcę zagrać na bessę…
Piiiiii…piiii…

Piiiiii…piiii…
– Halo!
– Pyziu…
– Ciulu, nie przez telefon! Jeżeli akceptujesz warunki, to spotkamy się i pogadamy o tym *face to face.*
– OK, znaczy się *comprende.*
– To jak? Jutro na Foksal, o dwunastej?
– Jebał cię pies.
– Nie mogę uwierzyć, że cię jutro zobaczę…
Piiiiii…piiii…

No to załatwione. Nie miał wątpliwości, że Pyziu da mu wymarzony namiar na prominenta. Musi tylko zdobyć kesz na pociąg i jakiś obiadek we dwóch. Przecież nie może liczyć na to, że Pyziu po starej przyjaźni będzie płacił za siebie. Chyba że da się nakręcić na cały *deal* i wyłoży gotówkę na zabezpieczenie akcji. W przeciwnym razie będzie musiał szukać sponsora gdzie indziej. Ale z tym akurat nie ma problemu, wystarczy mieć dobry pomysł i podpisać cyrograf, a wiadome osoby chętnie postawią do dyspozycji pieniądze, które i tak wiodą podwójne życie… No i proszę, jak Pyziowi wyszła na dobre niechęć do konkretnych zajęć. Ma wprost wymarzony fach w III Rzeczypospolitej. Tylko patrzeć kiedy wpisze się na listę najbogatszych biznesmenów i będzie doradzać młodym *yuppie,* jak robić interesy. Będzie im wciskać dyrdymały o samozaparciu, wyrzeczeniu się wszystkiego dla firmy, stymulującej roli konkurencji i przyszłości, która stoi otworem przed każdym młodym człowiekiem, pełnym zapału i talentów. O, i założy fundację na rzecz wspierania młodych demokracji – to do niego podobne… Lobbysta pierdolony.

Piiiii...piiii...
– Tak?
– Miglanc?
– Co tam?
– Szukam wsparcia medialnego.
– No i...
– Może twoja gazeta opublikowałaby parę poufnych informacji. Zabawiłbyś się w dziennikarza śledczego...
– Ciągle grasz na bessę?
– Nie przez telefon, bucu!
– Dobra, dobra... a co ja z tego będę miał?
– Ty czy twoja gazeta?
– Ja i moja gazeta.
– Chodzi ci o ryczałt czy prowizję?
– Dla mnie trzy procent, dla gazety siedem reklam na ćwierć strony, w dodatku biznes.
– Nie da się taniej, po znajomości?
– Już jest po znajomości. Cynk z ulicy musi okupić się roczną prenumeratą dla biednych dzieci z Podhala.
– Hmmm... jeszcze zadzwonię.
– Tylko nie waż się iść do konkurencji.
Piiiii...piiii...

Poszło jak po maśle. Potrzebował już tylko adwokata, na *wsjakij słuczaj*. Wykręcił numer Benka... Nie ma to jak starzy znajomi.

# Dzień szósty

## *(sobota)*

Pierwszy tydzień w plecy. Przede mną dwa dni niezasłużonego wypoczynku i zasłużonego bólu głowy. Kiedy jeszcze interes się kręcił, w piątek wieczorem padałem ze zmęczenia. Leżałem cały weekend do góry brzuchem jak po nokaucie, jakby wszystkie pięć dni zacisnęło się w tydzień i runęło na mnie z impetem pięćdziesięciu dwóch tysięcy ośmiuset niutonów, które przyłożone do punktu na wysokości stu siedemdziesięciu sześciu centymetrów robią miazgę z ciała o masie siedemdziesięciu pięciu kilogramów – oto wzór na tygodniową normę pracy w przeliczeniu na jednego ciula. Byłem tytanem pracy, mistrzem wagi półciężkiej, jednym z miliona tajgerów wschodzącej gospodarki, która miała posprzątać światowe rynki po upadłych imperiach, w sobotnie noce kibicowałem naszemu Andrew, kiedy za oceanem robił porządek na ringu. A dzisiaj? Co dzisiaj mam począć z weekendem, który szlaja się po moim życiu jak bezrobotny po mieszkaniu? Przecież nie będę cały dzień siedział przed telewizorem, oglądając walki ruskich z jankesami, jakby historia zakreśliła koło. A zresztą, dlaczego by nie? To lepsze niż cotygodniowy mityng w supermarkecie – sparing w Sparze, gdzie przy kasie zawistny babsztyl w roli arbitra wyliczy cały mój limit, nie dbając o to, że do końca walki pozostały jeszcze dwadzieścia cztery rundy. Lepiej więc może, zamiast na deskach, przeleżeć tę gorączkę zakupów w łóżku. Tylko co to da? Wydłuży jedynie agonię moich finansów, a tak przynajmniej razem z Monidłem zaoszczędzimy trochę miłych doznań na wspomnienie ostatnich dni dobrobytu, by procentowały i odkładały się w głowie w wiarę w postęp ludzkości. Coś przecież trzeba przekazać dzieciom w spadku...

A zatem całą rodziną wybraliśmy się do supermarketu, nawigowani billboardami, które wskazywały drogę do najtańszego schabu z kością. Z każdym skrzyżowaniem nasze szeregi rosły. W końcu dołączyły do nas obładowane po dach autobusy, które wzorem paryskich taksówek, kursujących ofiarnie na front pod Marną w pogoni za marnością, hurtem dowożą mięso armatnie na miejsce decydującej bitwy o handel. Korespondenci donoszą, że nastroje w armii konsumentów są poprawne, można nawet mówić o umiarkowanym optymizmie. Wszak dzisiaj w promocji z jajami rower górski z przerzutkami. Do tego normy jakościowe i metody konserwowania mięsa, o których nie śniło się twórcom Mauzoleum Lenina. Złudzeni obietnicą długiego okresu przetrwania, zaczynamy kolejny weekend shoppingowego harakiri z amerykańskim uśmiechem na ustach i podobizną Che na sercu – dzieci rewolucji cenowej. Cała władza w ręce rat. Cała przyjemność po naszej stronie. Cała przyszłość po stronie pasywów – określona jak terminy płatności, odroczona jak wykonanie kary. Po stronie aktywów aktywność. Aktyw na stronie robi siku – przybyły zakładową wycieczką na zakupy do wielkiego miasta, formuje się w szyk bojowy za szybkobieżnymi transporterami, po dwa złote kaucja, i szturmuje bramy sezamu, robi desant na promocje, grabi półki z całego dobytku...

– Stój! Wróć! Na prawo patrz!

Wbity w ziemię, jak krzyż na grobie, ze zdumienia przecieram oczy, płonące niczym znicze – przecież dopiero co były Zaduszki, a tu choinki, kokardki i światełka. Gość odziany w lilaróż wrzeszczy mi do ucha: „Wesołych świąt!", niczym prorok, co pierwszy Go poznał, szybszy od trzech króli, i głosi tę radosną nowinę na długo przed Wigilią, żebyśmy czym prędzej do shopu przybieżeli i oddali część, a nawet całość oszczędności. Nie on jeden – dziś w markecie wysyp prestidigitatorów i sprzedawców marzeń. Jakiś kuglarz od marketingu rozdaje dzieciom baloniki i fruu... wysyła je do nieba, po towar z najwyższej półki. Inny peroruje, że posiadł receptę na szczęście rodzinne, i oferuje uniwersalny wywabiacz do plam. Gdzie nie spojrzeć, same cuda i dziwy, a to znak, że wypełnił się czas i pora sezonowo stać się milszym dla bliźniego swego. Nie wiem jak reszta, ale ja zaczynam od Moni (zasadniczo, na niej także kończę).

– Nie chciałabyś jakiejś kiecki, Moni? – pytam w przypływie dobroci.

Co za pytanie? Pewnie, że by chciała. No to prowadzę ją do działu odzieżowego i cieszę się na striptiz w przymierzalni, choć wiem, że słono zapłacę za ten peepshow przed fenickim lustrem.

– I jak? – pyta Moni.

– No, niczego sobie. Sam chętnie rozebrałbym się do rosołu.

– Idź lepiej po rosołowe, zbereźniku... z kością.

Z kocią więc zwinnością manewruję wózkiem pośród tłumu tłoczącego się do rzeźnika. Ja, ojciec rodziny, wyruszam na poszukiwanie strawy dla swych dziatek. Ja, zawiedziony kochanek, wypatruję ofiary pośród otaczającego mnie bydła. Trzeba czymś oszukać rozbudzone libido – jak nie eros, to tanatos, jak nie seks, to krwawa jatka – proste jak jebanie. „Z drogi, stara krowo! Na bok, spasione świnie!" Pot cieknie mi po plecach, albo to i dreszcz pomazańca. Wciągam w nozdrza powietrze, przeczuwam wiszącą w powietrzu kaźń, jak drapieżnik, niczym nieprawy syn sprzedawcy Biblii w siedlisku rozpusty, POSŁANY... po rosołowe z kością, z obrzynem za pazuchą zaczynam polowanie. Sięgam po dwururkę...

„Ochrona! Na dziale z zabawkami jakiś szaleniec mierzy z broni do ludzi!"

– Pif-paf! Pif-paf!

Pudło! Do akcji wkracza Moni – Państwo wybaczą, mój mąż bawi się z dziećmi w actionmana – wyjaśnia, siląc się na uśmiech (w istocie dzieciaki z balonikami jak czerwone berety ćwiczą sztuki walki na pobliskim manekinie). Jest wściekła? Skądże znowu, nie w takiej chwili. Szepcze uwodzicielskim tonem: „Będę czekała na zewnątrz – i wręcza mi kieckę, co to ją mierzyła. – Odłóż tę szczelbę (Szczelbę? Co ty możesz wiedzieć o zabijaniu?) i idź zapłać za sukienkę. Mój ty akszynmenku, do akcji!".

Jak na rozkaz biegnę do kasy z kartą na przekroczonym limicie.

– Dzień dobry – zagajam z kasjerką, by uzyskać kredyt zaufania i pokryć nim debet.

– Dzień dobry – odpowiada służbowo. – Te dzieci to pana?

Patrzę za jej palcem, wskazującym dwa obiekty latające pod sufitem z nieodłącznymi balonikami.

– Moje, mam nawet paragon.

Kasjerka wyciąga spod lady dubeltówkę: „Pif-paf! Pif-paf!". Baloniki pękają jak bańka mydlana, jak surrealistyczny sen. Biedne dzieciaki zaliczają twarde lądowanie w prozie życia.

– Każdy musi przejść przez bramkę – wyjaśnia i odczytuje wydruk z terminalu – GO TO BANK.

Psiakrew, znowu pułapka kredytowa albo krytyczny wyjątek. Na jedno wychodzi. Skoro GO TO BANK to ja *va banque*.

– Proszę ponowić próbę – licytuję w pokerowym stylu.

Słyszę jak tłum gapiów obstawia za plecami.

– *Rien ne va plus* – oznajmia kasjerka.

– Dlaczego?

– Skończyła się rolka.

Rzut oka na wartowników, maszerujących tam i z powrotem w rytmie katatonii. Powoli wyciągam z koszyka granaty – przejrzałe, takie jak lubię.

– Proszę to odliczyć od rachunku.

Odlicza, ja też – 3… 2… 1… 0… buuuuum!
Zdziwko? A jak! To działa jak tilt. Kasjerka osłupiała. Wartownicy zastygli w stuporze. Porywam kieckę i dzieci i pędzę do wyjścia. Stop – zapomniałem wziąć kartę. Backspacem cofam się do kasy, biorę, co moje i nie moje, i robię *fast forward* – opuszczam komnatę: „SUPERMARKET". Na zewnątrz czeka na mnie bonus – moja prywatna Lara Croft. Dzisiaj było fajnie, a będzie jeszcze lepiej. GAME OVER.

# Dzień siódmy

## *(niedziela)*

Powiadam: ta rzeczywistość jest nierzeczywista. Patrzę na moją Moni, jak paraduje w nowej kiecce, kwitnie w fatałaszkach niczym lilia, przybiera przed lustrem pąsowe wyrazy twarzy i eksponuje wdzięki, by nasycić zazdrosną miłość własną – bogini autokreacji. Niczym niewierny Tomasz wyciągam rękę ku złudnej materii. Mam ochotę naprzeć na Monidło całym swoim ciałem, przekonać się, czy napotkam opór, czy też przeniknę ją na wskroś.

– Przestań – protestuje Moni, dotknięta w samo sedno kobiecości. – Pomniesz mi sukienkę.

Oto pani moja i bogini moja – 100% naturalnej tkaniny w pierwszym gatunku, żaden syntetyk, czyściutka i pachnąca, cud wcielony. Przy niej ja jestem tylko hologramem, trójwymiarową reprodukcją, tłoczonym seryjnie znaczkiem, który się lepi do dzieła sztuki, metką smyrającą Giocondę po szyjce, szczęśliwą, że czasem może przylgnąć do jej aksamitnej skóry. Jestem uchodźcą ze świata profanum, nielegalnie przekraczającym linię demarkacyjną jej ramion, natychmiastowo deportowanym poza granice sacrum, bez nadziei na azyl, bez końca, bez sensu. Jestem rycerzem niepokalanej, który w litaniach do niej ucieka się od się i się składa w ofierze na ołtarzu miłości, lecz dym wije się po ziemi, jak wąż u jej stóp. JESTEM OBRAŻONY.

– No nie obrażaj się. Wytrzymaj do wieczora.

A więc jeszcze mam wstęp na Olimp.

– O ile dotaskam głaz.

– Jaki znowu głaz?

– Taka luźna dygresja. – Prostackie skojarzenia na poziomie elementarnej wiedzy humanistycznej. Tym na pewno jej nie zaimponuję.

– Mój ty Syzyfku, jest niedziela, nie powinieneś się dzisiaj katować.

Trzeba przyznać, że jakimś trafem nadal utrzymujemy kontakt. Nie szkodzi, że brak w tym sensu. Prowadzimy ciągłą wymianę zdań w obawie przed ujemnym bilansem w eksporcie i imporcie hałasu, który trzeba będzie pokryć zdewaluowaną ciszą. Bzdurimpex to nasz rodzinny biznes, obrót wtórnymi słowami i poprodukcyjnymi odpadami dzieła stworzenia. Nasz interes należy do rozbudowanej sieci, opartej na frencz leasingu, kredycie argentyńskim i brazylijskim serialu. Rozmnażamy się przez kserowanie, dzielimy przez podział – to proste – i znów się rozmnażamy, albo i nie. Najlepsi zostają diamentami w łańcuszku świętego Antoniego, jeden na dziesięciu nosi w sobie tajemnicę radosną, dziesięciu na jednego kroczy drogą krzyżową. Najważniejsze to znać swoje miejsce w kolejce do ojca założyciela. „Jam way, ja jestem droga życia – American way of life, ja jestem tania network". „A ja Moni Reces, ale mów mi Mercedes". „Witaj w sieci, Mercedes". Moni ma to obcykane. Wie, kiedy, gdzie i z kim. Ma gadane. „Pan kupi uniwersalną pastę na porost zębów, dla dziecka, żeby go wilki nie zjadły".

– Daj spokój, Moni, nikomu nie wciśniesz tego kitu. – Mojej historii też nikt nie kupi. Dość tego chłamu na antenie, a poza tym…

Zaprawdę powiadam wam: ta rzeczywistość jest nierzeczywista. Patrzę na moją Moni, jak paraduje w nowej kiecce, kwitnie w fatałaszkach niczym lilia, która dziś jest, a jutro do pieca będzie wrzucona, i nie martwi mnie to. „Jutrzejszy dzień sam o siebie troszczyć się będzie. Dosyć ma dzień swojej biedy" *.

---

* „Kazanie na górze" z Ewangelii św. Mateusza.

# Dzień ósmy

## (poniedziałek)

Poniedziałek to kara dla tych, którzy naiwnie wierzą w ósmy dzień tygodnia. Poniedziałek jest jak szpunt, przez który uchodzi całe powietrze, co je w ubiegłym tygodniu pompowałeś w siebie, jak w dętkę, przekonany, że w końcu, w siódmym dniu, nadmuchałeś się na wieczność, no i masz swoją ósemkę, jak w starym rowerze, wieczny powrót do niczego. Czy wiecie, co nastanie po końcu świata? Poniedziałek? Nie, nie poniedziałek. Wtorek, bo kiedy, jak nie w poniedziałek, wszystko diabli wezmą? W poniedziałek Bóg śmieje się do rozpuku z pomiotu Adama i Ewy, powtarzając to swoje: „A nie mówiłem", jak stara baba, która zawsze musi mieć rację. Taki dzień najlepiej jak najszybciej wyprosić ze swojego życia, dać mu wypowiedzenie, zanim zapaskudzi życiorys.

Pomny tego snułem się po PUdlu z rękami w kieszeniach. Broń Panie Boże, żebym się czegoś dotknął. Kto w poniedziałek zaczyna robotę, długo nie pociągnie, a i tak nic z tego nie wyjdzie. Wystarczy przeczytać Księgę Rodzaju. Gdyby Bóg zaczął we wtorek, nie wyrobiłby się przed niedzielą, nie zdążyłby stworzyć ludzi i wszystko byłoby OK. Zresztą, z perspektywy PUdla i tak wygląda na to, że Stwórca poprzestał na zwierzętach pełzających. Tylko te mnie dzisiaj nawiedziły. Ani żywej duszy, chociaż to poniedziałek – czas odkurzania odkurzaczy. Cóż począć? Pustelniczym zwyczajem odbyłem procesję pośród moich podopiecznych – wyrzutków, skazanych na pobyt w PUdle za brak zastosowania

– ich miejsce zajęła nowa generacja konformistów: susza-
rek, które zamiast suszyć głowę nieustannie prawią komple-
menty, odkurzaczy, które nie pochrząkują znacząco i chło-
ną każdą bzdurę, telewizorów i radioodbiorników, które są,
a jakby ich nie było, gotowe zawsze poplotkować o życiu innych, i milczą jak grób o zwyczajach domowników. W końcu zamknąłem na trzy spusty swoją samotnię i wyruszyłem
w pielgrzymkę do sanktuarium Monijnego...

„Muzo! Męża wyśpiewaj, co święty gród Troi
Zburzywszy, długo błądził i w tułaczce swojej
Siła różnych miast widział, poznał tylu ludów
Zwyczaje, a co przygód doświadczył i trudów!"*

Zdziwko? Nie ma tego w *Drodze do nieba*? Bo tego nie
śpiewa się na pielgrzymkach świata pracy. Nie znajdziecie
tu rymów częstochowskich ani kalwaryjskiej synkopy. W tej
drodze człowiek ma niewiele do powiedzenia, nie on wybi-
ja rytm, a rym więzi nogi wędrowca. Tak zaczyna się opowieść o podróży w ramiona Penelopy, mojej podróży do Moni,
wbrew przeciwnościom losu, pod prąd sikającym nam do
oczu bogom. A było to tak...
Po drodze do Itaki wstąpiłem do supermarketu. Chciałem zrobić zakupy według wręczonej mi przy śniadaniu listy. To jedyne listy, które pisuje do mnie moja Moni, biorę
więc sobie do serca każde słowo epistoły. Zresztą wszystkie
je przechowuję do dziś, jak stara panna, w pudełku po butach. Nie tylko na potrzeby sprawozdawczo-księgowe, zło-
śliwcy. Gdzie ja znajdę tyle lukru, całusków i uskrzydlonych
„na zawsze", składanych podprogowo?
– To też pana? – zapytała ekspedientka przy kasie, wskazując na butelkę piwa, która stała z boku, jakby nie chciała

---

* Fragment *Odysei* Homera w tłumaczeniu Lucjana Siemieńskiego.

się przyznać do skasowanych przed chwilą podpasek i reszty zamówionego przez Moni towaru.

– Też – odparłem niepewnie. – Ale to na osobny paragon. Zawsze tak robię. Na jeden paragon dokonuję zakupu kontrolowanego, a osobno płacę za piwo. Nie chcę mieć awantury, że żłopię browar pod sklepem, jak jakiś żul z osiedla. Moja Moni nie jest w stanie pojąć, że każdy Reces nosi pod skórą rogatą duszę lumpenproletariatu i co jakiś czas, jak wilkołak przy pełni księżyca, musi zrzucić mimetyczne wdzianko, by w zgodzie z własną naturą dokonać na ciele społeczeństwa rytualnej zbrodni.

– Jakiej znowu zbrodni? Przecież to tylko drobne wykroczenie – zaprotestowałem, indagowany przed sklepem (po odkapslowaniu piwa) przez dzielnicowego o przyczynę. Tak, tak; przyczynę, wszyscy przecież znacie tę regulaminową frazę: „dlaczego obywatel", zakończoną zwięzłym opisem inkryminowanego procederu: spożywania alkoholu w miejscu publicznym.

– Suszy mnie, panie władzo – odpowiedziałem oschle, niemalże onomatopeicznie, pozostawiając na boku rozważania natury metafizycznej, by nie prowokować tego krawężnikowego detektywa do budowania kryminologicznych teorii, na które i tak nie wystarczyłoby miejsca w przydziałowym kajeciku.

– Za spożywanie alkoholu w miejscu publicznym trzeba będzie zapłacić pięćdziesiąt złotych.

– Przecież to tylko drobne wykroczenie!

– To już pan mówił – zauważył trzeźwo dzielnicowy.

No tak, powtarzanie oklepanych regułek to przywilej władzy. Dalszy opór nie miał sensu. Nieugięta postawa dzielnicowego, pilnującego własnego interesu na placu przed marketem, zmuszała do przyjęcia innej strategii.

– To ja poproszę o kredytowy.

Widziałem, jak się w nim zagotowało. Najwyraźniej liczył na coś innego, oczekiwał jakichś negocjacji, korupcyjnej propozycji (czyżby?) lub przynajmniej prośby o ułaskawienie, którą podbudowałby swoje ego, a tu tylko życzenie skazańca, któremu nie mógł odmówić. Miałem niemałą satysfakcję, bo policja to bodaj ostatnia instytucja, która skłonna była mi jeszcze udzielić kredytu. Ja zaś i tak nie zamierzałem go spłacić, bez protestu więc pokwitowałem odbiór mandatu i odprowadziwszy wzrokiem stróża prawa o wyglądzie szeryfa ze spaghetti westernu, jak gdyby nigdy nic, powróciłem do degustacji napoju wyskokowego. Wszak *ne bis in idem*.

Dopiero teraz przy wejściu do supermarketu zauważyłem kobiecinę, usiłującą umyć szklane drzwi na fotokomórkę. To była jedna z tych poczciwin, które nigdy niczego się nie dorobią, a przy tym traktują to jako rzecz naturalną i pracują, jakby pot i zmęczenie stanowiły wystarczającą zapłatę za ich wysiłek. Jej głowa, wypełniona myślami przejrzystymi jak ta szyba, otwiera się na przybycie każdego, zapraszając do wnętrza, gdzie ciepło i bezpiecznie, jak u mamy. Tylko jak umyć drzwi, które uciekają przed nią, ilekroć do nich podejdzie? Zachodziła w głowę od frontu, skradała się z boku, wyprostowana, zgięta, w półprzysiadzie, w przysiadzie – czołgać się nie będzie, to by nie miało sensu, w takiej pozycji i tak nie będzie w stanie wypucować szyby – z dystansu zapuszczała żurawia ze szmatką na wysięgniku, bliska utraty równowagi – bezskutecznie, za każdym razem drzwi ustępowały. Niepotrzebne hasło, wystarczy być, by otworzyć bramy Sezamu, nikt tu nie jest intruzem, nikt nie pocałuje klamki, pic na wodę, fotokomórka, apokastaza, Cerber nie strzeże już wejścia do królestwa umarłych, cheruby z mieczami odstąpiły od bram Edenu, niebiosa stoją otworem, wystarczy przejść przez śmierć, jak przez próg. Tylko jak umyć te cholerne wrota, tu i teraz, w królestwie z tego świata, by otrzymać od cesarza, co cesarskie, na chleb powszedni?

„Jak to, nie wiesz? To ja ci powiem. ZAPIERDALAJ! Do startu… gotowi… start!"

No i puściła się sprintem ku drzwiom, z wycieraczką w dłoni jak na sztafecie. Ben Johnson pozazdrościłby takiego wyjścia z bloków, ale nawet on nie potrafi przechytrzyć fotokomórki. Znowu okazała się szybsza. Kobiecina wycofuje się, schyla, chce rozluźnić ramiona, nie, płucze szmatę – każdy sportowiec ma swoje sposoby na koncentrację, każdy heros ma swój rytuał – waży w rękach, jak na szali, szanse na sukces, obmyśla nową taktykę. W relacji na żywo z halowego mityngu lekkoatletycznego wita państwa Jan Reces. Zadowoleni? Nie musicie przynajmniej wysłuchiwać utyskiwań żon, że na drugim kanale leci właśnie to i owo o dupie Marynie. Ful kolor, ostrość jak żyleta. Sprinterka akurat zrobiła sobie przerwę... na reklamę, którą wieszają nad wejściem jacyś artyści (w miejscu po utrąconych skrzydłach wyrosły im drabiny), biegnę więc po drugie piwo. Przeskakuję przez płotek z pustą butelką w ręce, wymieniam ją na pełną i puszczam się z powrotem, slalomem wśród hostess i przez bramkę kasy – „Paragon!" „Nie, dziękuję", jeszcze go Moni znajdzie przy praniu – gnam ku fotokomórce. Znów jestem olimpijczykiem na szkolnej spartakiadzie, jestem faworytem każdego toru przeszkód, dopiero za rok moim rywalom zaczną wyrastać nogi i ręce, więc póki co góruję nad nimi. Ja, czternastoletni pająk, słyszę skandujące tłumy: „Ja-siu! Ja-siu! Ja-siu!", czuję na sobie wzrok dziewczęcej widowni, pełen podziwu – tak, nie da się ukryć, że biegnę na dopingu hormonalnym, wyrzucam przed siebie te swoje szczudełka i cieszę się jak mały Jasio. Jeszcze tylko wziąć ulotkę od wolontariusza przed wyjściem, klepnąć w tyłek misia puchatka i... widzę siebie finiszującego w przyciemnionych szybach, a więc jednak, ja również mogę odnosić sukcesy, jak wtedy, wystarczy tylko...

No właśnie wystarczy. *„Občas nám bohové namočí do oči"*, jak mawiał Bohumil Hrabal. To nie był zimny prysznic, choć za taki posłużył. Fotokomórka jak zwykle zadziałała bezbłędnie. Szklane drzwi ustąpiły i moim oczom ukazała się poczciwina z wiadrem w rękach, która zrezygnowana, jak Ben

Johnson po dyskwalifikacji, wzięła właśnie zamach i chlusnęła wodą w kierunku przeklętej, uciekającej szyby. Chwilę potem stałem w kałuży wody, wycierany przez kajające się babsko ściereczką antyrefleksyjną. Kiedy już starła z moich ust ostatnie przekleństwo, poprosiła, żebym poszedł z nią do kantorka, gdzie mnie opatrzy. Nie odnajdując sił na dalszy protest, pozwoliłem się zaprowadzić do jakiejś kanciapy i rozebrać do majtek. Próbowałem sobie przypomnieć, kiedy ostatni raz rozbierała mnie obca kobieta, i nie byłem w stanie. Jak mógłbym być w stanie, stojąc przed przedemerytalną sprzątaczką, mokry i śmierdzący briefem? Nie napotykając na opór z mojej strony, kobieta (bo w gruncie rzeczy nadal nią była) wzięła mokre ubranie, zapewniając, że wróci do pół godziny z czystym i suchym. Z przebrzmiałym, piwnym trofeum w jednej ręce i siatką z Monijnymi zakupami w drugiej stałem w samych bokserkach, bijąc się z myślami i odliczając czas do końca zakontraktowanego ze sprzątaczką mityngu. Dawno rzuciłbym na matę ręcznik, gdybym go w ogóle miał. Tymczasem rundy mijały bez rozstrzygnięcia. Po kolejnej minucie oczekiwania na końcowy gong zdecydowałem się odkapslować piwo. Mimo wszystko dzisiaj dobrze mi wchodziło. W gruncie rzeczy nic się takiego nie stało. Za pół godziny suchutki i świeżutki dotrę do domu, do Moni i wszystko będzie po staremu.

– *Dobrý den* – w drzwiach kantorka pojawił się leciwy jegomość, którego gdzieś już widziałem.

– *Nazdar* – odparłem w jego języku.

– *Chutná Vám pivo?* – zapytał, wskazując na butelkę w mojej ręce.

Domyśliłem się, że sam ma ochotę się napić. W końcu to normalne – każdy Czech lubi piwo.

– *Ano, prosim skuste sam* – odparłem uprzejmie, podając mu butelkę, chociaż wcale nie musiałem. Równie dobrze mógłbym być opryskliwy, ale do tego akurat brakowało mi sił i słów.

– *Děkuji. Dovolte, abych se Vám představil. Jmenuji se Bohumil Hrabal…*

– Ja to *vím* – przerwałem mu, bo przecież nie musiał się przedstawiać, jego tożsamość nagle wydała mi się aż nadto oczywista. – *Pane Hrabale, to je neuvěřitelné, protože několik minut tomu jsem o Vás myslel.*

– *Ne, to je docela normální.*

W tym momencie do kantorka wpadło dwóch czeskich policjantów. Rozejrzeli się po pomieszczeniu i zauważywszy mnie, zapytali:

– *Gde on je?*

– *Gdo?*

– *Ten chlap, co tu vcházel.*

– *Kteréj chlap?* – udawałem głupiego, by nie wsypać dziadka, który tymczasem zniknął.

– *Vaš děda, Benedikt Novotný* – odpowiedział starszy z nich, siląc się na urzędowy ton.

– *Můj deda je mrtev od deseti let* – wyjaśniłem spokojnie.

– *Váš děda je živ, a se skrývá.*

Więc to tak, to stąd ów jegomość wydał mi się znajomy. Nie zważając na obecność policjantów, pociągnąłem sążnisty łyk piwa i znów zapadłem w siebie, jak w fotel. Moje myśli wyruszyły w pogoń za dziadkiem, uciekającym przed Bóg raczy widzieć czym.

– Dzień dobry. A co pan tutaj robi? – w drzwiach znowu pojawiło się dwóch umundurowanych typów.

– *Prosím vás nechte mně v klidu, ja vůbec nic ne vím.*

– Po jakiemu on gada? – zwrócił się jeden do drugiego.

– Trzeba będzie zawiadomić policję – odparł drugi wymijająco.

– *Sram na to.* – Im dłużej trwał ten sen, tym pewniej się czułem w swojej roli.

– To się dopiero okaże – mruknął pod nosem pierwszy. Czyżby jednak był poliglotą?

– Dopiero się zesrasz, jak cię na komisariacie nadzieją na pałę – dodał drugi.

No i wtedy do mnie dotarło, że to już nie jest sen, ale było za późno. Już nikt z ochrony supermarketu nie chciał ze mną rozmawiać, nawet w lokalnym narzeczu, a kiedy po przeszukaniu zawartości siatki i porównaniu jej z paragonem okazało się, że nie mam kwitów na piwo, moje losy zostały przesądzone. Wezwali dzielnicowego, no i mieli na mnie kolejnego haka, bo gdzie mój dowód osobisty, a w ogóle, to co to za paradowanie w samych slipach? Nasz dzielny szeryf oczywiście nie pamiętał delikwenta, któremu przed godziną wlepił mandat kredytowy, a nawet jeśli, to tym gorzej dla mnie. Po przesłuchaniu, w trakcie którego nieudolnie kamuflował dysleksję, kreśląc w swoim kajeciku szubienice – znacie to? za każdą błędną odpowiedź rysuje się kreskę, jak już mamy szubienicę, doczepia się do niej ludzika, zwisającego metr nad ziemią – postanowił ostatecznie wezwać radiowóz. „Chłopcy z komisariatu już będą wiedzieli, co ze mną zrobić". Jeszcze tylko ostatnie życzenie skazańca, panowie, bo zaraz mi pęcherz pęknie…

„Sikiem celuję w zapałkę,
ona wzdraga się, kręci w kółko,
ale prąd moczu porywa ją wbrew woli
i bach w trzewia kanału.
Zawsze, gdy tak sobie sikam, myślę o ludzkości
Co rusz bogowie sikają nam do oczu…" *
… *a jedeme.*

Dziadku, ratuj!

---

* Fragment poematu Bohumila Hrabala *Bambino di Praga.*

# Dzień dziewiąty

## (wtorek)

Wy... wykolejeńcy zafajdani,
wy... wykwaterowani z tego świata lokatorzy dzicy,
wy... wykreślonych z rozkładu składów na bocznicy,
du... duchy, dusze brudne w wędrówce na myjnię,
wy... wystający na peronach jak słupy trakcyjne,
wy... wymijani pospiesznie przez jednostki ekspresowe,
wy... wypatrujący pociągle relacji osobowej,
wy... wypytujący o resztę wydaną z biletu,
od... odpłacający słowem
                    dobrym,
                            człowieku,
wy... wypier..., bo cię pier...
...wej bracie patrzaj jak ja cierpię
i rzuć ze trzy grosze za pokaz stygmatów,
bo tutaj są w cenie ciernie i cierpienie.
Oto cienie opatulone w kształty znoszone,
jak ziąb przenikające zakamarki dworca,
a pośród nich ja – władca kolorów blaknący,
a to znak, że się zanadto alkoholizowałem, przeholowałem,
przealkoholowałem
cholera wałem jestem...
nie powstrzymam...
już się podnosi...
za chwilę w torsjach abstrakcjonizmu introwertycznego
zbrukam ten realistyczny pejzaż w promieniu Zachodniego...

No proszę, fasolka po obiedzie, bretoński akcent i chłop-skie maniery, Jan Reces we własnej osobie – lokalna odmiana Jasia Fasoli, *best before* data na wieku wieków amen, *requiescat in pace*, lepiej niż w pace, dziadek miał rację – wodzianka za sanacji, chleb z masłem za Hitlera, za to Ruscy dali w kość, polskość, psiakość, psia tożsamość, kundlowatość, ale zaraz, skąd ta kość? Czego to ja dzisiaj nie jadłem? Jak niedźwiadek przed zimą, jak dziadek przed podróżą. I znowu ta fasolka, bretoński ślad, wkład w walkę ze światowym głodem, mię-dzynarodówka, kuroniówka, marsylianka z brukselką i mar-chewką, SOS dla Europy, trzy krótkie, trzy długie, trzy krót-kie i przyj na świat Prosper Ritę, koniec końców jakiś mały despota wykona cesarskie cięcie, jakiś nowy Bonaparte poło-ży cię u swoich stóp, obendlowaną ściegiem Richelieu, a jego słońce nad tobą nigdy nie zajdzie. Na marginesie stoję, wa-ham się na progu, a pod stopami mam koronkową serwetę nieprzetrawionych resztek dnia, rozpostartą jak damskie figi po małym figo fago z Kubą Rozpruwaczem, z bezwstydu za-krywam twarz pod lateksem nocy…

– *Przecież to niestrawne.*
– *Uprzedzałem.*
– *I jak to teraz pozbierać do kupy?*
– *Po prostu, trzeba to przetrawić raz jeszcze, od początku do końca.*
– *Ale kto to zrobi?*

– Ale kto to zrobi?
– Co?
– Jak to teraz pozbierać do kupy?
Ktoś pytał natarczywie, ktoś szarpał za ramię. Otworzy-łem oczy. „Co to za miejsce?" – zapytałem w duchu. Kraty w oknach, masywne żelazne drzwi – trudno się nie domyślić.
– Kaziu, zostaw te szmaty i spisz protokół! – krzyknął w kierunku drzwi stojący nade mną policjant. – Bo widzi

pan – zwrócił się do mnie – stał się pan, że tak powiem, ofiarą losu.

Też mi nowość, to akurat podejrzewałem od pierwszego dnia, więc nie przerywam, czekając na ciąg dalszy mowy oskarżycielskiej.

– Nie ma pan, chyba, do nas pretensji?

– Skądże znowu – odparłem, chociaż wciąż nie rozumiałem, o co chodzi. Jako wzorowy obywatel zwykłem jednak odpowiadać zgodnie z oczekiwaniami władzy. Poza tym, z formalnego punktu widzenia, na gruncie determinizmu zgłaszanie pretensji do jakichkolwiek istot i instytucji zakrawałoby na absurd.

– To dobrze – stwierdził z satysfakcją policjant. – Jest pan wolny. Jeszcze tylko wydamy rzeczy z depozytu i można iść do domu.

Takim to sposobem, za pokwitowaniem, zwrócono mi wolność, podręczny dobytek, a ponadto... honor, bo w końcu dotarło do mnie, że wylądowałem tutaj po niefortunnej przygodzie w supermarkecie. „Ochrona wycofała skargę” – usłyszałem tytułem wyjaśnienia. Zapewne to owa bogini czystości, czuwająca u bram świątyni konsumpcji ze ścierą i wiadrem w ręce, raczyła w akcie łaski oczyścić i mnie z zarzutu wtargnięcia do jej kantorka w samych tylko slipach w celu oddania się tamże libacji (i nie tylko, zapewne) z użyciem przywłaszczonego na szkodę ABC SA piwa. Miło z twojej strony, Wenus z Milo. Odyseusz czekał bodaj rok na zlitowanie się Kalypso, a ty już na drugi dzień pozwoliłaś mi wrócić do domu, do mojej Moni.

– Jeszcze chwileczkę – zatrzymał mnie w drzwiach policjant. – Miał pan na swoim koncie niezapłacony mandat kredytowy za spożywanie alkoholu w miejscu publicznym.

– Wiem, wiem... Skoro jednak jestem tylko ofiarą losu – zagaiłem sentencjonalnie, przymierzając się do obrony, bo jako człowiek wolny, a przy tym zdeterminowany, odzyskałem pewność siebie – to kto tu zawinił? Ja czy fatum? Bądźmy konsekwentni.

– W konsekwencji z pana depozytu pobraliśmy pięćdziesiąt złotych.

Ot i cała teoria państwa i prawa. Prosta jak budowa cepa. Kali ukraść krowę – dobrze, Kalemu ukraść krowę – źle. Oto dialog władzy ze społeczeństwem – jakbyś się nie obrócił, zawsze dostaniesz po dupie. A więc żegnajcie, moje zaskórniaki. Z drugiej strony...

– Nie dałoby się tego zapłacić kartą? – Wszak w każdym szanującym się hotelu akceptują karty kredytowe, to i w izbie wytrzeźwień pewno mają terminal.

Przez końską szczękę policjanta przecwałował cwaniacki grymas.

– Kaziu, masz na stanie kartę na nazwisko Reces? – zwrócił się do magazyniera, rżąc przy tym i prychając na boki.

– A to nie jest ta karta, co ją prokurator polecił zatrzymać do dalszego śledztwa? – zapytał Kaziu magazynier, rezonując rechotem.

Co za zwierzyniec. Były już gady, ssaki, jeszcze tylko sępów tu brakuje. Już się robi. Póki co może być Kafka?

Pan R. chciał zapytać o przyczynę śledztwa w jego sprawie, ale przeczuwał, że i tak nie otrzyma odpowiedzi. Nie żeby to była jakaś tajemnica służbowa. Urzędnicy nie zwykli trzymać języka za zębami, chyba że dla podbudowania własnego ego. Teraz na przykład pozwalali sobie na grubiańskie dowcipy na temat jego rzekomo głupkowatego wyrazu twarzy. R. nie zwracał jednak uwagi na ich słowne zaczepki. Zastanawiał się, na ile zatrzymanie jego karty ma związek z ubiegłotygodniową wizytą w banku. Tak czy owak, nie było na co czekać. R. odwrócił się na pięcie i pospiesznie opuścił to przygnębiające miejsce. Dopiero na ulicy zorientował się, że nie otrzymał żadnego pokwitowania, ale ani myślał po nie wrócić. Nie przyszło mu do głowy, że być może owe pięćdziesiąt złotych wcale nie zostało zarachowane na poczet mandatu. W takim bowiem wypadku powinien był zadać sobie pytanie, czy podany mu powód zatrzymania jego karty kredytowej był prawdziwy. Jeżeli jednak dopuściłby wątpliwości w tej mierze, wówczas musiałby zakwestionować cały system, który reprezentowali urzędnicy, a na to nie był jeszcze gotów...

Nie byłem również gotów udać się do domu. Co mam powiedzieć Moni, kiedy zapyta, a na pewno zapyta, gdzie byłem, co robiłem cały ten czas, mam kogoś, na pewno kogoś mam, albo zapiłem ryja z kolegami, tylko że ja nie mam kolegów, moją jedyną koleżanką jest Moni – Moni, czy mogę cię złapać za rękę? Nie, tym razem brakowało mi odwagi, by stanąć przed tą piegowatą dziewczynką z warkoczykami i poprosić ją o rękę. Moni, czy cię jeszcze zobaczę? Rozejrzałem się wokół. Po drugiej stronie ulicy dostrzegłem kuflolot. Bynajmniej nie był to pub, jakich tysiące powstało w ostatnich latach na fali propagowania kultury picia, ale postpeerelowska, śmierdząca piwem, szczynami i lizolem mordownia; otwarty od świtu do zmierzchu klub mężczyzn poszukujących mocnych wrażeń; żaden tam bar dla pedałów i nimfetek, które zlizując pianę z kufli, ust i niżej, bliżej, delikatniej, jeszcze, szybciej, szybciej, jeszcze szybciej pragną się spełnić jako kobieta, nie matka, nie żona, ale kobieta wyzwolona. Kuflolot to odpowiednie miejsce dla mojego stanu. To właśnie w takich spelunach opijałem pierwsze sercowe rozterki i rozczarowania, chłonąc przy okazji mądrość życiową prawdziwych mężczyzn, dla których kobieta była tylko workiem treningowym. Później pojawiła się Moni, a właściwie jedynie się uaktywniła (bo przecież znaliśmy się od małego) jako opcjonalna małżonka, więc kliknąłem w ikonkę, a może to ona kliknęła pierwsza, bo w tych sprawach zawsze była pierwsza, i skończyła się hulajdusza, koledzy i nocne wypady. Moni przywróciła nawet dopołudniową prohibicję, dekretując zarazem, że odtąd dwunasta nie wypada o trzynastej, lecz po dobranocce, a już po kwadransie, stanowiącym najmniejszą jednostkę piwoczasową, obwieszczała godzinę policyjną. Tak, zdecydowanie kuflolot stanowił najbardziej odpowiednie miejsce dla mojego stanu.

– Jedno lane proszę. Ile płacę?

– Zapłaci pan przy wyjściu – wyjaśnił barman i wręczył mi kartkę z narysowaną odręcznie kreską oraz kufel, po którego ściankach ściekała piana piwa, bujna jak lwia grzywa. Boże, ile jest jeszcze takich miejsc, gdzie w bon tonie jest bicie piany, a cienkimi kreskami wytycza się granice pojemności brzucha. Raz... dwa... trzy... Cztery? A czemu by nie? „Jeszcze jedno proszę". W miarę opróżniania kolejnych kufli zapadałem się w sobie głębiej i głębiej. Moje myśli, niczym szczeniak przyprowadzony przez ojca, krążyły wokół stolików, z nudów zaglądając w karty ludziom, których przyszłość i tak nie stanowiła tajemnicy, a przeszłość maskowana była alkoholową amnezją. Nagle zerwały się jak wielkie, czarne ptaszysko. Poczułem mrowienie na plecach i przeciąg, jakby ktoś przeszedł obok mnie, lecz nie było nikogo. Zaraz, zaraz, gdzieś to już było: „Pociągnąłem sążnisty łyk piwa i znów zapadłem w siebie, jak w fotel. Moje myśli wyruszyły w pogoń za dziadkiem, uciekającym przed Bóg raczy widzieć czym". A więc to tak, dziadek nie umarł, tylko ukrywa się gdzieś przed policją. Dla niego to nie pierwszyzna. Urodzony na Śląsku w przededniu I wojny światowej grupował w sobie zmiksowaną krew Mitteleuropy. Dlatego z nieufnością patrzył na tego bękarta konferencji paryskiej, który chociaż otrzymał jego heimat w prezencie od elwrów, Korfantego i historii, nie potrafił na nim gospodarzyć. Bo kto to widział, żeby zdrowy chop, co ma wyuczony fach stolarski, nie mógł se znaleźć uczciwej roboty i dzień w dzień jadł ino brotzupa? No to kiedy przyszedł Hitler i wszyscy zaczęli szwargotać po niemiecku, poszoł robić za policmajstra, żeby mu Polaki zaś nie przeinaczyli Ślunska. Teraz se już mógł posmarować klapsznita szpekiem, a od niedzieli położyć na niej wurszt. O tym wurszcie do końca życia pisał pamiętniki po niemiecku, a jak mu córa wyszła za Polaka, przez pięć lat się do niej nie odzywał. Zanim jednak doszło do tego mezaliansu, do wsi przyszli Ruskie i co poniektórzy już się rychtowali heblować mu deski na życi, więc uciekł nocą z żoną i dwójką małych dzieci wpław przez Odrę na czeskie Slezsko. Co za nonsens. Wytropili go po tygodniu i wysłali na Sybir. I znowu uciekł. Wrócił do rodziny i ukrył się na strychu. Przez dziesięć lat tam siedział, aż w końcu umarła jego siostra i trza było jechać do Polski na pogrzeb. Najpierw wysłał forpocztę po glejt, dopiero kiedy dostał na piśmie, że te deski nieheblowane dawno już pogniły, odwiedził rodzinne strony... Przed śmiercią zaczął się sakramencko obżerać za ostatnie korunki z emerytury. Wszyscy myśleli, że to po latach odnawia się strach przed głodem. W końcu lekarze orzekli, że ma raka. *„Tak tet' vopravdu se nebojim vůbec ničeho, mám rakovinu"* – żartował, jak w tym dowcipie o Havranku i komunizmie.

– A teraz się dowiaduję, że dziadek żyje, tylko pod innym nazwiskiem. W końcu dla Ślązaka zmienić tożsamość to jak przejść się z wioski do wioski. To może i ten nadmierny apetyt to były tylko przygotowania do ostatniej eskapady?

– Ch... chuj wi. Pppo... stawisz piwko? – zapytał jakiś ożłop, który przysiadł się do mnie bez pytania.

– Tylko przed czym uciekał i dlaczego poszukuje go policja?

– Nnno po...stawże piwko.

– Spierdalaj, postaw se sam... oczy w sztorc! – Jąkała zasrany, gdyby przynajmniej poudawał, że go zainteresowała moja opowieść... A swoją drogą ciekawe, jak się nasiąka tym miejscem, papierosiany dym obłapia cię z wszystkich stron i mierzwi włosy, rzeka moczu tworzy w kroku, wokół niedokładnie otrzepanej cewki, rozlewisko, które bije po oczach niczym ordery weteranów i atakuje nozdrza aromatem przyrodzenia w rosole – flaki w oleju, tu każdy ma flaka, a ci z prostatą nawet półtora, bo tutaj eros nie zachodzi, za to tanatos nie próżnuje, podżega do jatki przekleń-stwami, które niczym piana spływają z kącików ust soczy-ście, siarczyście...

– Sssiara, do kurwy nnnędzy, ppo... wiedz mu coś! – To znowu ten jąkała. Najwyraźniej usiłuje się odwołać do wyż-szej instancji.

– Co mam mu powiedzieć? – zapytał ów Siara, niezado-wolony, że mu przerwano opowieść o jakimś delikwencie, którego zgarnęły wczoraj psy pod supermarketem.

– P... powiedz mu, że ma się wkupić albo wy-wy-wy-pad?

– Sam se kup, a nie sęp. – Równiacha z tego Siary. – A ty spierdalaj. – Nie ma co, iście salomonowy werdykt.

Błyskawicznie oszacowałem szeregi wroga i stwierdziw-szy, że stosunek sił wypada zdecydowanie na moją niekorzyść (nawet gdyby mnie było trzy razy tyle, co ich, to i tak uznał-bym ich przewagę), skapitulowałem. Nie będę ryzykował eg-zekucji. Sam udam się na banicję. Chwiejąc się na nogach, ni to ze strachu, ni z nadmiaru promili, ruszyłem ku wyj-ściu. Nie uszedłem daleko. Już po kilku krokach zgięło mnie w pół. Spojrzałem w kierunku domniemanych sprawców. Bezwzględni oprawcy, udają, że to nie oni. Voo doo magicy, lepią sobie lalki z nudli, nakłuwają je pożółkłymi paznokcia-mi, a potem strzepują na ziemię. No to spadam.

– A ja? Nie weźmiesz mnie ze sobą?

– A kto ty jesteś?

– Jestem twoim głodem.

No tak, przecież nic nie jadłem od wczoraj.

– W takim razie zostań z tymi ożłopami. Nakarmią cię swoimi kozami.

Dzisiaj taki słoneczny dzień, że spędzę go na diecie chlo-rofilowej. Wyłożę się pod murem i będę wygrzewać stare ko-ści, jak kocur...

– Miauuu,

– Coś ty, kotku, chciał?

– Chciałbym sera…
– Sera?
– Na pierogi.
– ?
– „Ślimak, ślimak, wystaw rogi".
– Przestań się ślinić, ślimaku!
– Cóż poradzę, kiedy…

Dzisiaj kobiety wpadają mi w oko, są piękne,
Boże, można zwariować od tej mody,
każda, jakby go tam jeszcze miała.
Najchętniej podbiegłbym poniuchać na szczęście,
rozum podpowiada: ta rzeczywistość jest nierzeczywista,
ale ja myślę, że tam mają taki szprajc,
rusztowanie, żeby tymi cyckami cisnąć się do oczu.
A ten chód, oscylacja osobowości,
to prowadzi do kryminału […]

Jak tu nie ulec pod natłokiem kobiecych kształtów? Diabli
nadali taką pogodę, jakby im się pory roku pomieszały, zrzu-
ciwszy palta, rozkwitają bujnością piersi, pępków i zadków.
Że się nie przeziębią. Niczym strażnik moralności mam ochotę pozakrywać im te wypukłości, a nuż dłoń się omsknie, nieproszona prześliźnie się (znów się ślinię) po aksamicie.

Coś mi się zdaje, że nie wytrzymam i ugryzę.
Przynajmniej mogę to sobie wyobrazić:
krew powoli ścieka po ścięgnach, po łydkach
do trzewików. Dopiero wtedy ucicha erekcja.
Człowiek wielkiego miasta musi mieć cały wieszak
                                        wyobrażeń,
ażeby dla piękna nie popełnił zbrodni z lubieżności. *

---

* Fragmenty poematu Bohumila Hrabala *Bambino di Praga*.

Gdybym przynajmniej miał jakieś konkretne zajęcie, jak te samce wokół, jakieś alibi, żeby przejść przez to miasto niczym Lot, wolny od zarzutu pożądliwego oglądania się na boki, obcy byłby mi los sodomitów. Kiedy się człowiek szlaja bez celu po wielkim mieście, aż korci go zejść z głównej arterii na drogę przestępstwa. Tak łatwo znaleźć się na marginesie, wystarczy przystanąć na krawężniku, obok rwącego nurtu życia metropolii, którym przelewa się bezkształtna masa w pogoni za prosperitą. Depczą ten stary kontynent jak kapustę, żeby wycisnąć z niego ostatnie soki. Każdemu według licznika kilometrów. *Armez vos battalions*, dzieci rewolucji, ku słońcu, ku imperium, po którym będziecie wędrować jak neobarbarzyńcy, ze wschodu na zachód, za kierownicami wypucowanych na wysoki połysk karawanów, wyposażonych w poduszki powietrzne z przodu i *baby-in-car* z tyłu, na spotkanie centralnie redystrybuowanej, znormalizowanej przyjemności. Dla nienasyconych są jeszcze teleturnieje z nagrodami, a dla cwaniaków fotele z przywilejami, wiele rzędów foteli, wiele rządów, lecz jeden obyczaj… i jeden tron, o którym marzy co drugi demokrata. Cyrk Europa zaprasza! I jak tu nie zostać Rumcajsem, rozbójnikiem, co na bezdrożach myśli ogałaca wszelkie ideologie z resztek sensu? Dlaczego mam się wystawiać na odstrzał za jakieś drobne niedociągnięcia w rozliczeniach z ich bankiem, który na pewno ma znacznie większe grzechy na sumieniu? Dziadek miał rację, że zszedł do podziemia. Pal licho, gdzie jest teraz. Już wiem, co chciał mi przekazać. To oczywiste, to jedyne rozwiązanie moich problemów, to proste – stać się innym człowiekiem, wylądować na aucie, wylogować się z systemu, przynajmniej dopóki nie ucichnie cała ta chryja. Tylko co ja będę robił na marginesie? Gdybym potrafił grać na czymkolwiek, został-bym jednym z tych ulicznych grajków, którzy zjeżdżają się z różnych stron świata, by z dźwięków odrzuconych przez komercyjne stacje radiowe zbudować świątynię sztuki, z poziomu bruku wznieść ją ponad tłum, który uważa, że Beethoven to całkiem sympatyczny bernardyn, a tu, patrz, mamuś, pan gra reklamę Ajaksa. Można tak całymi godzinami siedzieć, podziwiając kunszt tych wolnomularzy, sprawne ruchy ich dłoni po klawiaturze, strunach, gryfie, słodki czas przez palce... Dlaczego do tej pory na to nie wpadłem? Przecież sam też mam coś do powiedzenia. A co? Właściciel PUdla nie ma prawa być artystą? Wystarczy raz pójść na wagary i niczym inostraniec z kilkoma złotymi w kieszeni zgwałcić to rozespane miasto, opuszczone przez swoich mężczyzn, wychodzących punkt ósma do roboty – „tu byłem" wydrapane na murze nobliwego domu, obok podpis: „W.A. Mozart, sławny [...]" – ja też będę sławny, więc się nie opieraj i otwórz swe bramy, połóż się na znak, rozchyl ronda i daj zielone światło, zrzuć koronkę ulic i pokaż swoje blizny, wpuść mnie na zagrzybiałe podwórka, ażebym mógł spenetrować te siedliska grzechu, a potem udam się na pielgrzymkę do piersi kopiastych jak kopce, których ci nie poskąpiła historia, centymetr po centymetrze opiszę twe ciało, podróżując na grzbietach wszędobylskich busików, co jak wszy wciskają się w każdy zakamarek, niczym policjant z drogówki spiszę protokół z mechanicznego tłuczenia, przybędę na sygnale, by cię ocucić.

– Wody!

– Wody?

– Wina!

– Zapomnij o winie, kto z nas jest bez grzechu? Idź i grzesz dalej. Weź mnie w paszczu, w piczu, sadomaso. Zabawimy się w doktora – za dwie stówki zaplombuję twoje przerwy w zabudowie.

Dziadek miał rację, sprzedam dom, w którym już nie chcę mieszkać i, jak on, zostanę Bohumilem Hrabalem! Nie dam się zamknąć w klatce, nawet gdybym miał wam służyć za kanarka!

– Już koniec? A oczy? Napisz, jakie mam oczy.

– Oczy masz bezdenne, ty ślepa kuro.

– Świnia! A ręce, patrz na moje ręce, patrz, jak nimi kręcę.

– *Tak, tak, czarna przegrywa, czerwona wygrywa.*
– *Że jak?*
– *Nijak, znam cię, ty prowincjonalna oszustko z poskręcanym wokół pępka tatuażem.*
– *...jak na Zachodnim tory.*
– *Żmija, job twoi mat'!*

Dworzec wita was i Wars, co jest wieczny jak Kościół rzymski. W tym musi być palec boży, Boże, i w tej fasolce toże, nawet cała masa pływających po powierzchni jaśkowych paluchów. „Poproszę palce po bretońsku, dwie porcje Jaśka w sosie pomidorowym". Zaraz wsunę mały móżdżek tego nieszczęśnika i sam zostanę głupim Jasiem. Ci Bretończycy to zakamuflowani kanibale, dam sobie głowę uciąć, a potem będę się pławił w sosie pomidorowym i połknie mnie jakiś kolejny Jasiek. I tak bez końca, przynajmniej dopóki wszyscy nie przejdziemy na wegetarianizm. Biografowie, podejdźcie bliżej – tak oto spędziłem pierwszy dzień nowego, artystowskiego życia. Jeszcze tylko chwilę pomarudzę w poczekalni i... karaluchy do poduchy, a szczypawki spierdalać z mojej ławki.

– *A teraz strawne?*
– *Bynajmniej.*
– *I jak to teraz pozbierać do kupy?* – Jakiś typ pod muszką szarpie mnie za ramię, wskazując na koronkę moich wymiocin.
– Panie, daj mi pan spokój – wycedziłem, zrezygnowany.

# Dzień dziesiąty

## *(środa)*

Ups... uu... ups... uu – respirator pracuje na pełnych obrotach. Ding-dong... „Pociąg ekspresowy z Krakowa do Warszawy Wschodniej wjeżdża na tor piąty przy peronie trzecim". Ding-dong... „InterCity relacji Szczecin–Warszawa Zachodnia, planowy przyjazd godzina ósma zero pięć, jest opóźniony o około..." Ding-dong... „Pociąg osobowy z Łodzi Kaliskiej do Warszawy Centralnej stoi na torze trzecim przy peronie czwartym". Pompowana z prowincji krew wylewa się na peron i wąskim ujściem elewatora wzbiera do poziomu zero tego miasta. „Krew dla Warszawy! Rodacy, oddawajcie krew dla stolicy!" A jednak, w końcu jakiś desperat wysadził PeKiN.

– Czy był tam ktoś z pani rodziny? Nie? To wszystko przed panią.

– To znaczy?

– No, niepowtarzalny widok. Warto wspinać się po szczeblach kariery, żeby mieć taki widok zza biurka. Nie miałem na myśli pani, pani już swoje zrobiła dla tego kraju.

– Wie pan, syn jest po zarządzaniu (jak tysiące jemu podobnych) i pracuje w jednym z tych wysokich biurowców, w firmie zagranicznej... Zaraz, jak ona się nazywała?

– Nieważne. Na pewno zajdzie wysoko (schodami dwa piętra w górę i korytarzem na prawo do samego końca, do pierdolonego końca, bo wyżej nie podskoczy, choćby gryzł ziemię). No, na mnie już pora.

Zresztą, na każdego już pora. Krew tego kraju spływa do studzienek kanalizacyjnych, do metra, wsiąka w autobusy, tramwaje i taksówki, zasila puste biura i biurka. Urzędnicy, petenci i plenipotenci z potencjałem różnej maści i kalibru.

– Ale ani mru, mru, wie o tym tylko pan i ja.

– Ma się rozumieć, jutro będzie załatwione.

Politycy i złodzieje, policjanci i prawnicy, dziennikarze i szmaciarze.

– Na Grójecką proszę.

– Już się robi.

Wśród konstrukcji ze szkła i stali przetrwał duch kapeli czerniakowskiej. Niezrzeszony, bo korporacje to złodzieje. Jeździ merolem rocznik siedemdziesiąt osiem i szyje na kilometrach, ale po drodze jest folklor.

– Pan z daleka?

Z dupy wyjęty, wyżęty po nieprzespanej nocy, w stanie śmierci klinicznej, w oczekiwaniu na wskrzeszenie. Zza szyby spogląda Maria Magdalena, sto złotych za godzinę, trzecia gratis – lubi trójki i ma piękne usta – nie to, co ten typ, który ją tam wsadził i przygniótł wycieraczką (wcześniej uczyniwszy z niej wizytówkę miasta) – jakby mu ktoś wyciął wargi i zostawił postrzępioną skórę wokół bezgłośnie wymawianych... *I nie wódź nas na pokuszenie...* Ciekawe, ile ulic musi przejść, żeby uzbierać na wino. *Błogosławiony owoc żywota Twojego...* A Maria Magdalena wciąż czeka na zbawiciela, gotowa zrobić to z każdym, kapłanka miłości obmyje nawet stopy – akupunktura duszy, masaż ciała, Wschód – Zachód, sacrum i profanum, kościoły, budki i butiki. Sierotka Marysia stoi przed wystawą luksusowego sklepu, waha się, a jeśli każą jej zapłacić wejściówkę za zwiedzanie lepszego świata? Wietnamcik zaplasia do podziemia, nastoletni innowator poszukuje zagranicznego inwestora, Amerykaniec czeka na trzydziestym, pięcdżąsząty? Ach, ok, fifty fifty, ma sze rozumiecz, podzieli się po wszystkim z portierem, a potem z ministrem uda się na raut i *deal done* – tak to się robi w Chicago.

– Chicago? Mam tam rodzinę.

– To pan z Podhala?

– Nie, z Seattle.

W tym mieście każdy udaje kogoś innego. Taksometr pędzi jak sekundnik, taryfa rozpycha się niczym limuzyna, a krawaciarze w gablotach obok zgrywają ważniaków, a... i jeszcze korek jak skurwysyn nazywa się tu *traffic jam*.

– Co piszemy?

– Jazda po mieście (ze skojarzeniowym idiotenaparatem przy oku).

– Niby jak?

– Wszystko jedno, pisz pan, co ślina na język przyniesie. – To taki sposób na japońskiego turystę, który z częstotliwością trzech olśnień na minutę portretuje metropolię na światłoczułej kliszy. To technika kolarza – kuriera zbierającego z chodnika rozsypane mesydże. Bez ładu i składu, ale ogólnie jest fajnie, bo coś się tutaj dzieje, nie to co u was – bida z nędzą, więc przyjeżdżajcie jak najszybciej, Warszawa połknie każdego i każdą, a najlepsi połkną Warszawę jak wielkie jabłko, owoc drzewa poznania złego, tu wszystko się zaczyna i kończy przy żłobie, tu krzyżują się interesy, w zaciszu gabinetów prokuratorskich męczennicy odkupują winy własne, zasłużeni zasługują na chwałę...

– Wszystko się zgadza. Trafiłem pod właściwy adres. Jestem alfą i omegą.

– Kim?

– Kim Ir Senem.

– Kto tam?

– Hipopotam. Jest Pyziu?

– Kto?

– PKO.

– Z rentą?

„Co za głuche babsko".

– Byłem umówiony z panem…

– Nikogo nie ma w domu.

– Przecież byłem umówiony – Makler zaprotestował rozpaczliwie, ale w odpowiedzi usłyszał tylko oddalające się kroki. – Czemu mi to zrobiłeś?

– Co ci zrobiłem?

– Pyziu, żeby cię szlag. Stoję pod twoim domem.

– I co?

– Podobno cię nie ma.

– Co ty? Poważnie?

– Kurwa, Pyziu, gdzie ty jesteś?

– Bóg jeden raczy wiedzieć.

– Nie czas na żarty, kończą mi się impulsy.

– Na którą się umawialiśmy?

– Daj spokój, przyjechałem pierwszym pociągiem. Przecież wiesz, że nic wcześniej nie kursuje (właśnie dlatego umówiłeś się na ósmą).

– Trzeba było przyjechać nocnym (ot co).

– Chciałem, ale…

– Umawialiśmy się na sobotę, nie przyjechałeś. Albo nie przyjeżdżasz, albo się spóźniasz. Jak z tobą robić interesy?

– Wszystko ci wytłumaczę, jak się spotkamy.

– O ile się spotkamy.

– Nie ściemniaj. Gdzie?

– Na Foksal, za pół godziny.

– Będę.

– I żadnych kwadransów akademickich.

Foksal – co za miejsce, trochę o nim czytał. To tutaj odbywały się sabaty polityków i artystów. Tu gadające głowy ze srebrnego ekranu ukazywały ludzkie twarze, zapijając ryja z naturszczykami. Legendarna knajpa. Świadomi tej legendy kelnerzy paradują niczym kustosze wśród eksponatów ostatnich gości, mierząc każdego nowicjusza podejrzliwym wzrokiem strażnika przeszłości.

– Szukam… – Makler zwrócił się do szatniarza.

– Tylko bez nazwisk.

„To ci dopiero relikt *ancien regime'u*" – pomyślał Makler.

– Drugi stolik pod oknem.

„Zwracam honor".

– W moim fachu trzeba umieć czytać ludziom z oczu – to rzekłszy, szatniarz nachylił się konfidencjonalnie i wręczył mu wizytówkę asa wywiadu.

Makler nie mógł pojąć, dlaczego Pyziu wybrał knajpę naszpikowaną tyloma schizolami. Jak u Monty Pythona, jakby zorganizowano tu warsztaty terapeutyczne dla resentymentalnych dziadków i niespełnionych kombatantów. Może to nowy pomysł na franszyzę rodem z PeeReLu – Polskie Restauracje Ludowe. Tak czy owak, ulegając aurze, podszedł do stolika od zawietrznej (uwzględniwszy cyrkulację powietrza powodowaną przeciągiem, bo oczywiście drobnych zefirków, puszczanych cichaczem spod stolika przez starych pierdzieli nie sposób było przewidzieć).

– Kopę lat! Co u ciebie słychać? – zaczął wylewnie.

– Cześć – usłyszał w rewanżu. Oschle? I co z tego, że oschle? Nie przyszedł tu rozmawiać o sprawach sercowych.

– Nie będzie ci przeszkadzało, jeśli będę nagrywał naszą rozmowę?

– Czyś ty ocipiał?

– Wybacz, ale takie tu panują zwyczaje – wyjaśnił Pyziu. To zresztą Makler zdążył sam zaobserwować.

– Jak sobie życzysz. – Opozycja i tak nie miała sensu. – A swoją drogą, kiedy wy w tej Warszawce skończycie się bawić w policjantów i złodziei? Dobrze, że przynajmniej nie chodzicie w oficerkach.

– Od upadku powstania to już nie jest modne. Zresztą, nie ma takiej potrzeby. Pod skórą mamy wszyte takie chipy, po których od razu wiadomo, kto zacz.

– Co?

– Żartowałem.

„Kto wie" – pomyślał Makler. – „Może to nie byłby taki zły pomysł w tym niekończącym się karnawale, gdzie zamiast polityków i biznesmenów mamy przebierańców".

– Do rzeczy. Co masz dla mnie? – zapytał Pyziu, dając do zrozumienia, że jego czas jest ograniczony.

– Mam delikwenta, który…

– Człowieku – przerwał, siląc się na dowcip. – Za późno. Kolejne wybory prezydenckie za pięć lat. Masz coś na dziś?

– Daj skończyć. Gość ma żonę i dzieci, prowadzi własny interes, ogólnie: wzorowy obywatel o nieposzlakowanej opinii…

– Zaczyna się jak serial brazylijski.

– Nie przerywaj. Otóż ten wzorowy obywatel zostaje zatrzymany przez ochronę supermarketu i oskarżony o kradzież piwa, włamanie do pomieszczeń socjalnych i co tam jeszcze.

– Powoli się rozkręca. Ja bym tu przerwał i cdn. za tydzień, a póki co, nasi mili telewidzowie, zostańcie z nami.

– Przyjechała policja – Makler ciągnął swoją opowieść, ignorując złośliwe uwagi – i zawieźli gościa na izbę wytrzeźwień.

– Rozumiem, tam go pobili i ograbili.

– Lepiej. Zwolnili go nad ranem…

– To eskasyny.

– Ale po tym wszystkim bał się wrócić do domu. Poza tym ma jakieś problemy z bankiem, no i kombinuje, jak tu się zadekować.

– I z tym do mnie przychodzisz?

– Pyziu, gdybyś go widział… Wpadłem na niego, jak rzygał pod dworcem, zalany w trupa. Wypisz, wymaluj ostatni menel, tyle że z przeszłością.

– No to rozumiem, że było ci lżej to wszystko z siebie ścierać.

– Zaprosiłem go do siebie (to dlatego nie przyjechałem nocnym pociągiem)…

– Prawdziwa, Makler, Teresa z ciebie.

– I został na noc.

– I co? Zakochałeś się?

– Mówił, że nie ma dokąd pójść. On w ogóle nie chce wracać do domu. Już woli spać pod mostem.

– To idź z nim do Monaru albo do poradni. Nie wiem, zrób coś... – Pyziu udawał zatroskanego.

– A teraz najważniejsze.

– A to, co było do tej pory między wami, to nieważne? To nic?

– Ten supermarket...

– Jaki supermarket?

– Nosz, Pyziu, nie zgrywaj głupa. Ten, gdzie go zatrzymali.

– No?

– To ABC SA.

– No?

– I nic?

– Nic.

– Nic ci to nie mówi? – Na twarzy Maklera odmalowało się zdziwienie. – Za dwa tygodnie 25% akcji ABC SA należących do Skarbu Państwa trafia na giełdę.

– To wiem, ale jaki to ma związek z twoją dziewczyną?

– A widzisz, zapomniałem ci powiedzieć. Chłop był Bogu ducha winny. On się nigdzie nie włamywał. W kantorku zamknęła go sprzątaczka. Mało tego. Wcześniej wylała na niego cały kubeł pomyj, a potem poszła wyprać i wysuszyć jego wdzianko. On zaś, czekając w samych slipach na jej powrót, przysnął nad piwkiem, które, co więcej, podobno kupił za swoje. I wtedy właśnie wpadły te zbiry z ochrony...

– To pechowiec.

– Dość tego, że już na drugi dzień supermarket starał się zatuszować całą sprawę – wyjaśnił Makler triumfującym tonem.

– To chyba zrozumiałe. Tylko nadal nie pojmuję, dlaczego ta sprawa tak bardzo cię interesuje. Czyżby powodowała tobą miłość do bliźniego?

Makler przyjrzał się Pyziowi uważnie. Wyglądał, jakby rzeczywiście nie podejrzewał, do czego on zmierza.

– Wiesz, że zawsze gram na bessę – zniżył ton.

– Chyba grałeś, bo słyszałem, że jesteś spłukany.

– Ale teraz mam szansę się odegrać – zawiesił teatralnie głos i po chwili dodał – na akcjach ABC SA – po czym zamilkł, oczekując na aplauz.

– Nie myślisz chyba, że z pomocą tego nieudacznika wywołasz spadek kursu akcji.

No nie. Pyziu nie był dzisiaj w formie.

– Dlatego jestem tutaj.

– Zaraz, zaraz... powoli zaczynam rozumieć... – Pyziu zastanawiał się intensywnie, przyprawiając Maklera o skrajną irytację. W końcu jednak zatrybił i stała się jasność wielka, jak nagły wybuch supernowej, jak odkrycie, że obok jest drugi człowiek, który myśli tak samo jak on, że tworzą jedność, są braćmi, dziećmi jednego machera, które dowiedziały się, że w ich żyłach płynie ta sama krew i taki sam przetrącony krzyż wskazuje im drogę, ale sza, inni nie muszą tego wiedzieć, niech pozostanie to ich słodką tajemnicą, że tworzą idealnie dobraną bandę. – Znam kogoś w Departamencie Nadzoru Właścicielskiego... Poczekaj – sięgnął do wewnętrznej kieszeni marynarki. – Wyłączę dyktafon, bo zaczyna się robić gorąco.

– I jeszcze jedno – tę kwestię Makler pozostawił na sam koniec. – Pożycz trochę grosza.

– Przecież ci mówiłem, że nie mam kasy.

– Pyziu, odpuść. Nie dla siebie chcę pożyczyć, tylko dla niego. Biedak musi jakoś przeżyć te dwa tygodnie na bruku.

– Masz tu pięć stówek – Pyziu z ciężkim sercem odliczył banknoty i już bardziej ochoczo dodał: – a teraz napijmy się wódki.

– Nie mogę. W domu czeka na mnie Reces.

– Jaki znowu Reces? Czyżbyś na stare lata sprawił sobie psa? – Pyziu był najwyraźniej zadowolony z przebiegu spotkania. W przeciwnym wypadku zakończyłby jakimś zdawkowym: no to do następnego razu, miło było itp.

– Reces to ten nieszczęśnik. Zamknąłem go w domu, żeby mi nie uciekł.

– Makler, widzę, że idziesz na całego.

– Gdybyś był w mojej sytuacji...

– Panie Bronku – zwrócił się Pyziu do kelnera – dwie setki proszę. Przecież do jutra ten twój Reces nie umrze z głodu.

– Ale ja nie mam pieniędzy – zaprotestował rozpaczliwym tonem Makler.

– Daj spokój. Fundusz reprezentacyjny stawia.

– Jaki znowu fundusz?

– Nieważne. Mniej wiesz, krócej będziesz przesłuchiwany – nakręcał się Pyziu. – Panie Bronku, jeszcze kawior! A i odkorkować.

– ...szam pana. – Jakiś gówniarz („wielki jak korek od butelki") z etykietą u szyi chciał się podzielić swoimi problemami.

– Spierdalaj, szczeniaku – syknął mistrz ceremonii. – Nie mam pieniędzy. – Klasnął dwa razy w dłonie na pana Bronka. – Ale żeby mi był prawdziwy, francuski!

– Carte d'Or?

– Kawior? Ruski.

– Couvee.

– Kurwę? A czemu by nie, dwie...

Ile to trwało, kto wie. Zmierzchało się, kiedy wstawali od stolika. Przy wyjściu Pyziu zatrzymał się jeszcze i wręczył szatniarzowi kasetę, którą wyjął z dyktafonu. Tego już było za wiele.

– Nie obraź się, ale was tutaj chyba zdrowo pojebało – wypalił Makler.

– Nie znasz się. Mamy teraz tydzień czystych rąk.

– Co to za idiotyzm?

– Taki sam jak zawód: lobbysta – spuentował Pyziu.

I poszły chłopaki w Łorsoł baj najt, na spotkanie cór Koryntu, co jadą na cały gwizdek, jak donoszą świerszczyki, i pod osłoną nocy wylęgają się na trotuarach Śródmieścia, licytując między sobą, która może więcej, dłużej, taniej… Stręczycielskie cykady i rechoczące kurwy na pigalaku. „Cicho! Bo pobudzicie całą dzielnicę". Śpiąca królewna w śnieżnobiałej bieliźnie z billboardu przeciąga się i znów układa do snu swoje wielkie ciało puf muter, odziane w „Triumph dla zmysłów" – podglądana przez dziewczynkę z dobrego domu naprzeciwko, której krew menstruacyjna bije do głowy tak, że od tej buzującej kobiecości nie może spać biedaczka, a pod jej oknami Romeo ma ważniejsze sprawy – rozwija plakaty ojca narodu zrolowanego, bo nadeszła pora, by raz na cztery lata wyjść na spacer, dać głos i zaaportować kij na kolejną kadencję – wybierz jego eminencję.

– Kogo?

– Misia Gogo. Jak chodzisz, łamago?!

Pijaczyna z nosem w kolorze indygo próbuje dojść do siebie.

– Kolego…

– Odczep się, lebiego.

Nadmiarem libido z aerozolu tryska uliczny artysta, gangsta raper, werbalny terrorysta.

– Pyziu, spierdalamy!

Zapatysta, sanguinista wyrusza z konkwistą krwistą, jatką istną przeciwko farbowanym lobbystom, błądzącym po kuluarach turystom, statystom na scenie politycznej, purystom, co mają jedną rękę czystą, tę od walenia kutasa, złamasie zakłamany, pasożycie, glisto żywiąca się kapustą brudną, nosisz wdzianko schludne i myślisz, że jesteś lepszy, już z dala od ciebie cuchnie, od ciemnych interesów w czas recesji, prohibity, a zwłaszcza prosperity. Łachmyty, myślicie, że ja nie wiem? Przestańcie żenić kity. Tym krajem rządzi półświatek przegnity, łatwe obyczajowo kobiety, a reszta to makiety, pikiety, strajki, bzdety. A ty? Co stoisz jak zbity…

pies? Jak ten Reces? Albo oni ciebie, albo ty ich. Kesz, tego chcesz, bierz, ile chcesz. Wiesz, jak na was patrzę, nachodzi mnie chuć na rzeź, lecz rewolucja to przeżytek, to wieś, leperiada, powiadam, na was jest jedna prosta rada: bądź szybszy, pierwszy ich okradaj.

To właśnie tak w hip-hopu takt kołysze się Nowy Świat.

– Co ty, to Mokotów. Saska Kępa.

– Stary, głowa mi pęka.

– Nie wymiękaj, jeszcze tylko tokaj.

– Okay, ale potem przegonimy tę hołotę. Mam zgryzotę.

– Chyba zgagę?

– No to ja już jadę.

– Stój! Gdzie?! Musisz poznać Nadię. Zdrawstwujtie, Nadieżda Iwanowna. Ależ ty dzisiaj rozmowna. A twoja siostra szacowna?

– Wiera? Ona już ma kawalera. A eto Liuba.

– Nie, Liuba, jak dla mnie, w biodrach jest za gruba. A więc zostałaś mi tylko ty, Nadziejo.

– Jezu, dobrodzieju, co to za kicha? A ta micha? Ale się ululałeś, stary...

A Maria Magdalena wciąż czeka na swojego zbawiciela. Kto upomni Niniwę i ogłosi post? Bo jeszcze dwadzieścia dni, a zostanie zburzona.

# Dzień jedenasty

## (czwartek)

– Myślałem o tobie…

„Oto człowiek, który kilka dni temu, tak to już kilka dni, chyba kilka dni, dokładnie nie liczyłem, ale na pewno od tamtej pory spałem kilka razy, a to znaczy, że musiałem tu spędzić więcej niż jeden dzień, chyba że spałem również w ciągu dnia, tego przecież nie można wykluczyć, więc…"

– Postanowiłem ci pomóc…

„Powiedział, że mogę u niego przenocować, w pierwszej chwili chciałem mu podziękować, a nawet przypierdolić. Dworcowy podrywacz się znalazł, ale ja nie z tych. Dlaczego więc skorzystałem? Dlaczego w ogóle z nim rozmawiałem? Po co mu…"

– Opowiedziałem twoją historię paru mądrym ludziom…

„Oj, gdybyście mnie wtedy zobaczyli, nie wyglądałem atrakcyjnie. Pijany, porzygany, bezdomny menel – tak właśnie wyglądałem. Obrazu dopełniał stek wyzwisk, jakimi bluzgałem na świat cały, na wszystko, na czym stoi, ja kontra reszta świata, reszta była milczeniem, ja byłem dołem… Gość chyba naprawdę lubi grać na bessę, przecież nie mógł ode mnie oczekiwać niczego w zamian…"

– Bo przecież zostałeś z wszystkiego wyzuty…

„Taki los, ślepy, oczy…"

– W rzeczy…

„w…"

– samej…

„du..."

– rzeczy...

„nie..."

– duże pieniądze można na tym zarobić...

„pierdol..."

– E!

„nie pierdol..."

– E! Ty, słuchaj mnie. Musisz wykorzystać okazję, przecież nie nale...

„że właśnie należę do tych, którym wiatr zawsze w oczy..."

– W iście brawurowym stylu możemy wyjąć trochę grosza z supermarketu.

– Jakiego supermarketu?

– Tego, w którym cię to wszystko spotkało.

„A, on o tym, doprawdy wrażliwy z niego..."

– Człowiek w twoim położeniu nie powinien im odpuszczać. Rozmawiałem z prawnikiem. Mógłbyś zażądać odszkodowania rzędu...

„Dla kogoś takiego jak ja szkoda nawet paru baniek..."

– ...paru dużych baniek, skoro przez nich straciłeś pracę...

„chyba PUdla, który i tak padał..."

– lądując na bruku...

„Nie tak znowu na bruku, przecież mam lokum. Jak długo?"

– To oczywiście trudno skalkulować...

„a jeśli zażąda, żebym mu zapłacił za nocleg..."

– ...na pewno nie mniej niż...

„W końcu dlaczego ma to robić za darmo..."

– ...dajmy na to, dwieście tysięcy złotych.

– Nie mam tyle.

– To oczywiste, przecież straciłeś wszystko, co miałeś: pracę...

„PUdla, już mówiłem".

– ...dom...

„M-4 na czwartym piętrze, w niezbyt prestiżowej okolicy".

– ...rodzinę...

„Moni, moją Moni".

– Musisz spojrzeć prawdzie w oczy. Już nie wrócisz do swojej firmy...

– PUdla.

– Pudla też nie zobaczysz. Najpewniej rodzina od ciebie odejdzie albo wymieni zamki w drzwiach, a nawet jeśli nie, to to już nie będzie ten sam dom...

„Mieszkanie. Mieszkanie to nie dom, dom ma ogród i większy metraż, jak ciągle powtarza Moni".

– To już nie będzie twoja żona, a dzieci, to już nie będą...

„Uważaj, co mówisz".

– Musisz spojrzeć prawdzie w oczy: jesteś na dnie i to przez kogo?

– Prze... – „...ze mnie? A co to? Przesłuchanie? Sąd Ostateczny? Rozmowa ojca z synem, w trakcie której młoda latorośl odkrywa rodową dewizę, testament przodków, zapis genetyczny, tajemną formułę na stworzenie Recesa, magiczne zaklęcie, jak..." – ...praszam.

– Że żyję? Daj spokój, nie bądź recesywny. Wszyscy szukają winnych wokół siebie, a ty jeden zgrywasz się na nieudacznika fatalistę. Zresztą...

„Może masz rację".

– ...może to właśnie mnie postawił los na twojej drodze i może...

„Powinienem cię posłuchać".

– Słuchasz mnie w ogóle?

– Przepraszam, trochę się zamyśliłem. – Naprzeciwko mnie siedział człowiek, który kilka dni temu wyciągnął do mnie pomocną dłoń. Stałem wtedy pod dworcem, pijany w sztok, pośrodku skrzących się w promieniach zachodzącego słońca moich rzygowin i już nie mojego miasta, na które miotałem przekleństwami. Wypisz, wymaluj: bezdomny menel. Podszedł do mnie i zaproponował, żebym u niego przenocował. No, oczywiście, nie tak od razu. Najpierw chciał, żebym po sobie posprzątał. Pomyślałem, zboczeniec. W końcu różne typy kręcą się po dworcu, a on (nienagannie ubrany, z muszką pod szyją) jak na to miejsce i porę wyglądał nadzwyczaj dziwacznie. W pierwszej chwili chciałem mu podziękować, a nawet przypierdolić, ale... czy ja już tego nie opowiadałem? No tak... – Nie jestem dzisiaj w najlepszej formie.

– I dobrze. Po czymś takim masz prawo. To musiał być dla ciebie szok. W końcu za sprawą bandy aroganckich ochroniarzy trafiłeś na całą noc na komisariat, jak jakiś zbir, ty, szanujący się obywatel...

„Na dobrą sprawę, to kim ja właściwie jestem?"

– Słuchasz mnie?!

– Tak, przepraszam.

Wstał i podszedł do okna. Przez dłuższy czas obserwował ruch uliczny, napawając się wyższością, jakby był Pantokratorem, podczas gdy poniżej, kilka szczebli w dół, u jego stóp niemalże kotłowała się tłuszcza.

„Halo! Tutaj jestem!"

Odwrócił się i spojrzał na mnie pytającym wzrokiem.

„To ja, nie poznajesz?"

„Ja to wiem, ale czy ty to wiesz?"

„Co wiem?"

„Kim jesteś? Po co tutaj przyszedłeś?"

Cisza, jak makiem zasiał... Tylko ten telewizor, w którym szedł jakiś amerykański dramat sądowy, a w nim cisza, w którą z wolna wkroczył wystukiwany butami o podłogę jednostajny rytm – stuk... stuk... stuk... stuk... – od ściany do ściany i z powrotem – stuk... stuk... stuk... stuk... – miarowych kroków, jakby z bioder zamiast nóg wyrastały wahadła metronomu.

„Co nam dzisiaj zagrasz, Maestro?"

Cisza. Pantokrator-prestidigitator krąży w milczeniu. Wprowadza się w trans, ale uważaj, to trick jest, on tą monotonią ciebie chce zahipnotyzować. Już widzisz w nim tresera, który pręży się przed publicznością, wyczekując najdogodniejszej chwili, by wypuścić z klatki piersiowej sforę drapieżców. Sam jest drapieżnikiem, wyjątkowo perfidnym łowcą poklasku. Lepiej miej się na baczności. Wystarczy, że otworzy usta, i już stałeś się jego ofiarą. Omota cię swoją potoczystą mową, obezwładni chwytami oratorskimi i położy na łopatkach, przyciśniętego figurą retoryczną. Ale co to? Uśmiecha się, wyciąga rękę, jakby chciał cię poklepać po ramieniu.

„Nie bój się, to nie będzie bolało".

Czego się mam bać? Jestem tylko widzem. Czekam. Ale jemu się nie spieszy, w końcu to on tutaj rządzi – lew salonowy, król zwierząt, ostatnie ogniwo ewolucji, *ubermensch*, *die blondie bestie*. Czekam i czuję, jak z każdą sekundą narasta we mnie perwersyjny głód mocnych wrażeń. To oczekiwanie jest jak post – przygotowanie na przyjęcie tajemnicy, oczyszczenie przed wielkim żarciem…

„Maestro, nie każ mi dłużej czekać!"

„Silenzio!"

Język poskramiacza serc i umysłów zawisł na ułamek sekundy w powietrzu niczym bat, po czym runął, przeraźliwym świstem rozcinając ciszę na dwie połowy – prawda i fałsz, pośrodku zaś biegnie słowo, które stało się ciałem i rozpycha się łokciami, wierzga, tupie, warczy, rzuca się do gardła, krótka komenda: „Nie gryź!" i odpuszcza, już tylko obejmuje delikatnie, z uczuciem, do rany przyłóż, samo roni łzy i współczuje, dobre słowo, ale chwila nieuwagi i wyrywa serce, „Oddaj!" – przynosi na tacy…

„Oto głowa zdrajcy, dezertera, który przed kilkoma dniami opuścił nasze szeregi, porzucił stanowisko pracy i uciekł poza nawias społeczeństwa. Oto jak wygląda człowiek, który wypadł z kolein, jakimi do tej pory toczyło się jego życie. Z pozoru niczym się od nas nie różni. Zachował nawet wspólne nam wszystkim rysy – współzawodnictwo, zapobiegliwość, troska o rodzinę, dążenie do pomnażania majątku… Ale podczas gdy siedzi tu, wśród nas, jak jeden z nas, jak gdyby nigdy nic, cichociemny, jego myśli zaczynają niepokojąco buksować po śliskiej materii zagadnień podstawowych, po zmurszałym podkładzie kwestii zasadniczych i jeśli w miarę szybko nie wskoczą na sprawdzone tory, niebawem podniesie krzyk, zacznie nas oskarżać. Już sypie Słowem Bożym, jak syn sprzedawcy Biblii, samozwańczy ewangelista. Sami słyszeliście, jak przestrzegał przed losem sodomitów i zapowiadał zburzenie Niniwy. Aspiruje do roli wyrzutu naszego zbiorowego sumienia. Gnida! Niedorajda! Skoro już sam nie potrafi niczego osiągnąć, to marzy mu się zostać przynajmniej wrzodem na dupie, niepozwalającym nam wygodnie rozsiąść się przed telewizorem i rozkoszować się tą krótką chwilą wolności, na którą, do jasnej cholery, zasłużyliśmy sobie przed snem, po całym dniu tyrania. Czy ja powiedziałem «tyrania»? Jaka tyrania? Przecież żyjemy w najlepszym z możliwych światów. To on wieści nam fundamentalną tyranię zaświatów. Gnida! Karakon! A co się robi z karakonem? Przecież to za mało wyrwać mu język. Będzie mógł jeszcze pisać. Co takiego? Tak, teraz każdy pisze, a tacy najwięcej. Spotykają się na kółkach albo knują w pojedynkę i dniami i nocami płodzą manifesty, petycje, listy otwarte, które potem wrzucają do naszych skrzynek, wtykają za drzwi, zostawiają na wycieraczce, obok kupy psa sąsiada, albo gorzej, rozsyłają ten blogochłam internetem. Ba, wystarczy, że przejdzie się taki po ulicy z głupkowatym wyrazem twarzy, w łachmanach wagabundy, jak jakiś bubel, produkt recesji. Po co komu taki rwetes? Trzeba go zgładzić… albo przyjąć z powrotem, z otwartymi ramionami, ale nie pustymi ramionami, dość już tych pustych gestów. Trzeba wyciągnąć do niego dłoń pełną szeleszczących banknotów. Skorumpujcie go, wręczcie mu łapówkę, żeby wycofał oskarżenie i wszystko zatuszował. Nie odmówi, będzie kręcił nosem, ale w końcu przyjmie to jako zaliczkę na poczet tantiem od pomysłów racjonalizatorskich – recept na uzdrowienie społeczeństwa. Niech sobie dalej snuje te swoje rewolucyjne wizje. Jak już weźmie w kieszeń, będzie wasz. Gwarantuję, wcześniej czy później od tego chapania wylecą mu wszystkie zęby, a wtedy wstawicie mu nowe, państwowe z ortodoksyjną korektą, taka proteza działa jak kaganiec, jak program lojalnościowy do grobowej deski. Powiadacie, cena za wysoka. A taniej podnieść z gruzów World Trade Center? A supermarket? Oni i tak zaksięgują wszystko po stronie kosztów i wyjdą na swoje, zawsze wychodzą na swoje. No to jak? To jest wasza ostatnia szansa. Liczę do trzech: raz... dwa... dwa i połowa... Naprawdę tego chcecie? *J'accusse...* Przypomnijcie sobie sprawę Dreyfussa. A proces pana K.? Wyobraźcie sobie, że to na waszych oczach toczy się ten proces. Za chwilę sami napiszecie jego zakończenie. Dajcie upust fantazji. Przecież można co nieco poprawić tę ponurą historię. W końcu wszyscy lubimy happy endy. No to do dzieła i lepiej, żeby oprawcy pana R. zaczęli liczyć gotówkę, bo zaraz wyciągną ją na stół, pod przymusem, pod naszym przymusem, pod przymusem społeczeństwa obywatelskiego, które z takim trudem budowaliśmy i będziemy strzegli przed jego wrogami. Taka jest nasza powinność wobec historii".

– Brawo!!! – krzyknąłem mimowolnie. – Jak ja lubię te amerykańskie procesy. Ten cały teatr i patos, jak w tragedii antycznej, skrojonej przez dyktatorów mody do potrzeb współczesności.

– Przestań się gapić w telewizor!

Posłusznie odwróciłem wzrok (w okienku spikerka, niczym woźny sądowy, obwieściła przerwę na reklamę).

– Przed tobą twój własny proces, o ile się na niego zdecydujesz.

– Wchodzę w to – odparłem bez namysłu.

– Wiedziałem, że mądry z ciebie facet. Masz tu dwieście pięćdziesiąt złociszy na życie... i jeszcze jedno...

„Jasne, połowa dla ciebie".

– Musisz wrócić na ulicę.

– Na jaką ulicę? To nie mogę tu zostać, dopóki... no wiesz, przynajmniej kilka dni?

– Tak, a na salę rozpraw przyjdziesz świeżutki, pachnący, w garniturku od Armaniego. Nic z tego, musisz wyglądać
jak Jan Reces, a właściwie Reces Jan. Zresztą, co ja ci będę
tłumaczył, jutro o dwunastej u adwokata.

# Dzień dwunasty

## (piątek)

– Co pana do mnie sprowadza?

– Sądziłem, że pan wie – odparłem zaskoczony.

– A niby skąd? Piszą o tym w gazetach? – zareplikował sarkastycznie leciwy adwokat.

„Taki stary" – pomyślałem, kiedy wszedłem do gabinetu i zobaczyłem go, siedzącego za biurkiem w stylu Ludwika z Kalwarii. Spodziewałem się kogoś znacznie młodszego, kogoś pokroju Maklera, a tu niemalże emeryt. Żeby mnie przekonać, że nie jest figurą woskową, wstał i zaczął chodzić po gabinecie. Już jednak po kilku krokach wpadł w astmatyczną zadyszkę. Wywracał przy tym ślepiami i wykrzywiał gębę, jak w stanie przedzawałowym, bez ustanku poruszając żuchwą w górę i w dół, niczym kolędnik przebrany za smoka, kołaczącego paszczą dla odstraszenia złych mocy. Dalibóg, trafiłem na szamana, który odprawiał wokół mnie rytualny taniec, pochrząkując znacząco i wplatając w to gardłowe „do" wyrwane z kontekstu zdania, jakby rozmawiał z zaświatami. W końcu poprzestał na samych wykrzyknikach, znakach zapytania, kropkach nad „i", po których, wbrew wszelkim regułom, stawiał wielokropek, przecinek i pauzę. „To przecież mors jest" – pomyślałem i spojrzałem na jego kły, wystające spod sumiastych wąsów, tak długie, że wadziły o blat biurka, o pardon, to paznokcie tak stukają w pulpit – „on morsem nadaje". Że też od razu na to nie wpadłem. Tymczasem komunikaty szły w eter, wystukiwane jakby w hipnotycznym transie pod dyktando zmarłego przodka, który przyglądał mi się złowieszczo z portretu nad biurkiem. Maksymalnym wysiłkiem woli próbowałem przypomnieć sobie znany przed laty alfabet. To było w podstawówce, płaska bateria 4,5 V, gumka i żarówka, jesteśmy dziećmi kapitana Granta, ratującymi się na lekcji polskiego kombinacją długich i krótkich zajarzeń. „Jasiu, co ty tam masz? Do tablicy!" Zerwałem się na równe nogi.

Abecadło z pieca spadło,
O ziemię się hukło,
Rozsypało się po kątach,
Strasznie się potłukło. *

Mentor obdarzył mnie zza biurka spojrzeniem niańki, która odkryła, że jej przerośnięty podopieczny zrobił kupkę w pieluszki.
– Panie Regres...
– Hę?
– Pański przypadek nie należy do prostych.
– Uhm – przytaknąłem, oczekując diagnozy, a przede wszystkim recepty. On jednak znów zaczął kołować, ale tym razem jakoś inaczej, pewniej, jakby nawiązał kontakt ze sprzyjającymi bóstwami. Szarlatan? Nie, szaman, przecież mówiłem. Kawalarz? Już raczej kabalarz, kabalista. Z linii życia zaczął odczytywać numery artykułów, a z nich wykładał przyszłość, literalnie, systemowo i celowościowo, powołując się przy tym na autorytet siedmiu starców, biesiadujących przy jednym stole z Temidą i regularnie, co pół godziny, oddających jej pokłon, na okoliczność czego kapłani niższej rangi spisują protokół i krzyżyki czynią na wokandach, po czym wywołują z pustych korytarzy duchy zmarłych w toku procedowania stron. W końcu rzucił liczbę, w której zaklęta była

---

* Fragment wiersza Juliana Tuwima *Abecadło*.

moc największa, gdyż była to liczba posiadająca moc pomnożenia majątku sługebników sprawiedliwości.

– Oto kwota, za którą podejmuję się prowadzić pana spór, panie Rwetes. Co pan na to?

– Hę? – Znowu szczęka mi opadła, a dopiero co ją pozbierałem z podłogi. Na dodatek, od tego obcowania z zakurzonym persem zaschło mi w gardle.

– A nie dałoby się na procent? – wykrztusiłem w końcu.

– Na procent też, ale dopiero po wygranej.

– Bo wie pan…

– „Panie mecenasie”. Ustalmy, że od tej pory będzie się pan do mnie zwracał w ten sposób. To podnosi rangę pańskiej sprawy.

– Ja nie mam pieniędzy.

Tym razem opadły ręce – nie jemu, mnie, bo pierwszy raz wobec obcej osoby, ba, wobec kogokolwiek zdobyłem się na takie autodafe. On zaś zakasał rękawy.

– Powiada pan, panie Rekiet, na procent? – zapytał i sięgnął do szuflady biurka.

– Uhm.

– A co ma pan do zastawienia? – Wyciągnął lupę i wagę jubilerską.

Miałem zegarek, ale mi go ukradziono na dworcu. W ogóle, co za cholerny pomysł z tym spaniem na dworcu? Nie dość, że mnie okradli, to jeszcze musiałem wykupić bilet na „jakiś poranny, dalekobieżny”. Wszyscy mieszkańcy dworca takim podróżują, inaczej wypad na ulicę. Pociąg widmo nigdy nie przyjeżdża na czas, w ogóle nigdy nie przyjeżdża, mimo to jego pasażerowie cierpliwie czekają w poczekalni, byle do świtu, do pierwszych promieni słońca, pierwszych podrygów termometru. „Kto otworzył drzwi?! Ciepło ucieka!”

– Reces? A co ty tutaj robisz? – w drzwiach ukazała się twarz Maklera.

– Jak to co? Przecież sam mi kazałeś.

– Co ci kazałem? – Makler był wyraźnie zirytowany.

– Mieliśmy się spotkać u adwokata.

– Ale nie u tego starego pierdziela – wyjaśnił, nie zważając na obecność rzeczonego.

– A skąd mogłem wiedzieć? Zapukałem do pierwszych drzwi.

– To chodź – przywołał mnie ręką. – Zapukamy teraz do Benka.

– Zaraz, panowie – zaprotestował mecenas. – A kto mi zapłaci za poradę?

– Społeczeństwo, panie mecenasie, społeczeństwo. Przecież pan Reces to klient urzędowy, korzystający z prawa ubogich – zablefował Makler.

– A to trzeba było tak od razu, panie Rewers. Gabinet pana Benka trzecie drzwi na prawo.

Trzecie drzwi. „Witajcie w małpiarni". Puk... puk... puk... wchodzimy, patrzymy, trzy małpy siedzą na biurku, a czwarta – naczelna podbiega do nas i jak nie zacznie fikać, wywija salta mortale, na głowie staje i stopą w stopę klaszcze. „Patrzcie, jaka jestem zwinna". Nagle się zaduma i po brodzie drapie, istny cyrk. „Mam!" – krzyczy. Tego jeszcze nie było. Wkłada rękę do ust, głęboko, jeszcze głębiej i tam, na samym dnie swojego jestestwa, chwyta się za taki dinks, ciągnie. *„Et voilè!"* – Staje przed nami przenicowana *a rebour*, nie ta małpa, diabeł wcielony. „Oto, mili państwo, numer popisowy". Prawnik od podszewki, *made by* Armani. Co za aksamit, wprost leje się przez palce, jak woda. Spróbuj go ująć. No? Panta rei, a ten ścieg. Szlachetny? *Hand made*, żadna tam masówka. I znowu dinks, energiczny ruch pod publikę i naszym oczom ukazuje się gładka powierzchowność Valentino, w stalowym gorsecie Bossa. Pod 98%wool2%elastane℗ △ ⚐ 30° na kant wyprasowaną skórą pulsuje komórka, niczym bypass-wibrator, kabelkiem tłoczący adrenalinę przez ucho do bezdennej cipy pod kształtną czaszką. *L'uomo deliquente*, Lombroso, *umbrella, dancer in the rain*, Fred Astair, Alistair MacLean, *advocatus diaboli*, doktor Faustus, Jekyll & Hyde, Barry White, śpiewa, tańczy i swawoli, ledwie budy nie rozwali, cha, cha, chi, chi, hejże, hola! Siadł w końcu przy stole, podparł się w boki jak basza, „Skandal" – krzyczy, „Skandal!" – woła, opinię publiczną przestrasza, na patrona z trybunału dzwoni kieską, pomału małpy wścibskie zakrywają uszy, usta, oczy, on zaś chwyta się za krocze na dowód, że do wyruchania klienta musi mieć nie lada ważny powód, i gniecie, i układa... w głowie okrągłe zdanie, i czesze i układa... włosy w przedziałek... i drapie, i układa...

– Benek, do jasnej cholery, przestań drapać się po jajach! Idź z tym do lekarza – wrzasnął Makler.

– No to jak? Jesteśmy umówieni? – zwrócił się do mnie Benek, ignorując niestosowną uwagę kolegi. – W poniedziałek składamy pozew.

Przytaknąłem i podniosłem się z krzesła, lżejszy o...

– Dwadzieścia jeden gramów? – zapytał, jakby czytał w moich myślach.

– Hę?

– Bez obaw – dodał tonem uspokajającym – tu się nic nie zgubi.

– Chyba że dusza – burknął pod nosem Makler.

– Co powiedziałeś?

– Nic, nic, żartowałem.

– Jeszcze tylko proszę tu podpisać.

– A to co? – Przede mną leżała czysta kartka.

– Pełnomocnictwo – wyjaśnił Benek.

– Ale przecież tu nic nie jest napisane.

– Czyżbyś nam nie ufał? – zapytał Makler.

Nic nie odpowiedziałem. Wziąłem do ręki pióro i wykaligrafowałem: „Jan Reces". *In nomine Patri et Filli et Spiritus Sanctus...*

– Amen – spuentował Bęnek i zamknął akta.

A więc ujęliście mnie w okładki jak lamentację z wnioskiem zamiast puenty o szybkie rozpoznanie sprawy. Zawarliście mnie na ośmiu ponumerowanych kartach niczym

Czarnego Piotrusia, który bierze wszystko. Zasznurowaliście mi usta parcianymi nićmi, bo i tak nie mam nic do dodania. W poniedziałek wyekspediujecie przed sąd, gdzie będą wertować moje życie jak powieść grafomana, znudzeni, od deski do deski, grabarze wszelkiej nadziei, zarzynający nawet najlepszy finał. Zostałem papierowym ludzikiem, który mieszka w kartonowym domku z akt i wygląda z niego raz na rok sądowy. Jestem lżejszy nie tylko o dwadzieścia jeden gramów. Zbiliście mi wagę, jak przed walką o złoty pas, do ciężaru piórka, żeby leniwe sekretarki mogły mnie przerzucać z biurka na biurko, opatrzonego niskim numerem startowym (bo bieg urzędowy jest imprezą masową), złamanego przez pechowy rok. Reces, rejestr, repertorium – brzmi jak wyliczanka – na kogo wypadnie, na tego bęc, i repeta do pierwszej instancji. Tylko patrzeć, jak stanę się fantomem w skorowidzu beznadziejnych spraw, pierwiastkiem promieniotwórczym na szarym końcu tej swoistej tablicy Mendelejewa, którego nikt nie chce wziąć do ręki, aż w końcu znajdzie się genialny asesor i ten odkryje moje przeznaczenie, a po wyczerpaniu toku instancji zarchiwizuje, by po dwudziestu pięciu latach archiwalnego czyśćca posłać do pieca.

– Miło mi było pana u siebie gościć, panie Reces – rzucił na pożegnanie Benek. – I niech pan już zacznie się zastanawiać, co zrobić z taką furą pieniędzy.

Furą pieniędzy? Przeliczyłem swój stan posiadania. Więcej do kartkowania miał wiatr, który po opuszczeniu kancelarii jął wściekle targać moim okryciem wierzchnim. Sądząc po tym, jak przygiął mnie do ziemi, rzeczywiście musiałem stracić na wadze. Oto prawdziwa walka, którą muszę toczyć tu i teraz – na ulicy. Oto moja egzystencja z krwi i kości. Oto kartonowy domek, toczy się po bruku, pozbawiony fundamentów i lokatora. „Rezerwuję!" Żartowałem. Nie upadłem jeszcze tak nisko. Od czego mam prawnika?

# Dzień trzynasty

## (sobota)

– „Wstań, idź do Niniwy, wielkiego miasta, i upomnij ją, albowiem nieprawość jej dotarła przed moje oblicze".
– Dziadku, nie ma już Niniwy. Coś ci się pomyliło.
– To czyń, jeśli sam chcesz zostać ocalony, i obudź się w końcu, ty śpiochu zasrany!
Otworzyłem oczy.
– Co to za miejsce?
– Głupie pytanie.
– To wnętrze aż nadto dobrze mi znane.
– A ta poza?
– Czy ja wciąż jeszcze śnię?
– No nie, trzymajcie mnie.
– Przecież to mój PUdel. Co ja tutaj robię?
– Leżysz.
– To akurat wiem, ale skąd się tu wziąłem?
– Gdzie?
– Teraz ty zadajesz głupie pytania. W brzuchu wielkiego zwierza.
– Jakiego znowu zwierza?
– Rekina, kurwa mać!
– Chyba wieloryba.
– Już prędzej PUdla.
– PUdla?
– Punktu Usług dla Ludności.

– Ano tak, wyjątkowo żarłoczne zwierzę, pochłaniało całe twoje życie.

– Jak Jonasza? To do niego ciągle pijesz?

– Ja piję? To był twój pomysł, żeby schronić się przed burzą w brzuchu wieloryba.

– Jak już, to PUdla. Zresztą nieważne, opowiadaj dalej.

– „I Pan zesłał na morze gwałtowny wiatr, i powstała wielka burza na morzu, tak że okrętowi groziło rozbicie. Przerazili się więc żeglarze i każdy wołał do swego bóstwa; rzucili w morze ładunek, który był na okręcie, by uczynić go lżejszym. Jonasz zaś zszedł w głąb wnętrza okrętu, położył się i twardo zasnął. Przystąpił więc do niego dowódca żeglarzy i rzekł mu: «Dlaczego ty śpisz? Wstań, wołaj do Boga twego, może wspomni Bóg na nas i nie zginiemy»".

– Zostaw mnie, nie widzisz, że jestem zmęczony.

– „I wzięli Jonasza, i wrzucili go w morze, a ono przestało się srożyć. A wtedy Pan zesłał wielką rybę, aby połknęła Jonasza. I był Jonasz we wnętrznościach ryby trzy dni i trzy noce".

– Niemożliwe. Nie dalej jak wczoraj byłem w kancelarii, a kiedy znalazłem się na ulicy...

– „Pan zesłał na morze gwałtowny wiatr, i powstała wielka burza na morzu, tak że okrętowi groziło rozbicie..."

– Dziadku, to już mówiłeś.

– „A wtedy Pan zesłał wielką rybę, aby połknęła Jonasza".

– To też już było.

– „I był Jonasz we wnętrznościach ryby trzy dni i trzy noce".

– Trzy dni i trzy noce? Czy to możliwe, żebym spędził tutaj aż trzy dni i trzy noce? A może źle liczę? Podobno starotestamentowi robili to inaczej.

– Dasz mi skończyć?

– ...

- „Pan nakazał rybie i wyrzuciła Jonasza na ląd, a potem przemówił po raz drugi tymi słowami: «Wstań, idź do Niniwy, wielkiego miasta, i głoś jej upomnienie, które Ja ci zlecam»".
Otworzyłem oczy.
– Co to za miejsce?
– Głupie pytanie.
– To wnętrze aż nadto dobrze mi znane.
– A ta poza?
– Czy ja wciąż jeszcze śnię?
– Nie no, trzymajcie mnie.
– Przecież to mój PUdel. Co ja tutaj robię?
– Leżysz.
– Dość! To już było.
A może to wszystko, absolutnie wszystko mi się przyśniło. Rozejrzałem się wokół, po wnętrzu tego swoistego warsztatu terapeutycznego dla obłąkanych, którzy sprzeciwili się woli Stwórcy. Wzdłuż ścian snuły się jak cienie ludzkiego geniuszu osłupiałe w stuporze pralki i rozedrgane w tańcu świętego Wita sokowirówki, rozgorączkowane lodówki i oziębłe grzejniki. Czy one naprawdę oczekują ode mnie uzdrowienia? A może wierzą, że w tym szaleństwie jest metoda – jurodiwe, chociaż ich design dawno wyszedł z mody, wolą być bezużyteczne, niźli poddać się przeznaczeniu, sprowadzającemu je do roli bezwolnej maszynki... Powinienem chyba wyruszyć z pielgrzymką do sanktuarium Monijnego, by odświeżyć wiarę w sens dalszego trwania na tej placówce za Bóg zapłać. Po drodze wstąpię do supermarketu, zrobię zakupy i wszystko będzie po staremu. Tylko gdzie ja znowu posiałem tę listę od Moni? Jest – cierpliwie czeka na wysłuchanie, jak w kolejce do konfesjonału, mamrocząc cukierkowe litanie.
– A to co?
Obok wycyzelowanych, ondulowanych jak fryzura sylwestrowa bukw mojej Moni, na miejscu dla VIP-ów, zare-

zerwowanym dla karty kredytowej, rozpychał się zafajdany urzędas, mandat – „50zło.za.spoż.alko.w.miej.publ.art.47usta. wycho.trze." – wypisany na druku samokopiującym wtórny analfabetyzm i łamanie prawa – dwie plagi, dziesiątkujące niedorozwinięte społeczeństwo u schyłku cywilizacji. A więc to jednak prawda. Nic mi się nie przyśniło. W takim razie te umundurowane typy, które kręcą się przed PUdlem (bo właśnie dwóch stójkowych znienacka zjawiło się przed drzwiami), przyszły po mnie.

– „W utrapieniu moim wołałem do Pana".

Pewnie chcą mnie aresztować za przekroczenie debetu. Na nic się zdadzą wyjaśnienia, że to tylko przejściowe obniżenie lotów. Jak ktoś tak nurkuje, schodząc na swoim ROR-ze poniżej zera, to ma małe szanse na ponowne wzbicie się ku górze.

– „Z głębokości Szeolu wzywałem pomocy".

Znajdując się w tak głębokiej zapaści, pozostaje już tylko liczyć na cud.

– *De profundis clamavi ad te Deum laudamus, hoc est corpus, hokus pokus ex machina de la muerte, apage satanos, galapagos, galapagos, galapagos...*

Pogalopowali za innym złoczyńcą.

– „A Ty usłyszałeś mój głos i wyprowadziłeś życie moje z przepaści"*.

– No to teraz wstań i idź.

– Jak? Przecież zostawili plomby na drzwiach.

– No i?

– Nie rozumiesz? Grywasz czasem w erpegry?

– Czasem.

– To wyobraź sobie, że w komnacie, w której się znajdujemy, założyli pętlę – GO TO START. Dziadku, to jest zasadzka! Jesteśmy w PUdle.

---

* Fragmenty Księgi Jonasza.

– Wstań i idź!

– A determinizm, związek przyczynowo-skutkowy, prawa przyrody, kwas dezoksyrybonukleinowy, kod zerojedynkowy, algorytm: GO TO START, GO TO START, GO TO START, GO TO START. *The time is over, the game is over, insert coin*, GO TO BANK.

– Va banque.

– Widzisz, sam to powiedziałeś.

– Idź na całość, baranie, jak Clyde. Rozbij bank! Zostań hakerem, który łamie pieczęcie, otwiera skrypty i miesza w algorytmie, by oszukać przeznaczenie i na nowo napisać księgę życia.

– Ładnie powiedziane.

– No to wstawaj i zapierdalaj...

– Do Niniwy? Przecież to już było. Poza tym Niniwa już dawno zburzona.

– Głupku, nie wiesz, że posługuję się językiem metafor?

– Ale kto to pojmie?

– O to się nie martw, tylko głoś upomnienie, bo jeszcze...

– Dwadzieścia dni, a zostanie zburzona, wiem, wiem, też to czytałem.

– Siedemnaście.

– Jakie siedemnaście?

– Zostało już tylko siedemnaście dni do końca.

– I chwała Bogu.

– Za co? Spada ci czytelnictwo na necie.

– Coś chyba muszę zmienić.

– Gdzie? Wszystko jest przemyślane, od początku do końca.

– W swoim życiu.

– Daj spokój, masz piękną żonę, dzieci...

– I ty to mówisz?!

– Ja, a bo co?

– A kto przed chwilą powtarzał z uporem maniaka: „Wstań i idź"?

– No tak, odbiegliśmy trochę od tematu... „No więc wstań, idź do Niniwy, wielkiego miasta, i upomnij ją, albowiem nieprawość jej dotarła przed moje oblicze".

– Sam tego chciałeś.

– Ty też tego chciałeś.

– Ja tego chciałem?

– Tak, też tego chciałeś.

– To Ty tego chciałeś.

– Nieważne, już nie wiem, czy nadal tego chcę.

– Ale słowo się rzekło...

...i zerwałem plomby niczym pęta, którymi omotała mnie Mojra. Opuściłem osiedlowego PUdla i stanąłem na progu kraju wielkich możliwości i jeszcze większej płyty, paplający z wrażenia, co ślina na język przyniesie, jak Alicja, co ma kota, w krainie czarów i cudu nad Wisłą, wyzwolony, jak nieoddany do wideowypożyczalni *Conan Barbarzyńca*, cyberpunk, ścięty na irokeza *Taksówkarz* w kursie do...

– Nirwany.

– Chyba Niniwy.

– To znowu Ty?

– Należy się cztery złote za godzinę.

– Tak drogo? Nie ma zniżek dla pielgrzymów?

– Tu każdy jest pielgrzymem.

To prawda, tutaj, w kafejce internetowej, niczym na terminalu lotniska, krzyżują się drogi międzyplanetarnych wagabundów, wirtualnych wojowników i donkiszotów, gwiazdorowatych donżuanów, uwodzących księżniczki z odległych galaktyk na wydaniu i wydanych na pastwę lordów waderów zakładniczek zdradzanych miłości. Stąd odlatuje się do ciepłych krajów co najmniej trzy razy w ciągu godziny, albo zagląda do domu ze zdawkowym: „Co słychać? Over", a nie doczekawszy się odbioru, z braku lepszego zajęcia uprawia flirt ze zGADUj zGADUlą. Tu można spotkać wielkich tego świata i napluć im w twarz, albo odbyć osobliwe qui pro quo

z szołbizówą, a potem wszystko dokładnie powycierać, jak
łzy po bliskiej osobie... Moni, moja Moni, matka, która kładzie swoje dzieci do snu, żona, która wsłuchuje się w niski
pomruk nocy i przytula do barczystej ciemności kruche ciało. Za chwilę zmyje z niego brud trzynastego dnia (odkąd
zniknąłem, każdy dzień musi być dla niej feralny), by czysta i pachnąca położyć się w małżeńskim łożu obok jakiegoś
lawyerasa z kolejnego bestsellera Grishama, które pochłania
jak afrodyzjaki albo tabletki nasenne, w zależności od cyklu
migreny. Oto heroizm kobiety samotnej, jej walka ze światem obojętnym na jej ciało i nieruchawą łechtaczką, by wykrzesać spomiędzy ud certyfikat niekoszerności, by udowodnić, że wciąż jeszcze jest gorącokrwistą suką (tymczasem
klucz do jej ekstazy tkwi pod moim paznokciem, wystarczy kilka uderzeń w klawisz G itepe, kilka smyrnięć myszką i infostradą wyruszy ku niej podnieta, zgłaszając nadejście wibrowaniem jej małego 0600, który na tę krótką chwilę
zamieni się w 0700, ale dziś nie mam autoryzacji na wysy-
łanie erotyków, więc...). Tej nocy w mieszkaniu słychać będzie tylko jęki kaloryferów, niczym hejnał na rozpoczęcie se-
zonu grzewczego, który odtrąbi zapity palacz na socrealną
nutę *a compania* z psem sąsiada, wyjącym wieczorne serena-
dy do ciebie, Moni, bo karmisz go przez balkon czekoladka-
mi. Cholerny czekoladowy pies, jak bardzo bym pragnął zająć jego miejsce...
— Krytyczny wyjątek?
— Co?
— Tracisz wszystkie dane i restartujesz w alternatywne
światy, gdzie możesz być każdym, nawet...
— To ty, dziadku?
— Czekoladowym psem. Witaj, Czekoladowy_Pies. Właś-
nie założyłeś swój własny blog. Wyślij tekst.
— Jaki tekst?
— No, cokolwiek, na przykład list do recesjan.
— Przecież dopiero co mi go zeżarłeś.

– Napisz od nowa.
– Nie.
– GO TO BANK.
– Co to, to nie.
– GO TO BANK.
Control+Alt+Delete.
– Pisz: „Byłem w banku…"

„…jak co miesiąc – puścić przelewy. Jak co miesiąc musiałem odstać swoje w kolejce do okienka […]
Jestem na permanentnym wypowiedzeniu warunków życia. Miesiąc w miesiąc odliczam dni dobrobytu, żeby w ostatnim, za ostatnie pieniądze wykupić opcję prolongaty. Jestem człowiekiem miesiąca, który nie sięga dalej wyobraźnią. Przede mną trzydzieści dni. Nie ma na co czekać…"

– Skończone.
– To wszystko?
– Dopiero pierwszy dzień. Masz jeszcze dwadzieścia dziewięć.
– Siedemnaście.
– Można też tak liczyć. Teraz naciśnij: „Enter".
– Amen.
– Idź w pokoju…
– Do banku?
– Na misję brata Alberta.
– By cię…
– Pokój z tobą.
– I z tobą, dziadku… i z wami, bracia i siostry.

# Dzień czternasty

## *(niedziela)*

Tej nocy był u mnie Hrabal (ciekawe, jak mnie odnalazł w tym przytułku brata Alberta, gdzie schroniłem się, jak u Pana Boga za piecem, przed epidemią gorączki sobotniej nocy). Skarżył się:

*„učeň ruší mou svobodu a volbu tím,*
*že ji naplnil,*
*stále mrká a ma jantar v očích,*
*to bych tak chtěl mít,*
*ráno si trchat víčka násilím,*
*vybírat si surový cukrkandl"*[*].

Chciałem zapytać, czy to o mnie i co to w ogóle znaczy, bo przecież, skoro on nie żyje, *„a býti mrtev není víc než mrtvá mrtvola"*[**], to nie może ze mną tak po prostu rozmawiać, chyba że... Co to ja chciałem powiedzieć? Nieważne. Znowu coś mi się przyśniło.

---

[*] Bohumil Hrabal *Bambino di Praga*.
„Uczeń narusza moją wolność i wybór tym,
że je wypełnił,
ciągle mruga i ma bursztyn w oczach,
ja też bym tak chciał,
nad ranem przemocą rozrywać powieki,
wybierać surowy kandyz".

[**] Bohumil Hrabal *Bambino di Praga*.
„Umarły to nic więcej niż martwy umarlak".

Nad ranem rozerwałem sklejone ropą powieki niby deski trumny i oślepiła mnie jasność. Przetarłem oczy. Palcem namacałem jęczmień. Urósł po moim zejściu. Paznokcie też były jakby dłuższe. „O, boli!" – syknęło oko. Oboli się zachciewa. A może złotego okładu na obrzęk? Nic z tego. Kiedy spałem, ogołociła mnie z obrączki tutejsza hiena, udająca Greka. Bez środków do życia, pozbawiony nawet atrybutów nieboszczyka, leżę teraz na styku nocy i dnia, na zbutwiałym materacu, pod kocem z poprzedniej epoki, pośród sobie podobnych śmiertelników, zastygłych w pozycji horyzontalnej, jakby tutaj właśnie osiągnęli kres swojej egzystencji. Pomyślałem, że wszyscy w tej umieralni tworzymy geologię, stratyfikowani według stopnia starszeństwa – weterani na niższych kondygnacjach, świeżaki na górze. Przyjdzie czas, że i ja będę miał prawo sypiać na dolnej pryczy, a nade mną wysypią nową warstwę próchniczą. W końcu stanę się torfem, glebą, czarnoziemem, nieoddamziemem, nawożonym od wieków krwią i gnojówką od Odry po Bóg wie po co, bo przecież i tak to wszystko szlag trafi, porwie powódź albo niemiecki najeźdźca. Wstrząsa mną chemia. Nie tylko mną. Sąsiad po prawej fermentuje. Leży na kruszącej się gąbce, jak na drożdżach. Powoli dochodzi. W końcu stało się: polucja, klęska żywiołowa, skażenie ziemi. U niego we wszystkich porach skóry można siać rzepę. Zaraz przyjdzie mama i każe szorować do łazienki, do destylacji, a jak się ściemni, otworzy melinę i przez uchylone drzwi wyda z resztą (kogo to obchodzi) do czterdziestu, do pięćdziesięciu...

– Jeszcze tylko daj mamusi całuska.

– Pocałunkiem wydajesz syna człowieczego.

– A co? Sama mam was wszystkich wychowywać? Stary w pierdlu. Jak tylko wyjdzie, zaraz robi nowe i wraca za kratki.

– Te, mamuśka – o wilku mowa. – Z kim ty tam rozmawiasz na korytarzu? Wracaj no do wyra!

Wymienia więc na chybcika wypucowanych na glanc wyrzutków na zielone, niczym cinkciarz pod Peweksem, a potem nowi rodzice transferują ich bez zezwolenia dewizowego przez zieloną granicę. Szczęśliwi, którzy wygrali los na zielonej loterii. Farciarze, do których należy królestwo zielone. Zielony to symbol potęgi Stanów Zjednoczonych Ameryki Północnej. Zielony to kolor nadziei. Pewno dlatego wszystko tu wymalowane na niebiesko.

– „Błogosławieni ubodzy, albowiem do nich należy królestwo niebieskie". – Oto dewiza wymienialna na wieczność, ale posłuchałbym czegoś bardziej na czasie.

– „Błogosławieni wy, którzy teraz głodujecie, albowiem będziecie nasyceni" – obwieścił triumfalnym tonem brat naszego Boga.

A zatem nadeszła godzina.

– Mogę zostawić tu swoje rzeczy? – zapytałem jeszcze, chociaż, prawdę powiedziawszy, niewiele miałem do pozostawienia. Zależało mi bardziej na potwierdzeniu, że i ja znalazłem się w gronie zaproszonych na ucztę.

– Ale potem wszystko zabieracie ze sobą – usłyszałem w odpowiedzi.

Zaczyna mi się tu podobać. Może jeszcze spotkam na stołówce jakieś panny roztropne.

– Na dzień wszyscy opuszczacie noclegownię i idziecie w świat – polecił na koniec.

Ma się rozumieć – jak pierwsi chrześcijanie, apostołowie dobrego słowa na wyciągniętej dłoni: „chwilowo bez pracy". Czekamy na... Nie wiem, na co. Chyba na zesłanie.

– Paweł.

– Jan.

– Ty...

– Ja? Jan.

– Ty...

– Jan, Janek.

– Ty, przestań się jąkać!

– Ja się nie jąkam. Ja Janek jestem.

– A ja Paweł, ale mów mi: „Siara".

Gdzieś już widziałem tego Siarę.

– Tyyy… mon.

I tego jąkałę też. Ale to nie koniec prezentacji:

– Sie ma, obiboki, ten tego…

Ten tego, wypisz wymaluj Teges, jak ze zdjęcia z dopiskiem: „*wanted dead or alive*". Pojawił się na horyzoncie odziany w big star, (po)ranny wilk w czarnej skórze.

– Ten tego – powtórzył Teges, rozglądając się po sali, po czym dodał: – Jest robótka.

Robótka, znaczy się coś, przy czym się nie narobisz, a zawsze wpadnie grosz, albo ty, ale kto by tu dbał o czyste konto. Grunt to pamiętać, że milczenie jest złotem, które czeka zadołowane w nagrodę za opowiadanie prokuratorowi bajek tysiąca i jednej nocy o Siekierezadzie, sułtanie Szachraju i czterdziestu rozbójnikach, bez morału, by w tym czasie chłopcy z miasta mogli się bezkarnie rozbijać po okupowanym rewirze drogimi brykami, niczym poseł dożywotniej kadencji na nieustającej delegacji po sprywatyzowanym przez siebie kraju, tak mu dopomóż Bóg. Za to Teges dotrzymuje słowa i bez Boga i nie trzeba się spisywać.

Ale ja się nie piszę.

– A ty gdzie? – zapytał Teges.

– Idę na śniadanie – odparłem.

– Zostaw, on jest nowy – wyjaśnił Siara i zamknął za mną drzwi.

Mój wzrok spoczął na tabliczce:

„Cisza nocna
22.00–6.00".

„Błogosławieni cisi, albowiem oni na własność posiądą ziemię" – przetłumaczyłem na język urzędowy tego miejsca. Pasowało także do ludzi Tegesa, którzy, przechodząc do szczegółów planowanej konkwisty, zniżyli głosy. Zaprawdę powiadam wam, ziemia padła łupem szemrzących. Ale ja, Jan bez ziemi, ani myślę zaspokoić się tym nędznym ochłapem. Jestem tu tylko przelotem. Posłuszny woli dziadka, pielgrzymuję do Niniwy na prawdziwą ucztę – krwawą jatkę, o jakiej nie śniło się lokalnym bonzom... Widać jednak musiałem pomylić drogę, bo zamiast na królewskie śniadanie ze szwedzką płytą trafiłem na skromny poczęstunek.

– „Wy jesteście solą dla ziemi. Lecz jeśli sól utraci swój smak, czymże ją posolić? Na nic się już nie przyda, chyba na wyrzucenie i podeptanie przez ludzi..." – prawił mistrz ceremonii.

Stanąłem jak wryty, jak Nemeczek na placu boju, pomiędzy braćmi Alberta a kolesiami Tegesa, pomiędzy solą a Siarą na bezpańskiej ziemi. I zrozumiałem, że oto ja jestem dla nich ziemią niczyją, dla jednych torfem, dla drugich glebą, co ma wydać plon, czarnoziemem, nieoddamziemem. Nie oddam, nie oddam i już. Nie teraz, kiedy sam zacząłem wydawać... I wtedy właśnie pękł ten cholerny jęczmień i z bólu zgasłem. Jakby z zaświatów dobiegł mnie głos:

„Światłem ciała jest oko. Jeśli więc twoje oko jest zdrowe, całe twoje ciało będzie w świetle. Lecz jeśli twoje oko jest chore, całe twoje ciało będzie w ciemności..."

...a jęczmień zaczął sączyć ropę, niczym przejrzały owoc...

„A każde drzewo, które nie wydaje dobrego owocu, będzie wycięte i w ogień wrzucone!"

Poczułem pieczenie. Zadudniło.

To pewnie chłopcy Tegesa wyruszają na miasto. Zastępy zaśpiewały: „Błogosławieni, którzy wprowadzają pokój"...

– Ppp...o chuj?

– Spokój.

– Dlaaaczczczego?

– Dla jaj! – Jasne, azaliż błogosławieni, którzy się smucą, mają być pocieszeni...

– Jonaszu, wstań i idź do Niniwy.

– To znowu Ty? Nie widzisz, że pobłądziłem?

– Gdzie? Musiałem coś przeoczyć. Pokaż.

– Dopiero co posłałeś to do ognia.

– Napisz jeszcze raz.

– Jak?

– Jak było, a zresztą pisz, co chcesz. I tak tego nikt nie przeczyta.

– Głos wołającego na pustyni?

– Właśnie. Skąd to znasz?

– Czasem ja też Ciebie czytam.

– Poważnie, a myślałem, że nie przybywa mi już czytelników…

– To po co piszesz?

– Ja? Przecież od blisko dwóch tysięcy lat niczego nie napisałem.

– No właśnie.

– Ale pisałem i to w czasach, gdy czytelnictwo stało na znacznie niższym poziomie.

– Niby po co?

– Żebym ja to wiedział. Piszę, a później się okazuje, do czego to prowadzi. Tak to już jest z prorokami.

– Tylko że naprawdę się pogubiłem.

– Szczerze? Ja też. Może gdybyś to zebrał do kupy…

– Daj spokój. Nie o to mi chodzi. W czternastym dniu chciałem spotkać Ciebie, przemawiającego do tłumów na górze.

– No to mnie masz.

– Ale to nie to samo. Wiesz, to miał być taki Woodstock. Ty z długimi włosami, guru outsiderów, beatnik, no wiesz. Czytałeś Ginsberga?

– Nie.

– A Kerouaca?

– Też nie.

– To co Ty czytałeś?

– Izajasza…

– Zresztą nieważne. Bez tego miałeś gadane. No i to właśnie chciałem pokazać, jak przemawiasz do tych wszystkich recesjan zgromadzonych u brata Alberta, jak porywasz ich do nieba, a wśród nich ja, doznaję iluminacji i zamieniam się w płonącą pochodnię.

– Nie wystarczy, że po prostu poczytasz o tym u Mateusza?

– To nie jest takie proste.

– „Niech wasza mowa będzie tak, tak; nie, nie. A co nadto jest, od Złego pochodzi"*.

– O widzisz. To było zajebiste. Mistrzostwo świata.

– No właśnie, a to wcale nie o mistrzostwo świata tutaj chodzi.

– A więc jednak, robisz ze mnie pustego fanfarona, megalomana, świątynię bez ducha, co? Nie odpowiadaj. Wiem, że tak jest. Staram się, jak mogę, ogarnąć Twoje misterium, ale jedynie popełniam świętokradztwo. Nic na to nie poradzę. To jest jak nałóg. Profi czy profes, profan czy profeta? Masz rację, jestem fałszywym prorokiem, drzewem, które zły owoc wydaje...

– Jak zwykle przesadzasz. Skończ z tą manierą.

– Ja mam skończyć? A kto do ognia będzie wrzucony?

– A co to? Egzamin z religioznawstwa?

– No kto?

– Okaże się.

– Kiedy?

– Za szesnaście dni. I daj mi wreszcie spokój. Znajdź sobie jakieś zajęcie i porzuć ten eschatologiczny ton, bo ci się jeszcze rzuci na psyche.

– To mam iść do tej Niniwy, czy nie?

– Idź w cholerę!

---

* Fragmenty „Kazania na górze" z Ewangelii św. Mateusza.

# Dzień piętnasty

## (poniedziałek)

Piąta rano. W drukarni robota wre pełną parą. Niezmęczona prasa tłoczy i rżnie na ryzy papier pachnący farbą, niczym graficiarz powracający z nocnego freestylu. Jak świeże bułeczki z pobliskiej piekarni rozchodzą się newsy pośród montażystów – pierwszych recenzentów papierowych faktów. Komentują, że kolory jakieś takie blade, świtem, niedobite. „Lepiej dobić ten dzień, zanim się obudzi".

– A tu znowu za dużo magenty.

Wszyscy patrzą w jedną stronę. Od wschodu nadciąga Aurora w róży, wydarzenie, które wstrząśnie światem.

– Może by tak zneutralizować ją cyjanem?

– Nie ma co deliberować. Cały nakład na przemiał – postanawia majster.

Tendencyjna jak krzywe zwierciadło, lokalna odmiana „Spiegla" trafia pod prasę, która prasuje fakty, bez względu na opcję, w jedną masę, co nie ma już nic do powiedzenia, leżąc na stosie pod ścianą. W przyrodzie nic nie ginie, podlega tylko recyklingowi. Historię ludzkości tworzą wzloty i odpadki. Każdego dnia, o piątej trzydzieści, słowa upadają na ziemię na skrzyżowaniach wielkich idei, sklonowane w milionach egzemplarzy, zwracane w pięćdziesięciu procentach na makulaturę, ażeby znów mogły się odrodzić pod inną postacią. Metempsychoza strachu przed obsmarowaniem, wędrówka na pierwsze strony, rekin-kreacja na okładce, wstępniak zamiast Sądu Ostatecznego, motto zamiast werdyktu: „Każdy ma swoje pięć minut".

Każdy ma za swoje.

Z rautu chwiejnym krokiem powraca niedoszły dziennikarz śledczy – skończony paparazzo. Potyka się o upadły kiosk „Ruchu".

– Kurwa mać!

Schyla się po „Słowo Codzienne" i niczym człowiek, który podniósł kamień, ciska nim w okna pana Bog...

– Bogdan! – gardłuje w oknie stare babsko. – Bogdan, do jasnej cholery!

Pan Bogdan, lat 73, emerytowany ormowiec, współposiadacz okna, zawsze na stanowisku – aktualnie na obchodzie z ratlerkiem (razem z małżonką tworzy podstawową komórkę szpiegowską):

– Podejdźcie no tu, obywatelu. Ładnie to tak rzucać mięsem?

Obywatel dziennikarz przeprasza. Tłumaczy, że celował w kolesi z TKM. Chybił. Złożył się raz jeszcze. Szczał. Pan Bogdan kule nosi.

– „CKM" trafiony! – krzyczy tryumfalnie prowokator.

Pan Bogdan kulasa bierze do ręki i przedstawicielowi czwartej władzy grozi. Na wolność prasy nastaje. Kuśtyka za uciekającym chuliganem, jakby był agentem „Ruchu". Nie ma szans z profesjonalistami. Po kilku kurwach (oddanych w powietrze) rezygnuje z dalszego pościgu, dublowany przez dwóch długodystansowców, zakamuflowanych krawaciarzy w przepoconych szortach, którzy robią sobie poranną przebieżkę przed codziennym wyścigiem szczurów. Tymczasem prawdziwi amatorzy na rynek marszu pokonują ostatni kilometr do podmiejskiego przystanku.

– Jaki czas?

– Szósta dwie.

Spoko. WKD, Piaseczno–Warszawa Śródmieście, planowy odjazd szósta dziesięć, wlecze się od stacji do stacji, jak na drodze krzyżowej świata pracy, który ma to wszystko w... wyczute niczym reumatyzm. Wstaje bez budzika, myje zęby, a co trzeci dzień pachy, masło maślane, na peronie punkt szósta sześć punkt zbiorczy, jeszcze tylko trzy sztachy – zastrzyk mocnych wrażeń w płuca twardziela – i siada w tym samym wagonie, na tym samym miejscu od lat, z oczami w gazecie, bo tylko ona się zmienia, złożona jak obrus po śniadaniu, obtłuszczona jak jego włosy, w które wciera wszystko, czego nie da się zeskrobać. Przerzuca wzrokiem doniesienia z salonów Olimpu i chłonie wieści z igrzysk – no proszę, Sokrates będzie pracować z młodzieżą Legii. Warszawa. Końcowa stacja. Jest 6.40. A może 399 rok p.n.e. „Cy-ku-ta, cy-ku-ta" – odmierza śmiertelną dawkę czasu chroniczny morderca. Historia lubi się powtarzać. Około 1200 roku p.n.e. zburzenie Troi. Powrót do domu zajmuje Odysowi dziesięć lat. W VIII wieku p.n.e. Homer pisze *Odyseję*. Kilka wieków później Wergiliusz popełnia plagiat. W 1922 roku n.e. wybucha kolejny skandal wokół Ulissesa. Za to w 1968 roku przebojem kinowym staje się *Odyseja kosmiczna: 2001*. Jaki będzie ten 2004? Reces wciąż z dala od domu, w drodze do Niniwy. 6.42 – cyka w poczekalni bomba poranka. 6.43 – z determinacją godną lepszej sprawy nadciąga terror budzików. 6.44 – na osiemnastym piętrze luksusowego El-Bros Building detonator tyka tak samo, a nawet bardziej, bo stąd lepszy widok na eksplozję poniedziałku. Pod chmurami, przykuty do redakcyjnego fotela, Prometeusz dogorywa w agonii delirycznego przedświtu. Zaraz zlecą się tu sępy. Zaczną stukać w klawiatury, aż mu pęknie łeb. Łeb? Wątrobę też szlag trafi od nadużywania ambrozjaków na ministerialnych rautach. Oto cena, którą płaci za wykradanie bogom tajemnic. Tylko po co? Już dawno porzucił ambicje rozpalania ognia obywatelskiego sprzeciwu. Przyzwyczaił się do towarzystwa dziennikarskich sępów, żerujących na padlinie życia społecznego, wśród których czuje się jak heros – pół bóg i pół człowiek, podwójny agent, pośredniczący na rynku informacji, kupczący opinią publiczną. Jak amerykański atleta dźwiga na swych barkach wolny świat, tak to on podtrzymuje Olimp, tworząc mity... No i ci dwaj tam w dole – maratończycy, spieszący na Areopag z pieśnią zwycięstwa na ustach. Zaraz wezmą prysznic, założą białe kołnierzyki i przystąpią do defraudacji, defloracji, kopulacji, kooperacji z cichym wspólnikiem – Hermes & Sons Inc. God we trust...

No, wystarczy tego pitolenia, trzeba wstawać. Dzisiaj ważny dzień. Dzisiaj Prometeusz nie może dać ciała. Za drzwiami terror rozszalał się na dobre: masowe zbrodnie na ulicach, w łazienkach zbiorowe samobójstwa, w biurach sceny gwałtu, w alejach znowu czarne brygady biorą na zakładników zakorkowane ofiary, żądają okupu za odetkanie miasta, na giełdzie wybucha panika. Ale to jeszcze nie to, za wcześnie na bessę. Wszystko przecież zaplanowane jak w zegarku. O dziewiątej ma spotkanie w „Radio Cafe". Sprawdził, która godzina. Szósta pięćdziesiąt dwie. Pora przebrnąć przez gąszcz papierzysk kłębiących się na biurku i nakarmić niszczarkę. „Pamiętaj, śniadanie zjedz sam". Stalowe zęby z apetytem przystępują do dzieła niszczenia. Nożyce hurtowo pozbawiają sensu całe pliki, bez względu na ich pochodzenie. Gilotyna jest dzieckiem demokracji i techniki – pierwszym wynalazkiem inżynierii społecznej. Zdecydowanie zabrakło jej w tym kraju – byłoby mniej biurokracji, a więcej rewolucyjnego zapału. W zapamiętaniu wkłada coraz więcej papierów w otwór niszczarki. Odnajduje dziką satysfakcję w unicestwianiu dokumentów bez zapoznania się z ich treścią, w testowaniu wydajności tego prywatnego urzędu kontroli publikacji i widowisk. Przychodzi mu do głowy, że mógłby ułaskawić jednego skazańca, na chybił trafił. Gra w marynarza. „Palce z dala od nożyc!" Za późno. Egzekucja została wykonana.

– No to może tobie daruję życie? Ale co ja z tego będę miał? – Władza demoralizuje.

– Dam ci receptę na wygraną w wyborach.

– Dziękuję, nie potrzebuję. Akurat wiem, jak się zdobywa stołki.

– Dam ci haka, na kogo będziesz chciał.

– Brzmi interesująco, ale póki co, złota rybko, to ty wisisz mi na haczyku.

– Dam ci know-how na zarobienie mnóstwa pieniędzy.

– A czy ty czasem nie jesteś Maklerem?

– Nie potwierdzam, nie zaprzeczam.

Wyrywa z paszczy niszczarki dokument. Zaczyna czytać...

„Czym ta knajpa różniła się od innych? Chyba tylko wyposażeniem. Nie mam na myśli tych paru krzeseł, stolików i baru, które wypełniały wnętrze lokalu stylizowanego, nie wiedzieć czemu, na klub dla fajfokloków, przy czym najbardziej wystylizowane były ceny, co bynajmniej nie zrażało wyposażenia. Wyposażeniem barmani nazywali klientów, stałych klientów, tak stałych jak stoły, stałych, bo klubowych, a właściwie kastowych, od castingu, rzecz jasna – broadcastingu, bo to była siedziba stowarzyszenia dziennikarzy Radia Wolność Słowa. Ale schodzili się tu wszyscy najemnicy czwartej władzy, również pismacy. Przychodzili tu jak rycerze do warownego zamku, ażeby pochwalić się trofeami i odpocząć przed następną krucjatą, chociaż właściwie oni wcale nie potrzebowali odpoczynku, jakby non stop byli na speedzie. I tutaj więc pracowali. To miejsce było drugą redakcją, tyle że ponadpartyjną, ponadbrandową, gdzie każdy z każdym mógł wymienić każdą informację, nie licząc się z interesem żadnej opcji politycznej, kierując się tylko dobrem firmy, to znaczy ich samych, bo przecież firmy, dla których pracowali, były jedynie miejscem, gdzie zostawiali swoją drugą szczoteczkę do zębów i raz na miesiąc podpis na liście płac. To oni byli firmami, każdy z nich z osobna to człowiek-instytucja, z ciałem naszpikowanym urządzeniami peryferyjnymi i interfejsami, do których można podpiąć każdą nowinkę techniczną i drukować, kserować, słać faksy i maile, wyszukiwać na necie i czatować, nasłuchiwać, nagrywać, nagłaśniać – jak przenośne biura prasowe, zestawy małego szpiega. Gdzie takie można kupić? Tajemnica państwowa. Za to tu, w „Radio Cafe", można kupić wszystkie tajemnice w detalach, albo w pakiecie. Pytacie, kto to zrobił Edytce? Niestety, tego akurat nie było. Tak czy owak, targ informacji nigdy nie ustawał. Nawet kiedy już żywcem nie było o czym pisać i redakcje wygrzebywały z dna szuflad okolicznościowe artykuły o tym, jak zielenią się drzewa, a w głowie maj, w ich głowach zawsze był marzec, a dokładniej idy marcowe, i jeśli akurat tego dnia nikt nie spiskował, to robili sobie lekcję historii, jak przed testem semestralnym, licytując się znajomością afer z ostatniej kadencji. Gdyby tak wzięli na warsztat grzech pierworodny, na pewno znalazłby się ktoś, kto widział, jak Ewa kasuje rebuchę od węża, a Adam negocjuje z nowym koalicjantem utrzymanie się przy władzy w zamian za rząd dusz. Urządzali także lekcje wychowania obywatelskiego, rozklejając na witrynie artykuły prasowe, ujawniające ciemne machinacje faszystów i imperialistów, powiększone do absurdalnych rozmiarów transparentów, żeby tłuszcza wiedziała, że tu właśnie urzęduje wolne słowo, które nikogo i niczego się nie boi, siedzi przy czwartej kawie i poświęca się dla niej w prometejskim trudzie. Ale przecież tłuszcza nigdy tego nie zrozumie, bo to tylko zwykli zjadacze chleba, materiał na nudny reportaż lub krótką notkę o tym, co słychać w sądzie. Właśnie o tym pisał Miglanc...

– Z lodem? – zapytał barman, nalewając do szklanki setkę wódki.

– Z cytryną – wyjaśnił.

Zimny prysznic. Piliście to kiedyś? Wódka z sokiem cytrynowym w proporcji 1:1. Od razu stawia na nogi. Stąd nazwa. To ulubiony drink Miglanca. A zatem wziął zimny prysznic (pierwszy tego dnia) i usiadł przy stoliku. Po chwili dosiadł się do niego ten koleś z radia.

– Ty, stary, mógłbyś mi coś nadać w serwisie informacyjnym? – Miglanc zapytał bez ceregieli, nie marnując czasu na zbyteczne konwenanse.

– Zależy co – odparł radiowiec niby na odczepne i rozejrzał się po knajpie za kelnerem. Nie chciał się zdradzić, że intryguje go ta prośba, bo spaliłby swoją pozycję wyjściową.

– Chodzi o suchą informację, że ktoś złożył pozew przeciwko ABC SA o kilkaset tysięcy złotych odszkodowania. – Miglanc też grał, jakby chodziło o jakąś gównianą sprawę, w którą, nie wiadomo dlaczego, on został ubrany, a już zupełnie z niewiadomych powodów musi ją nagłośnić w innych mediach.

– A niby dlaczego miałbym nadawać coś takiego? Sprawa, jakich tysiące... I może mam jeszcze wspomnieć o niej po relacji z pobytu prezydenta na brukselskim Kremlu? – zakpił i zwrócił się do kelnera: – Dla mnie to samo. – Domyślał się, że Miglanc kombinuje coś większego, więc nie zgodzi się na współpracę, dopóki ten nie obieca przynajmniej pierwszeństwa w ujawnianiu kolejnych odsłon afery.

– Jutro zaserwuję ci dodatkowe informacje. Będziesz pierwszym, który rozkręci temat, ale na razie nie pytaj, w czym rzecz, bo i tak ci nie powiem. Musisz mi zaufać – zapewniał Miglanc, odgadując intencje rozmówcy.

– OK. Chociaż śmieszy mnie ten tajemniczy ton. Przecież mnie znasz. – To powiedziawszy, spojrzał mu głęboko w oczy.

– Ile?

– Co ile? Nie wiem, o czym mówisz?

Miglanc nabazgrał jakieś cyfry na serwetce i podsunął ją rozmówcy.

– Za mało – odparł radiowiec, nie spoglądając nawet na serwetkę.

Przez kilka chwil Miglanc licytował kolejne liczby, a radiowiec je przekreślał. W końcu dobili targu.

– Zaczynasz o siedemnastej – zaordynował stanowczym tonem Miglanc, dając do zrozumienia, że ta kwestia nie podlega negocjacjom.

– Ale wcześniej doślij mi mailem treść tego newsa. Znasz adres mojej prywatnej skrzynki? – Radiowiec chciał się upewnić, że Miglanc nie wrzuci tego na maila firmowego. Inaczej nie będzie mógł się tłumaczyć przed szefostwem, że w ostatniej chwili otrzymał cynk z miasta i nie miał czasu tego skonsultować, a sprawa wyglądała rozwojowo, no bo to wiadomo: ABC idzie pod młotek itd.

Miglanc przytaknął i jednym haustem wypił całą zawartość szklanki. Spotkanie zakończone.

– Ja zapłacę – wyjaśnił, widząc, jak radiowiec znowu się rozgląda za kelnerem. Nie chciało mu się udawać, że poza biznesami mają jeszcze inne tematy do rozmowy.

Pożegnali się.

– Jeszcze raz to samo – krzyknął Miglanc w kierunku barmana. Widać na kogoś jeszcze czekał. Czy nie przesadzał troszeczkę? Przecież wystarczy mu wsparcie z radia. Reszta należy do niego i jego dziennika. A może miał się spotkać z jakimś VIP-em? Ale gdzie? Tu? Zasadniczo, żaden polityk, ani urzędnik, nie ma tu prawa wstępu. Władze spotykają się w sejmie albo pod Warszawą. Tu nikt nie chce mieć problemów, najazdów ABWery, pluskiew pod stolikami i w kiblu, czy, co nie daj Boże, odbierania koncesji na alkohol. No to może czekał na Pyzia. Znacie go? To taki lobbysta – psi chujek, co handluje wpływami, a z braku koniunktury informacjami. Nie to, co ci naprawdę wielcy, którzy śniadanie jedzą w Pałacu Namiestnikowskim, na obiad idą z premierem, a na kolacji goszczą inwestorów zagranicznych. On załatwiał sprawy najwyżej do poziomu podsekretarza stanu. Człowiek przekładnia, człowiek, który położył kamień, człowiek, który się wszystkim kłania, człowiek butelka, nastajaszczij czieławiek, ecce homo, pocieszyciel utrapionych, ucieczka poszukiwanych, kobieta pracująca, żadnej pracy się nie boi. W tym fachu tak trzeba. Jeszcze nie jest tak dobrze, żeby do każdego urzędnika pasował jeden klucz. Niech pan się nie śmieje. Nie jesteśmy republiką bananową, tu pieniądz nie jest wytrychem do każdego gabinetu. Tu jest Europa! Transparentne, czy nie? Zaraz, ale przecież w tym czasie Pyziu miał sprawdzać kontakty w Departamencie Nadzoru Właścicielskiego Min..."

– Kurwa mać – Miglanc zaklina pod nosem. Resztę maszynopisu diabli wzięli. Sięga po telefon. Wykręca numer.

– To nie ja wykręcam numer! – protestuje (w słuchawce zaspany głos pyta, czy zwariował i czy wie, która godzina).

– Pyziu, kurwa, ktoś nas namierzył!

– Włącz radio – słyszy w odpowiedzi.

– A co? Już to nadają? Przecież jeszcze się z nim nie spotkałem.

– Podsłuch, ty ciulu!

– Jaki podsłuch? A... A telefony?

– Telefony macie czyste, wczoraj sprawdzałem.

„Czyste. Czyste to miałem gacie, zanim przeczytałem ten francowaty anonim".

– Pyziu?

– Co?

– Która godzina?

– Włącz radio.

– To chyba możesz mi powiedzieć.

„Naprawdę chciałbyś wiedzieć, przyjacielu? Minęła siódma zero zero. Czas na hejnał, trąba, w górę bomba, rozpoczynamy derby. Oj, widzę, że to nie na twoje nerwy. A więc zero jeden do przerwy... w dostawie prądu, elektrowstrząsów, radioświądu, telepatycznego zadawania teleranek, poranek, poranione dziś, poronione jutro. Futuro odmienia się na futro. Kukuryku na patyku. Na pantałyku Monika. Olej. Nikt nie słucha: Lecha, Leszka, leniuszka. A ty, Kopciuszku? Przyjaciółko, przestań się kręcić w kółko i wyłącz ten cholerny odkurzacz! Ludzie, k... mać, chcą spać. Albo załóż tłumik, kocha-chanie, na broń masowego pochłaniania – puszek. Okruszek wlazł na łóżko i nadstawia słodko uszko.

– Miauuuuu.

– Coś ty, kotku, chciał?

– Jeszcze pięć minutek i wstaję.

– Bo zaraz zrobię haję. Poszczuję psem ogrodnika, pogonię warczeniem budzika – rozkleko-sklerotyka, spóźnialskiego histeryka, paralityka z kulasem w blachę, Blaszanego Drwala... «Spierdalaj» – powiadasz?

– Nie widzisz, że gadam?

– Z kim? Kto?

– Z Czarnoksiężnikiem z Oz. Mam chwilowo dość: buzerów, bajerów, szmerów, chujów mujów, dżingli, aj waj. *Do you speak English? Deutsch? Ganz egal.* Dość. *Ist das klar?*

– *Alle patsch nah sehr gar!*

– *Ware mich oder sehr gar(a)! In des patsch!*

Co za klacz. Trzeba nowe dupy rwać. A jak u pana z tymi sprawami, panie dziennikarzu? Hę? Sam pan kierujesz biegiem zdarzeń, akredytowany w świecie z marzeń, a na własny rożen nakłuwasz tylko kiłę. Przyznaję – troszkę to niemile – uczciwie. Ale właściwie, to nie o tym chciałem mówić. Pomówmy, jak się skurwić można w tym zawodzie, jak zawodzić jest obecnie w modzie, na co dzień zgrywając męża zaufania, wygłaszającego kazania, skargi. Wargi sromowe wyrosły ci w poprzek głowy. Na wszystko masz pogląd gotowy. Gotówkowy przelew racji przez palce patrzysz na dzikie harce sponsora, *ora et labora* głosisz z telewizora do narodu leserów i ment. Ferment unosi się nad całym tym biznesem, nawarzyłeś piwa, a społeczeństwu mówisz: «Essen!». No więc jestem – szary zjadacz chleba, dla ciebie mogę być ameba, rapporter, czarny jak rap, ciemny jak porter, uliczny maruder, kronikarz blokowiska, któremu marzy się konkwista na takich, jak ty, artystach. Powiem ci jedno: wszystkie gwiazdy w końcu bledną. I komu wtedy sprzedasz swoje brednie?

Gospodyniom, zapewne, pisząc o królewnie, o jej *wedding party*, gdzie jeździ na narty, jak woła na charty, z kim sypia w sypialni i kto ją przymierza w przymierzalni. Tak, panie sumienie narodu, wygląda pana fach od spodu. Więc pan wybaczy, nie pozwolę wyzywać się od partaczy takim jak ty, co sami srają w ten dół kloaczny, w którym tkwię po... Uszy nadstaw, jak się poruszy, będziesz miał pełne ręce roboty. Gówniane rewolty, ile ich już było, a ile jeszcze będzie, bo szambo lubi się łudzić i wybijać na ludzi, do ostatniego. Ale, kolego, nie ma tego złego, co by nie wyszło na dobre, tobie".

# Dzień szesnasty

## (wtorek)

Jest rok dwa tysiące czwarty – apogeum wolności, tym bardziej sprostytuowanej, im bliżej stolicy, jakby przeznaczeniem co ambitniejszych było ustawić się w kolejce za tirówkami, przy drodze na Warszawę i wdzięczyć do przejeżdżających kutasów na białych blachach, z pożółkłymi zębami. Teraz, kiedy już wszyscy mają białe rejestracje, kurwić się może każdy z każdym. Nawet piernik do wiatraka może się umizgiwać jak kotka do nogi w czasie rui, jak szczotka do buta, pucująca zmarszczki na licu komiwojażera, jak pucybut na dworcu, marszczący szczotkę w pozycji nielicującej przed małym, pierdolonym despotą, którego ego, bardziej niż obuwie, domaga się face liftingu. Która to już dzisiaj para? Po brzęku monet – piąta. Cink, cink. Uprawiają tę swoją sprzedajną, homoseksualną domino-miłość zupełnie publicznie. Cink, cink. „Całuję rączki i polecam się na przyszłość. A pana trzewiki? Panu też przydałby się make-up. To pomaga w interesach". „Dziękuję, jestem impotentem". Stuk, stuk – po stopniach wagonu. W wypolerowanych na wysoki połysk lakierkach wsiadają do biznes klasy budowniczowie nowego ekonomicznego ładu. Noszą wyprasowane na kant spodnie i na kant zorientowane zamiary, w dupie mają Kanta. Pozują na grube ryby, pławiąc się w sosie własnym, ułożeni, a jakże, jeden obok drugiego w blaszanej konserwie. Czeka na nich stolica, nadęta jak oni sami, jak... jabłko...

*– To już było, a poza tym, jak jabłko może być nadęte?*

*– No to banan.*

*– To też było – u Warhola.*

*– Ale posłuchaj dalej.*

…banan, którego się ciągnie jak druta, co to go nieznani sprawcy podkradają nocą, a potem spieniężają na skupie surowców wtórnych.

*– Przekombinowane. Że nie wspomnę o błędach gramatycznych, ale jedź dalej.*

*– Gdzie?*

*– Do celu, byle szybciej – magistralą…*

Pędzi po torach InterCity. Niczym pancerny pociąg towarzysza Trockiego, pęka w szwach od bohaterów. O każdym z nich można by napisać książkę, jak wywierać wpływ na ludzi, zarządzać konfliktem albo odnosić sukces w negocjacjach. Krawaciarze i czerwonoarmiejcy – jedna swołocz – wyruszają na podbój świata, mamiąc fortunę barbarzyńskim aktywizmem i brakiem głębszej refleksji. A oto i opozycja – uczniowie Gandhiego, stosujący bierny opór. Przykuci kalectwem do schodów i ławek, okupują peron (ten strajk głodowy trwa już nazbyt długo). Domagają się współczucia: „Może pan się zlituje?". Są niezawodni w kiwaniu głowami, tańsi w utrzymaniu od ratlerków, zdobiących samochodowe kokpity. Więc może jednak? Tylko kto by chciał takiego przygarnąć? Nie zmieści się nawet na tylną półkę. Trzeba by przerabiać całe nadwozie. Za to w nagrodę można na szybie nakleić niebieski znaczek, który uprawnia do parkowania przy samych drzwiach supermarketu. Żaden wstyd, co druga gablota ma taki, jakby natura była szczególnie okrutna wobec właścicieli terenówek i modeli sportowych. Ale poza tym same kłopoty, a na tresurę za późno. Zresztą, co tu tresować? Uczyć stawać na baczność na bólach fantomowych, w lewo patrzeć za laską… białą, odliczać do 15 Hz, składać gumowy tułów w kostkę przed każdym pójściem spać, a może robić buty ze skóry węża, co odpada łuskami na ziemię niczym pierwszy śnieg tego roku, który nam wszystkim dał się we znaki? Męczennicy, których nie ma nawet za co przybić do krzyża...

– *Mam dość.*

– *Ale o co chodzi?*

– *Mam dość tych obrazków.*

– *Ja też.*

– *Tylko, że ja akurat nie mam nic przeciwko krawaciarzom, którzy z determinacją, jakiej zabrakło czerwonoarmistom, szturmują stolicę, i nie rozczulam się nad każdym żebrakiem, bo wcale nie jestem lepszy. Ale to się zmieni. Już niebawem ruszy machina...*

– *A więc jednak? Już myślałem, że spasowaliście po tym anonimie.*

– *Że niby kto? My?*

– *A kto wstrzymał nagłaśnianie sprawy Recesa?*

– *Przynajmniej zyskałem na czasie. Ale już jutro świat się dowie, że ABC SA ma kłopoty.*

– *A więc już jutro...*

– *Nie pytaj nawet, skąd wziąłem kasę.*

– *Jaką kasę?*

– *„Jaką kasę?” Na zabezpieczenie pożyczki akcji ABC. Myślisz, że co mi tyle zajęło?*

– *No, nie wiem.*

– *Oj, chłopie, widzę, że źle z tobą.*

– *Od szewca?*

– *Jakiego szewca?*

– *Pożyczyłeś kasę od Tegesa?*

– *Skąd wiesz? A ten szewc to kto?*

– *Jak to kto? „Widzę, że źle z tobą”. Kto szyje betonowe buty dla nierzetelnych dłużników?*

– *Przestań. Nie zamierzam nurkować w Wiśle. Interes jest pewny. Jeszcze dziś sprzedam akcje.*

– *Sprawdziłeś kurs?*

– *Nadal wysoki, ale już za kilka dni...*

– *Co za kilka dni?*

– Kurwa! Ile razy mam powtarzać, za kilka dni wybuchnie afera i wtedy akcje znajdą się w dołku, jakiego nikt nie podejrzewa.

– Wtedy je odkupisz i oddasz?

– Pssst. Nic więcej nie powiem.

– Myślisz, że sprzedaż pakietu Skarbu Państwa dodatkowo zbije kurs?

– Jak każda nadpodaż.

– A jeśli...

– Powiedziałem: dość. Nie prowadzę kursów krótkiej sprzedaży.

– Nie zachowuj się jak pies ogrodnika.

– Jaki pies ogrodnika? Już za kilka dni ja – gołodupcew, będę ustawiony na całe życie.

– Za niedługo nie będziesz mnie poznawał na ulicy.

– Co ty?

– Pamiętam, jak stałeś pod Albertem. Nagle zacząłeś się rozpychać, jakbyś płynął żabką, i z okrzykiem: „kości zostały rzucone" wybiegłeś z kolejki.

– Nieprawda, nigdy się nie stołowałem u Alberta. Tak nisko jeszcze nie upadłem.

– To wtedy przekroczyłeś swój Rubikon, żeby rozegrać własną partię kości z republikanami.

– Jakie to pretensjonalne.

– A ty jesteś żałosny.

– Fakt. Najwyższy czas to zmienić. Czas na moją prywatną hossę. Powiadam: takiej zwyżki nie notowała dotąd żadna giełda. Nawet mój uczelniany indeks, chociaż nieustannie przeżywał skrajne wahania, nie dawał podstaw do prognozowania takiej dynamiki wzrostu. Byki, inwestujcie we mnie, bo niebawem będę wielki!

– Oto twoje byki.

– Cześć, byki ☺

– Cześć, a gdzie Benek?

– Pyziu! Miglanc! Makler! Jestem ☺

– No to mamy komplet.

– Czyżbyście znowu mieli się spotkać? Po latach? Jak dinozaury rocka?

– *Tylko po co?*

– *Jak to po co? By stworzyć, jak w osiemdziesiątym ósmym, coś na kształt stowarzyszenia wspólnych ambicji...*

– *Wykraczających poza granice wyobraźni organów ścigania? :-P*

– *Dobra, dobra :-x*

– *A Wiechu? Olo? Czy to się może udać bez nich?*

– *A czemu nie? Nawet Rolling Stones koncertują w zmienionym składzie. Poza tym nie chodzi o zdobywanie list przebojów, ale o zwyczajny interes...*

– *Chyba, żeby nie...*

– *Co nie?*

– *Chyba, żeby chodziło o coś więcej niż tylko geszeft.*

– *Po tylu latach?*

– *Wielki come back :-o*

– *Co?*

– *Nie, to się nie zdarza nawet w najlepszym małżeństwie.*

– *Co ty z tym małżeństwem? W końcu, żeby zrobić skok na kasę, nie trzeba od razu tworzyć bandy ;-)*

– *Czy to nie ty, Miglanc, prorokowałeś, że staniemy się bandą?*

– *Bandy już potworzyli inni.*

– *No to załóżmy partię.*

– *Partia skoku na kasę* ☺

– *No i? Przynajmniej nie mielibyśmy problemów z członkami, a struktury regionalne powstawałyby same, jak grzyby po deszczu ;-)*

– *Powrót do polityki? Może raczej forum dyskusyjne. Przecież gadanie to wasza specjalność.*

– *Każdy z nas ma co robić.*

– *Może z wyjątkiem Maklera :-P*

– *Wypraszam sobie, przez ostatnie dni sporo się napracowałem* ☹

– *To było widać... po rozmiarach anonimu.*

– *Jakiego anonimu?*

– *Nie udawaj, że to nie ty go napisałeś.*

– *Ja? A niby po co?*

– *Podobno miałeś obsuwę z organizowaniem finansowania.*

– Ja? Kto ci to powiedział?

– Nieważne.

– Ty się wygadałeś? To on się wygadał? :-s

– Kto?

– Nieważne.

– Muszę jednak przyznać, że styl ci się poprawił ;-)

– Fakt, ostatnio przeglądałem twoje opowiadania z tamtych czasów; koszmar.

– Przesadzasz. Jak na nastolatka, nie były takie złe.

– Stary, wiesz, jak teraz piszą maturzyści?

– Dość już tego, panowie, przestańcie się mnie czepiać i zajmijcie się swoimi rolami ⊗

– To nam je rozpisz.

– Przecież wszystko już rozpisałem. Miglanc spotyka się jeszcze dziś z radiowcem, tak żeby jutro rano poszła w eter informacja o sprawie Recesa. Poza tym pisze do jutrzejszego wydania krótką notkę. Na razie skromniutko, na czwartej stronie, wśród wiadomości z giełdy. Pyziu pracuje z gościem z Nadzoru Właścicielskiego nad kontrolą w ABC. A Benek walczy o szybki termin rozprawy i póki co udaje Pytię przed pismakami.

– Tylko nie pismakami :-s

– Jasne? Czy mam to napisać dwunastozgłoskowcem?

– A ty, oczywiście, siedzisz z założonymi rękami? ⊗

– A kto to wszystko wymyślił?

– Dobra, proponuję zmienić temat. Może wybierzemy się na jakieś piwko? Odgrzejemy wspomnienia…

– Piwko. Tylko na to was stać?

– E tam, stać nas na lepsze trunki ;-)

– Co za kaszana!

– To przywróć nam egzystencję z krwi i kości.

– Za kogo wy mnie macie?

– „Synu człowieczy, czy kości te powrócą znowu do życia?”

– „Prorokuj nad tymi kośćmi”.

– No to zaczęło się.

– „*Oto ja wam daję ducha po to, abyście się stały żywe. Chcę was otoczyć ścięgnami i sprawić, byście obrosły ciałem, i przybrać was w skórę, i dać wam ducha po to, abyście ożyły*".

– *Co to ma być? Sabat czarownic?*

– „*I patrzyłem, a oto powróciły ścięgna i wyrosło ciało, a skóra pokryła je z wierzchu, ale jeszcze nie było w nich ducha*".

– *Dajcie mi święty spokój!*

– „*Prorokuj do ducha, prorokuj, o synu człowieczy*".

– „*Z czterech wiatrów przybądź duchu, i powiej po tych pobitych, aby ożyli*".

– „*Są granice, których przekroczyć nie wolno*".

– *To nie z tej bajki.*

– *Ale też znamienne.*

– „*I duch wstąpił w nich i ożyli i stanęli na nogach*".*

„Benek opuścił pokój".

„Pyziu opuścił pokój".

„Miglanc opuścił pokój".

– *Poszli w pizdu. Zostałem tylko ja... i duch Ezechiela. Ale czad!*

– *Właśnie, czat. Zabrakło odwagi, żeby się spotkać w realu?*

– *Przestań się czepiać! A w ogóle, to kto ty jesteś? Kto ci dał prawo wstępu do tego pokoju?*

– *Kto mi dał prawo wstępu do tego pokoju? To ty tu jesteś gościem!*

– *Jak to gościem?*

– *To mój blog!*

– *Skoro to jest twój blog, to jak to się stało, że wszyscy tu zajrzeliśmy o tej samej porze?*

– *To już moja słodka tajemnica.*

– *Nie zachowuj się jak pies ogrodnika. Powiedz!*

„Czekoladowy_Pies opuścił pokój".

_____

* Fragment Księgi Ezechiela.

# Dzień siedemnasty

## (środa)

– Ja do pana mecenasa – zawołałem od drzwi.

– Następny – jęknęła kobieta za recepcyjną ladą, zmierzywszy mnie wzrokiem. – Pan mecenas dzisiaj nie przyjmuje.

Jak to? Mnie nie przyjmie?

– Proszę powiedzieć, że jestem od... – Nie dokończyłem. Przecież nawet nie wiem, jak się Makler nazywa.

– Proszę pana, tu każdy jest od kogoś – zareplikowało niesympatyczne babsko i powtórzyło z naciskiem: – pan mecenas nie przyjmie dziś NIKOGO.

Co za babsztyl. Pewnie siedzi tu od lat niczym mosiężny lew, warujący u bramy przybytku – zasuszona przed wiekami, odziana w panterkę, rycząca czterdziestka z bujną grzywą. Ciekawe, kto jej to zrobił? Jaki fryzjer, pan żywiołów uczynił jej tę ondulację? Toż chyba sam Posejdon nakazał falom utapirowanych włosów kłębić się tak złowieszczo nad marsowym jej licem. Niczym Cerber broni dostępu do gabinetu swojego mecenasa, odsiewając ziarno od plew, przypadki beznadziejne od rokujących, pieniaczy od furiatów, skrzywdzonych od poniżonych...

– A mnie?

– Co mnie?

Proszę mnie oddzielić od reszty świata. Cała ludzkość niech wstrzyma oddech, bo oto ja – powód, wkraczam do akcji – windykacji (czy jak wy to nazywacie). Podejmuję kroki prawne. Jakie? To proste, jak dwa na jeden, ja i mój mecenas kontra... Kontrapunkt i zwrot akcji, bo ścigający sam jest ścigany. Im bardziej chcę dokopać, tym łatwiej mnie dokopać – bezwzględna logika kopania po łydkach. Zresztą, co ja będę tłumaczył. Wszystko powiem mecenasowi.

– Mnie pan mecenas musi przyjąć – oznajmiłem najbardziej stanowczym tonem, na jaki mnie tylko było stać.

– Przecież mówiłam...

– Że pan mecenas nie przyjmie NIKOGO – wszedłem jej w słowo. – Tylko, że ja nie jestem NIKIM. – W końcu mówili o mnie w radio. Teraz jestem KIMŚ.

Zaniemówiła. „Dobra nasza" – pomyślałem i kontynuowałem natarcie.

– Proszę powiedzieć mecenasowi, że przyszedł Jan Reces. Jan Reces – powtórzyłem z naciskiem, jakby to było hasło, które otwiera każde drzwi. Babsko wciąż jednak siedziało oniemiałe. Czyżby się zawiesiła? „Reset" – wypowiedziałem w duchu moje ulubione zaklęcie. Poskutkowało. Spojrzała na mnie, jakby mnie dopiero teraz zauważyła, i po chwili mechanicznie, ze swadą automatu telefonicznego, zakomunikowała:

– Pana mecenasa nie ma.

Co jest, kurna, erpegrane? Błędne hasło? Brak dostępu? *Access denied? Try again!* Przechyliłem się przez pulpit i kiwnąłem głową porozumiewawczo:

– Proszę mu tylko szepnąć... – nie dokończyłem, usłyszawszy kategoryczne:

– Nie będę niczego szeptała.

– Proszę tylko...

– Ile razy mam powtarzać? – Cybercerber podniósł głos. Jak to ile? Do trzech razy sztuka – respektują to w każdej grze. W końcu mam jakieś prawa. Jest demokracja, czy nie?

– Nie, nie i nie. Po trzykroć nie! Pana mecenasa nie ma.

– Jak to nie ma, skoro wcześniej był? – Nie dawałem za wygraną.

– Ale już wyszedł.

– Kiedy? Przecież stoję tu od pięciu minut.

Spojrzała na zegarek.

– Od dwóch minut i trzydziestu pięciu sekund – skorygowała.

Tym razem ja zamilkłem. Czas uciekał, a ja nadal nie rozbroiłem tej biurowej seksbomby. Nie potrafiłem rozgryźć jej algorytmu. Wdawanie się w dalszą polemikę nie miało sensu, bo nie dbając o logikę, kierując się wyłącznie potrzebą chwili, mój automatyczny oponent zawsze znajdzie jakąś wymówkę. Jak u dziecka. Tu trzeba innych argumentów, by przełamać opór. Ale przecież nie spiorę jej na kwaśne jabłko. Rozwiązania siłowe nie wchodzą w grę w dobie dominacji Lary Croft.

– Pański czas się skończył – oznajmiła oschle, po czym wstała od biurka i ruszyła w kierunku drzwi: full metal heroina, stukot szpilek, tłoczone stopy, stalowe łydki, łańcuchy, klamry i cekiny wzdłuż powleczonych metalicznym aksamitem ud (jakby to nie były niewieście nogi, ale wykonane z dbałością o najdrobniejsze szczegóły teleskopy maszyny do zabijania, amortyzatory *a mortis causa*), pressing nerwów, zahartowanych w bojach z klientami – seksapil cyberpunka – wszystko to zapowiadało tragiczny dla mnie GAME OVER! Odruchowo złapałem się za krocze. Jej pełen zdumienia (przerażenia?) wzrok pobudził moje ego.

– Ale ja mam jeszcze monetę! – zaprotestowałem i jąłem wciskać za dekolt, do miseczki tego dwurękiego bandyty pięciokoronówkę, którą w spadku otrzymałem od dziadka i nosiłem przy sobie niczym talizman.

– Coś pan?! Won z łapami, bo zawołam mecenasa! – krzyczała Żelazna Lady, broniąc się przed moimi zakusami.

– Właśnie o to mi chodzi – zrekapitulowałem i zaordynowałem tryumfująco: – Proszę zawołać mecenasa, ale już!

Ona jednak wycofała się za ladę i jak wojsko, które na „z góry upatrzonych pozycjach" odzyskuje animusz, zakomunikowała tonem automatycznej sekretarki:

– Pana mecenasa nie ma.

To wszystko? Skończyły się impulsy? Przecież wrzuciłem całe pięć koron. Nawet sekstelefony są bardziej łaskawe – za takie pieniądze miałbym jeszcze biczowanie kablem i lanie wosku do uszu. „Piii" – zapiszczałem w duchu z rozpaczy nad brakiem połączenia. „Piii" – zakwiliłem ze zgryzoty, jak mysz, która stoi bezradna naprzeciwko sfinksa, a ten ani myśli ruszyć się z miejsca. Skapitulowałem. Mój świat rozpadł się, a jego dwie półkule triumfowały pod połami jej bluzki. Mój wzrok spoczął na jej dekolcie. Gdzieś tam przepadł z kretesem mój pięciokoronny lew. „Pani, pozłacany lew skrył się w cieniu spalonych solarem, piaszczystych piersi, u stóp zaś leży to, co ze mnie pozostało..." – niezła parafraza, ale jak na finał beznadziejna. Zaraz, czyż to nie ja sam mówiłem, że trzeba rozbroić tę seksbombę? Jak? Przecież to oczywiste – komplementem. Oto jest klucz do zwycięstwa. Zamiast więc domykać tę scenę, zapragnąłem stworzyć ją od nowa, cofnąć czas. Jak? Control+Zetem – robiłem to nieraz. „Control+Zet" – powtórzyłem jeszcze kilka razy i powróciłem do punktu wyjścia...

– Ja do pana mecenasa – zawołałem od drzwi. – Proszę powiedzieć, że jestem od...

– Proszę pana, tu każdy jest od kogoś. Pan mecenas nie przyjmie dziś nikogo.

Co za babsztyl. Pewnie siedzi tu od lat, niczym mosiężny lew, warujący u bramy przybytku – zasuszona przed wiekami, odziana w panterkę, rycząca czterdziestka z bujną grzywą. Najprawdopodobniej kiedyś sama, nieproszona, wtargnęła do kazamatów tego królestwa cieni, gdzie na długich rzędach półek pęcznieją bezduszne akta petentów, którzy nie cieszą się już życiem. Za karę zaklęto ją w Cerbera, a przed mumifikacją popieprzono język, żeby mogła nim odstraszać innych śmiałków. Kupiono okulary, żeby mogła lepiej widzieć, podłączono do interkomu, żeby mogła lepiej słyszeć i wstawiono nowe zęby, żeby mogła gryźć niedochodowych klientów. Już miałem krzyczeć: „Proszę mnie nie kąsać! Proszę mnie nie zjadać! Proszę przynajmniej pozostawić kości!", ale w porę sam ugryzłem się w język. „Tylko spokojnie" – dodawałem sobie otuchy niczym poskramiacz dzikich bestii, który wie, że takie potwory zjednuje się słowem. Jak rasowy poskramiacz pozwoliłem się kierować natchnieniu. Z pasją hipnotyzera wbiłem w nią wzrok i powoli, ważąc każde słowo, zacząłem recytować:

„Pani, trzy białe lamparty usiadły pod jałowca krzewem
w chłodzie nasyciwszy siebie
Moimi nogami moim sercem mą wątrobą i tym co krył
Drążony owal mojej czaszki. I Bóg rzekł był
Czy kości te żyć będą? Czy kości te
żyć będą?" *

Milczała. Co miała powiedzieć? W gruncie rzeczy była małą myszką. Skrywała się jedynie za zmumifikowanym monstrum i kiedy uderzając w liryczną nutę, przeniknąłem do jej wnętrza, patrzyła na mnie wielkimi oczami.

– Pan chyba nie jest do końca przy zdrowych zmysłach – skonstatowała łamiącym się głosem.

Coś chyba jest na rzeczy, bo odkąd zalogowałem się u brata Alberta i podpiąłem do ludzi ze strady, jakiś cholerny wirus niszczy mój system operacyjny. Ale nie o tym chciałem mówić. Moje rozgorączkowanie ma zupełnie inne podłoże. Zresztą, co ja będę tłumaczył. Wszystko powiem mecenasowi.

– Mnie pan mecenas musi przyjąć. Proszę powiedzieć, że przyszedł Reces. Jan Reces.

– Czy to przez przypadek nie o panu mówili dzisiaj w radio? – zapytała, przyglądając mi się uważnie.

Nareszcie! Tylko że w tym właśnie szkopuł. Teraz na bank znajdzie mnie policja i aresztuje za wcześniejsze grzeszki.

---

* Fragment wiersza T.S. Eliota *Środa popielcowa.*

Teraz, kiedy wkroczyłem na ścieżkę wojenną ze społeczeństwem, tylko adwokat może mnie uniewinnić.
– Ale pana mecenasa nie ma.
Nie, tego już za wiele. Padłem bez ducha.

„I rzekł Bóg
Prorokuj do wiatru, do wiatru tylko bo tylko
wiatr posłucha". *

„Halo, to pana?" – usłyszałem z zaświatów męski głos. „Nie, Eliota – wymamrotałem – Środa popielcowa" (a jednak sztuka zbawia). „W listopadzie?" – zapytał kobiecy głos. „Bredzi" – tłumaczył mężczyzna i położył rękę na moim czole (tak, tak: „z prochu powstałeś, w proch się obrócisz"). „To jego moneta" – wyjaśniła kobieta. Ktoś włożył mi pod język zimny metal (zapewne żebym miał czym zapłacić za kurs na drugą stronę). „Ma gorączkę. Trzeba go stąd zabrać" – zawyrokował mężczyzna. „Panie mecenasie, proszę się nie denerwować, już ja się nim zajmę" – zapewniła kobieta.

– *To wszystko?*
– *No.*
– *Dziwnie się kończy. Jakby się film urwał.*
– *No bo się urywa.*
– *Hm. Dziwnie jakoś. Myślałam, że teraz będzie o tej sekretarce, o tym, jak pojechali do jej domu.*
– *To będzie później.*
– *Dziwnie.*
– *No dobra, słuchaj dalej…*

*Ona wsłuchuje się w niski pomruk nocy i przytula do barczystej ciemności kruche ciało. Za chwilę zmyje z niego brud minionego dnia, by czysta i pachnąca położyć się w kupionym na wyrost małżeńskim łożu*

---

* Fragment wiersza T.S. Eliota *Środa popielcowa*.

*obok jakiegoś lawyerasa z kolejnego bestsellera Grishama, które pochłania jak afrodyzjaki albo tabletki nasenne, w zależności od cyklu migreny. Oto heroizm kobiety samotnej, jej walka ze światem obojętnym na jej ciało i nieruchawą łechtaczką, by wykrzesać spomiędzy ud certyfikat niekoszerności, by udowodnić, że wciąż jeszcze jest gorącokrwistą suką...*

– *Przecież to o mnie!*
– *No i?*
– *Poza tym to już było.*
– *To posłuchaj tego:*

"Panie Janie, panie Janie, pora wstać" – kobiecy śpiew wyrwał mnie ze snu. – "Wszystkie dzwony biją, wszystkie dzwony biją..."

"Chyba na trwogę – pomyślałem, gdy spod półprzymkniętych powiek zobaczyłem Cerbera, a raczej hienę z kancelarii. Zamknąłem oczy. Jej to jednak nie przeszkadzało nic a nic, nic a nic, nic a nic...

Zgadnij, komu bije dzwon? No?
W końcu się doprosiłam.
Teraz ja mam swoje pięć minut. Mam cię!
Nie bój się,
nic ci tutaj nie grozi. Zasłabłeś,
więc przywiozłam cię do siebie.
Poznajesz mnie,
prawda? Nie masz mi za złe tego,
co wydarzyło się w kancelarii?
Taką mam pracę. Zresztą, co ci będę truła
o pracy. Nawet nie wiesz,
jak się nazywam. Dominika,
to już powinieneś wiedzieć. Lat
nieważne. Za długo
jestem samotna, o ile wiesz,
co to znaczy... Skąd możesz wiedzieć?

To może pojąć tylko kobieta,
taka jak ja... Jaka? Co
chciałbyś wiedzieć? Pytaj,
odpowiem na wszystkie pytania.
Dawno nie było tu mężczyzny, więc
wiele pytań wisi w powietrzu.
Nie udawaj, że jestem ci obojętna.
Widziałam, jak na mnie patrzyłeś.
Nie wspominając o tym ekscesie. Wiem,
powiesz, że chwilowo straciłeś kontrolę, ale
nie mam ci tego za złe.
Najlepiej będzie, jeśli od razu sobie wszystko wyjaśnimy.
Nie chcę cię tu trzymać siłą, ale
nie powinieneś postępować pochopnie.
Jeżeli ci się podobam,
to jestem w stanie to zrozumieć.
Możesz tu zostać. Przecież wiem,
chwilowo nie masz dokąd pójść.
Możesz tu zostać, aż do końca
procesu, a nawet dłużej. Tu jesteś
bezpieczny. Słyszałam, jak krzyczałeś przez sen. Tutaj
nie znajdzie cię policja. Nie wiem,
co masz na sumieniu, i nie obchodzi mnie to.
Twój proces też mnie nie interesuje, chociaż
powinieneś wiedzieć, że wygrałeś los na loterii.
Możesz wyciągnąć kupę pieniędzy od tego
                              supermarketu. W Ameryce
za coś takiego ludzie dostają miliony dolarów. Tylko
że tam mają kapitalizm
dla każdego, dla pucybuta i Rockefelera. Nie to, co tutaj.
Gdyby mi się nadarzyła taka okazja,
długo bym się nie zastanawiała.
Spakowałabym walizki w pięć minut
i tyle byście mnie widzieli.
Ale ja nawet w totolotka nie mam szczęścia,

nigdy nie trafiłam więcej
niż trójkę. Inni wygrywają miliardy, a ja, co najwyżej,
zbieram na nowy los. Ale
może to ty jesteś moim szczęśliwym losem,
moim strzałem w dziesiątkę. Co?
Żebyśmy się dobrze zrozumieli.
Nie chodzi mi o twoją kasę.
Nie dbam o nią. Dla mnie mógłbyś nie mieć
tego procesu. Przy czym to, że
mówili o tobie w radio,
to naprawdę wielka rzecz. Jesteś sławny.
I, jakby tego było mało, jesteś
                              artystą.
Tak, tak, jesteś
            poetą.
Znam się na tym.
Zawsze chciałam związać się
                        z poetą.
To, jak recytowałeś o kościach, to było naprawdę fajne,
zwłaszcza ta końcówka,
o mnie. Prawda, że to o mnie?
Nie odpowiadaj, wiem, że to o mnie.
Czy ty tego nie widzisz?
Mogę być dla ciebie prawdziwą muzą, nimfą.
Będę ci gotowała obiady i prasowała koszule, a wieczorem,
wieczorem potrafię... no wiesz...
riki tiki tak.
No to jak?
Masz mnie za głupią pindę?
Gorzej
za starzejącą się głupią pindę,
za samotną,
            starzejącą się
                  głupią
                        pindę.

123

A ja odebrałam porządne wykształcenie,
klasyczne.
Można powiedzieć, że
wywodzę się z antyku,
korzeniami tkwię w mitologii.
To ja jestem Kalypso
przystań znużonych drogą mężczyzn,
wracających do swych żon
wstępujących „tylko na chwilę",
przejściowa igraszka,
chwilowa zabawka, która
pierze brudną bieliznę,
karmi, poi i
podbudowuje męskość,
a potem
odprawia do domów tych wzorowych mężów i ojców.
Oni wnet zapominają o swojej kochance,
a biografom wciskają ciemnotę o uwiedzeniu
więźniowie własnych chuci. Wszyscy jesteście tacy sami!
Ale pogodziłam się z tym.
Każdy załatwia swoje na stronie.
Mogłabym o tym napisać książkę,
nie pierwsza i nie ostatnia.
Możesz być pewien,
na taką literaturę zawsze znajdą się kupcy,
jak na kolorowe czasopisma. Mało to kobiet
nieszczęśliwych chodzi po świecie?
Ciekawe, kto ciebie będzie czytał?
To jak? Wchodzisz?
Odpalisz mi działkę ze swojej piany
(którą przecież i tak bije za ciebie adwokat),
a ja ci dam dom na godziny.
Prawnicy nazywają to
*success fee – flat fee.*
Zostajesz?

Ale z ciebie sztywniak.
Nie martw się, dzisiaj mam niepłodne.

– *I już?*
– *A co? Powinni się jeszcze strzelać?*
– *Od razu strzelać.*
– *Pif-paf.*
– *Co ty robisz? Zepsujesz mi makijaż!*
– *Pif-paf.*

„Pod krzewem jałowca kości śpiewały, rozrzucone i jaś-
niejące
    Dobrze nam tak, tak mało dobra czynimy drugiemu,
    Pod krzewem w chłodzie, błogosławione przez piach,
    Zapominające o sobie i innych, pojednane
    W ciszy pustyni. To jest ziemia do podziału
    O którą rzucicie losy. Podzieleni czy pojednani.
    Co za różnica? To jest ziemia. Mamy swoje dziedzictwo".*

* Fragment wiersza T.S. Eliota *Środa popielcowa*.

# Dzień osiemnasty

## (czwartek)

„Myślałem, jak co rano
skrada się do łóżka, zerka
a gospodarz pyta od drzwi tchórzliwie: Jest?
a ona odpowiada zadowolona: Jest!
i wtedy on niesie mi kawę, a taca w rękach mu się trzęsie,
więc później sprawdzam w dowodzie osobistym,
czy to aby na pewno ja,
co dzień zasypiam z myślą,
że chyba bym oszalał,
gdyby na pytanie: Jest?
odpowiedziała…"

– Nieeeee! – Obudziłem się zlany potem.
– Co się stało? – dobiegło z drugiego pokoju. Czyżby to ciągle była ona? Chwilę potem stała przy łóżku, gotowa nieść pierwszą pomoc i ostatnią posługę.
– Komu? – zapytałem podchwytliwie, wciąż jeszcze tkwiąc w szponach porannego koszmaru.
Milczała. Nie wiedziała, co odpowiedzieć. A więc jednak, coś było na rzeczy.
– Podaj mi marynarkę – zażądałem, nie dbając o formy grzecznościowe. Przecież nawet nie byliśmy na ty. Nawet jeśli tej nocy do czegoś między nami doszło, a to wymaga jeszcze dowodu, to wciąż za mało, żeby mówić sobie po imieniu. Poza tym dowodu wymagało ustalenie mojego imienia.

– Proszę. – Zdezorientowana rzuciła marynarkę na łóżko, sama zaś przycupnęła na jego skraju. Zignorowałem tę poufałość, oddając się gorączkowemu przeszukiwaniu kieszeni marynarki.

– Chyba nie sądzisz, że w tym domu mogłoby ci cokolwiek zginąć? – zapytała, siląc się na oburzenie. Ja jednak zbyłem ją milczeniem i kontynuowałem poszukiwania. Tego było już za wiele. Na jej twarzy, kreska po kresce, rysowała się irytacja. Jeszcze tylko poprzeczna bruzda na czole, zygzak zamiast ust i jest – wypisz, wymaluj facjata z budki transformatorowej. I to buczenie. Widać indukuje ogólniejsze wnioski. Wszystko skrzy, grożąc spięciem. Nie ma co, igrałem z ogniem.

– Jest! – krzyknąłem, natrafiwszy w końcu na dowód osobisty.

– No i co? Teraz mnie pan przeprosi – zaburczała *per continuationem, per analogiam,* per pan, ale po wysokim napięciu pozostały już tylko nadtopione cewki nerwowe.

– Ani mi się śni! – Otworzyłem dopiero co odnalezioną księgę życia na stronie ze zdjęciem. „Nigdy nie byłem fotogeniczny – skonstatowałem. – Jan Reces, jak w pysk strzelił". Z ulgą zamknąłem mój koronny dowód. „Zaraz!" Gorączkowo otworzyłem przewód raz jeszcze. Spojrzałem na rząd cyferek pod fotografią.

– Mam PESEL – oznajmiłem tryumfująco – więc jestem.

– Coś mi się zdaje, że ktoś tu jeszcze powinien poleżeć w łóżku – stwierdziła bezosobowo, ale tym razem już nie dałem się zwieść, wiedziałem, kim jestem, i wiedziałem, że ona też wie, wie znacznie więcej i coś ukrywa.

– Co to był za chłop? – zapytałem.

– Jaki chłop?

– Ten w drzwiach. Pytał o mnie.

– Coś ci się musiało przyśnić. Strasznie krzyczałeś… – nie dokończyła. Przerwał jej dzwonek do drzwi. Pobiegła

127

otworzyć. Na korytarzu stał typ, o którego pytałem. – Przecież pan tu już był.

– Jest? – zapytał z głupia frant i zajrzał przez jej ramię do środka.

– Jest – odparła jak katarynka, nie zastanawiając się nad sensem całej sceny, jakby po raz setny odgrywali tę komedię.

– A już myślałem, że go zawieruszyłem – odsapnął. – Wydawało mi się, że go przez pomyłkę wziąłem ze sobą.

– Kogo?

– List – tłumaczył pokrętnie. – Nie wziąłem pokwitowania, a listu też nie mam.

Zastygli, jak to się zdarza w teatrze, kiedy w trakcie spektaklu jeden z aktorów, zapomniawszy swej roli, zmienia tekst. W końcu gospodyni spuentowała:

– No tak. – I zatrzasnęła drzwi, niemalże łamiąc wścibski nos intruza.

– Czyli że mi się nie przyśniło – skwitowałem osobiście.

– Co?

– Ta scena z Hrabala.

– Skąd! – zaprzeczyła. – To tylko listonosz...

– Zawsze dzwoni dwa razy? – wszedłem jej w słowo.

– Wiem, wiem, nie będę dociekał, co was łączy, ale dam sobie głowę uciąć, że to nie Listonosz, tylko Bambino di Praga.

– Jakie tam bambino? To chłopak sąsiadów. – Uznała to chyba za scenę zazdrości, bo nachyliła się nade mną. Na moją twarz spłynął asparagus jej włosów. „A jednak Hrabal" – skonstatowałem z przekąsem...

„Blond gospodyni wyszeptała:
Daj mi tylko takiego małego, koleżeńskiego buziaczka
i zaczęła mi lizać kłaki na piersi
chciała rozłożyć nogi
i otworzyć przede mną serce,
firanki trzepotały i zobaczyłem
kładące się do snu wielkie oczy,

zobaczyłem moją, jak leży w polu,
w lebiodach, liże ziemię, nie będzie innej,
tu rzekłem: Miła pani, mam kogoś". *

– To śmieszne – żachnęła się, po czym dodała: – Dość
tego leniuchowania. Skoro już pan tu jest, to proszę naprawić odkurzacz.

I zaczęło się. Jakby tylko czekała na tę chwilę. Otworzyła szafę, w której przechowywała wszystkie sprzęty AGD,
jakie tylko zdołała zgromadzić i zepsuć w ciągu całego, nie
tak znowu krótkiego życia, a może również za życia swoich
przodków do czwartego pokolenia wstecz, sądząc po roku
produkcji co poniektórych eksponatów. Czyżby to była owa
słynna królowa hurtu i recyklingu? Ale przecież królowa
hurtu i recyklingu to moja teściowa. Nie, to nie mogła być
ona. Cokolwiek by o niej mówić, moja teściowa nie posiadła
sztuki postawienia się w roli innego człowieka. Z drugiej jednak strony, zachodziły pewne podobieństwa. Wszak zwabiła
mnie do siebie, by oczyścić tę stajnię Augiasza, przepuszczając przez jej wyposażenie uporządkowany prąd elektronów.
A może to spisek. Poczułem się oszukany, poczułem się wykorzystany, poczułem się o kilka lat młodszy, wodzony za nos
przez słabą płeć, dla której w pierwszej kolejności stanowiłem podręczny zestaw do majsterkowania, reperowania, montowania i przybijania do ściany wszystkiego, czego nie da się
założyć na siebie – „Ale tego nie tykaj! Chyba że dam znak".
Całymi dniami poddawany tresurze: „Siad! Waruj! Noga!",
by od święta usłyszeć: „Aport!" i wtedy lecę z wywieszonym
jęzorem, bo pani pozwoliła mi usiąść na kolanach i polizać
po… Też się ślinicie? To normalne, w każdym razie dla nas
– skundlonych facecików.
    – Od czego mam zacząć?

---

* Fragmenty poematu Bohumila Hrabala *Bambino di Praga*.

– Powoli. Najpierw proszę włożyć kombinezon. – Otworzyła drugą szafę, w której na wieszakach wisiał rząd arbeit anzugów do wyboru, do koloru, a obok tyle samo fartuchów w kwiatki, kratkę i mulatkę (to zapewne na później, kiedy domowy Herkules będzie musiał za karę wykonać niewieście prace).

Co było robić? Posłusznie założyłem pierwszy z brzegu kombinezon – niebieski, taki amerykański, jednoczęściowy z napisem: „Aport Sp. z o. o.". Prawdę powiedziawszy, było mi w nim do twarzy. W ogóle było mi z tym dobrze. Stosunek podległości obudził we mnie wspomnienia życia rodzinnego.

– No dobrze, panie hydraulik – stwierdziła Domina, zlustrowawszy mój image. – Zapraszam do czyszczenia rury.

– Ale przecież... – zaprotestowałem, bo miał być odkurzacz, a poza tym ta dwuznaczność...

– Nic nie gadać i ładować się pod zlewozmywak – komenderowała, wywracając oczami, jakby była bliska spełnienia.

Nie ma sprawy, mogę pobaraszkować po domu w stroju hydraulika nawet za darmo, ale żeby kobieta mnie uciskała w kuchennej szafce pod zlewem? Z drugiej strony, czemu by nie? Zawsze to nowe doznania. Wtarabaniłem się pomiędzy kubeł ze śmieciami a skrzynkę z ziemniakami i wygrzmociłem głową w syfon.

– Auuuu! – jęknąłem z bólu.

– Dobrze – powiedziała z satysfakcją w głosie (to nie było takie „dobrze" jak: „dobrze", to było „dobrze" jak: „jeszcze", „dalej", „nie przestawaj").

– Auuuu! – znowu jęknąłem, bo coś ukłuło mnie w tyłek. I znowu: – Auuuu!

Tym razem to była ona. Klęcząc, dźgała mnie dwumetrową spiralą na korbę. Pal licho tę spiralę – odporny jestem na ból – ale zmroził mnie widok jej okularów, które założyła na nos – całe oklejone były nylonową taśmą. Mało tego, wyciągnęła rękę, że niby chce mi coś pokazać, a w dłoni dzierżyła długopis oklajstrowany, jak te okulary, lśniącym lateksem. Zapewne po kieszeniach chowa cały taśmociąg skojarzeń, akcesoria sadomaso, zakamuflowane pod postacią niewinnych artykułów biurowych. O tym się pisze, o tym się czyta, o tym się mówi. *Sexual harassment*, ot co? Już miałem wzywać pomocy, kiedy nagle puściła uszczelka i z syfonu na moją Dominę trysnęła fontanna.

– No to masz! – darłem się przez ścianę wody. – Konkurs mokrego podkoszulka.

Widać jednak nie gustowała w takich zabawach, bo wybiegła do przedpokoju. Ja zaś, zamiast rzucić się do zaworu i opanować żywioł, rozkoszowałem się cudem odzyskaną wolnością, pławiłem się we własnej bezczynności, panta rei wodzi rej, poddałem się strumieniowi, to wychylając się na powierzchnię, to nurkując w głębinie i pomyślałem, że to jest jak chrzest, że ta chlorowana na zabój woda gładzi moje grzechy i oczyszcza moją duszę tak, że staję się przezroczysty, staję się lekki, staję się misiem patysiem, gotowym wyruszyć wpław w nieznane, na wyścigi, kto pierwszy, ten lepszy, lecz bacz, że pierwsi będą ostatnimi, bo przecież, żeby ta woda była czysta, to musi być takie ustrojstwo, które zatrzymuje na sobie cały brud tego świata i że przecież ten filtr jest Bogu ducha winny, bo on pełni pożyteczną funkcję, więc on także zasługuje na zbawienie i że każdy zasługuje na zbawienie, nawet największy grzesznik, bo jest jak filtr, który nasiąka szlamem, żeby tych kilku nielicznych mogło zachować swoje ciało w czystości, więc jedni i drudzy powinni sobie podać ręce i zawołać ku niebiosom, jak muszkieterowie z powieści Dumasa, w której zaczytuje się każdy mały chłopiec, dopóki nie dorośnie i nie zacznie marzyć o karierze kardynała Richelieu: „Jeden za wszystkich, wszyscy za jednego" i pomyślałem, że Dumas też nie był pierwszy, bo tego uczył już Jezus Chrystus – naczelny filtr tego świata, którego Ojciec w nagrodę zrobił głównym zaworem wody żywej i że właśnie tak to już bywa: raz na wozie, raz pod wozem, więc tak siedząc pod zlewem, niczym kapitan na mostku tonącego statku, kontemplowałem podnoszący się poziom wody, z każdym centymetrem odnajdując spokój w kolejnych członkach mojego ciała, i usłyszałem pytanie:

– Co robisz?

Przede mną stała bezkształtna postać zwieńczona trupią czaszką. I odpowiedziałem ufnie:

– Trwam.

– Jak długo jeszcze będziesz tak trwał? – zapytała tajemnicza postać, a jej głos niósł się niczym echo.

– Aż się wszystko wypełni.

– Zwariowałeś?! – fuknęła i pogroziła trzymanym w ręku przedmiotem w kształcie sierpa.

– Co jest szaleństwem u ludzi, mądrością jest w niebiosach – odparłem rozanielony. I wtedy usłyszałem coś, co brzmiało jak wyrok:

– Spierdalaj! – i zaliczyłem kuksańca w bok, a ból sprawił, że przejrzałem i zobaczyłem, że to nie kto inny, tylko odziana w gumowy kombinezon i akwalung Domina (kto inny miałby na wyposażeniu takie gadżety), lecz zamiast zadać mi śmiertelny cios, z francuzem w ręku dopadła zaworu i jęła go zakręcać, w miarę zaś, jak słabł strumień wody, wszystko mi się w głowie krystalizowało, a więc to prawda, że cywilizacja śmierci przeniknęła do naszych domów, już nie płynie w nich woda żywa, wszystkie kurki pozakręcane, zakręcony główny zawór, niebawem Niniwę pochłonie pustynia duchowa i wszystko pokryje piasek.

– Dziadku, ratuj!

„Mówiłem, żebyś porzucił ten eschatologiczny ton?"

– Ale jak, skoro wokół tyle znaków?

– Z kim ty rozmawiasz? – zapytała Dominika, a na jej twarzy malowała się ulga, jak Kanał Ulga, który szerokim uśmiechem omija rodzinne miasto mojego dziadka, odbierając Odrze impet niszczycielskiego żywiołu. – Wystarczy na dziś. Jak to się mówi: „cała para poszła w gwizdek". Ale i tak było fajnie.

Może rzeczywiście nie jest tak źle.

– Masz papierosa? – zapytałem, chociaż nie palę już od dobrych paru lat. W tym jednak momencie oddałbym królestwo za papierosa. – Kim ja właściwie jestem?

– A ty ciągle swoje. Nie chcę do tego wracać – zaprotestowała Dominika.

– Do czego?

Wstała i bez słowa udała się do sypialni. Poszedłem za nią, ale zatrzymałem się w drzwiach. Podeszła do łóżka.

– Jest? – zapytałem z lękiem.

– Jest – odparła uspokojona.

– Zrobię kawę – zaproponowałem.

# Dzień dziewiętnasty

## (piątek)

Z zamyślenia wyrwał go chrobot chrząszczy, wiercących się nerwowo po szklanej arenie, maszerujących w tę i we w tę po blacie wiklinowego stołu – one też mają tego dosyć. To stanowczo trwa za długo. Miał ochotę zgnieść największego awanturnika, dla przykładu, żeby reszta zrozumiała, że to nie jest czas na harce. Ujął go w dwa palce i...

– Co ty robisz? Przecież to moja komórka! – zaprotestował właściciel tytanowego cacka.

Pyziu odłożył na stół szpanerską Nokię z klapką, model 8910. Na jej ekranie jakiś dowcipniś nastawił zegar na odliczanie, jakby to była bomba. Zostały dwie minuty i trzydzieści pięć sekund. Trzydzieści cztery. Trzyści trzy. Trzy dwa. To bez sensu. Wyścig z czasem. Kiedy był mały, godzinami musztrował język, żeby zsynchronizować go z zegarkiem. Chciał służyć kolegom za stoper. Z nadwagą od najmłodszych lat nie mógł liczyć na sukcesy w sporcie. Dlatego poświęcił się prowadzeniu rankingu podwórkowych sprinterów. To zapewniało mu uprzywilejowaną pozycję wśród gówniażerii. W końcu jednak musiał abdykować, bo ktoś buchnął z kantorka wuefisty prawdziwy, sportowy zegar z białym cyferblatem, na którym, niczym znak jakości, czerniało dumne: „CCCP". Jego srebrne wskazówki chodziły jak dyscyplina w rękach belfra – raz dwa, raz dwa, bez końca, aż puszczą nerwy albo słoje, za to język Pyzia jakby się uwziął, żeby do końca życia pozostać mamlasowatym maruderem. Podczas gdy jego rówieśnicy w tri miga, w tempie nacierającego piechura, twardymi słowami butowali przeciwnika, w jego wydaniu nawet przekleństwa wywoływały u adwersarza jedynie uśmiech politowania. W efekcie, zamiast pełnić funkcję arbitra, Pyziu został zdegradowany do roli czirboja, którego czempioni trzepakowych mityngów w nagrodę kopali w tyłek. Ale do czasu, bo z ostatnimi podrygami puberty odrzucił szczeniackie kompleksy, przekuł słabostki na atuty i wzorem Marlona Brando w roli ojca chrzestnego, flegmą zaczął podkreślać stanowczość i pewność siebie.

– No to jak? Stoi? – zapytał zniecierpliwiony gadżeciarz.

Jak stoi, kiedy jego Nokia 8110 – ubogi krewny tego tytanowego cudeńka obok – leży na łopatkach i wydziera się wniebogłosy: „No pasaran!" czy jakoś tak. My nigdy nie potrafiliśmy kolaborować z duchem czasu, wciąż stając po niewłaściwej stronie. Najwyższy czas znaleźć się w obozie zwycięzców. Podniósł więc na wysokość oczu tego pieprzonego Rejtana, lecz zamiast rzucić nim o drzwi, przyłożył do ucha. Tym razem to Makler bił na alarm.

– Halo. Nie, jeszcze nie. Zadzwonię później – wyjaśnił Pyziu do słuchawki.

– Pamiętaj. Nie możemy dać więcej niż siedem i pół – usłyszał w słuchawce.

– Wiem, wiem. – Czy ten Makler ma go za idiotę? Albo mięczaka? Odłożył słuchawkę, a ta jakby się wściekła, że nie może dłużej pogadać. Wpadła w drgawki, jakby nie była na meetingu, ale w ukropie. Pyziu sięgnął po komórkę raz jeszcze i sprawnym ruchem odłączył baterię: – „Game over, towarzyszu. Pogadamy, jak ochłoniesz".

– Cztery i pół – Pyziu powiedział to tak, jakby to było osiem i trzy czwarte, albo i więcej, jakby dawał znacznie więcej, jakby nigdy nie zamierzał skończyć z tym dawaniem, nikt jeszcze nie wypowiadał tak długo: „czteeryyy… iiii… półłłłłł". Kto powiedział, że wieczność jest nienumeryczna? Kto śmie twierdzić, że Pyziu to mamlas?

Zapadła cisza. Tytanowy król owadów tylko czekał na taką okazję. Zaczął wibrować bez opamiętania. W sms-szynie chrząszcz brzmi w trzcinie. Jego pan chwilę się ociągał...

"Panie chrząszczu,
Po co pan tak brzęczy w gąszczu?"

...w końcu odebrał. Po co?

"Jak to – po co? To jest praca,
Każda praca się opłaca.
A cóż za to pan dostaje?
«Też pytanie! Wszystkie gaje,
Wszystkie trzciny po wsze czasy
Łąki, pola oraz lasy,
Nawet rzeczki, nawet zdroje,
Wszystko to jest właśnie moje!»"*

– Daj mi jeszcze minutę... – rzucił do słuchawki, ale dla rozmówcy to było za dużo. – I co z tego? Powiedz im, żeby zaczekali. – Podenerwowany rzucił telefon na stół.

A więc puszczają im nerwy, a to znak, że nie mają odwrotu. Sami dali zajawkę, że złożą dzisiaj oświadczenie do prasy i mają za swoje. Muszą się dogadać tu i teraz, *hic et nunc*, szach i mat, a raczej Pat i Mat, Paweł i Gaweł w jednym stali domu, to znaczy hotelu, w jego holu, przy podstoliku szemranych interesów, bo tu najbezpieczniej. Najciemniej pod latarnią.

– No to jak, bo nie mam czasu? Pięć procent i jesteśmy umówieni.

– Cztery i pół. To moje ostatnie słowo – Pyziu nie odpuszczał.

– Cztery siedemdziesiąt pięć i dzwonię do rzecznika.

---

* Fragment wiersza Jana Brzechwy *Chrząszcz*.

Pyziu przyjrzał się swojemu rozmówcy uważnie. W jego twarzy nie dostrzegał semickich rysów, a jednak. Jak to z nimi nigdy nie wiadomo. Są wszędzie i targują się, jakby byli u siebie na bazarze. Bo są. Przecież cały świat zamienili w jarmark idei, którymi kupczą i nabijają kiesę bez względu na koniunkturę, a na najgorszy czas trzymają w skarbcu prawdziwy cymes – shoah – ten się zawsze sprzeda i pozwoli odbudować utracony kapitał.

– Dzwoń! – polecił Pyziu i sam się zdziwił, jak mu krótko i węzłowato wyszedł komunikat końcowy.

Chrząszcze poderwały się do lotu. Jak zwykle Pyziu stracił już na starcie. Musiał wpierw uzbroić swój telefon w baterię i chociaż zrobił to jak zawodowiec, ładujący magazynek swojego magnum .44, to zanim jego rzęch się uaktywnił, tamten wybierał już numer do swoich. Spokojnie, nie ma się dokąd spieszyć, pośpiech jest złym doradcą – „Podaj PIN". „Pomiń intro" – spoconym palcem Pyziu odtrącił dotyk stworzyciela – zbyt długo ładowała się ta staroskryptowa ikona. „Wybierz…" Poczekaj – „Karta SIM nie jest gotowa". Jeszcze pięć sekund na zapis pamięci i w końcu elektroniczna pukawka może razić bitami. Na pierwszy strzał poszedł Miglanc.

– Wybieramy wariant A. – To ten drugi dawał sygnał swoim rewolwerowcom.

„Blef. Nigdy nie było innego wariantu" – pomyślał Pyziu i powiedział do słuchawki na tyle głośno, by tamten mógł usłyszeć:

– Oczywiście, że łyknęli. Nie mogło być inaczej. Jesteś w Ministerstwie? To włącz dyktafon.

Wstał od stolika i ruszył do wyjścia, nie sprawdzając nawet, czy tamten idzie za nim. Tym lepiej, jeśli nie, przynajmniej zapłaci za niego rachunek. Być może ci młodzi reprezentują nowe pokolenie, pozbawione zahamowań, traktują swoje kompleksy jak olej napędowy i płoną emocjami, zamieniając się w odrzutowce – w stalowych garniturach Armaniego przypominają mechaniczne orły, supernowoczesne myśliwce, F-28, bo pewnie tyle latek liczy sobie ten Bazarow, wersja 2004, być może, ale jeszcze się muszą dużo nauczyć. Minął stolik, przy którym, w oparach nikotynowego dymu, zawzięcie negocjowali jacyś zaprążkowani (jeszcze nie czas na kratę) biznesmeni z rozstępami na brzuchu i pod szyją. „Niech się uwędzą" – zaklął pod nosem. – „Płotki jedne". A swoją drogą ciekawe, że tę część hotelu nazywają lobby, jakby to tu właśnie załatwiano sprawy rangi państwowej. Być może, ale na ten jeden dzień centrum dowodzenia przenosi się do jego biura na ostatnim piętrze najwyższej szklarni w tym mieście. To naprawdę wielki dzień.

– Panie Romanie – zwrócił się do taksówkarza, siedzącego w hotelowej taryfie przed głównym wejściem. – Dzisiaj kurs bez koguta.

– Wie pan, że to będzie drożej kosztowało? – upewnił się taksówkarz, chcąc uniknąć kłótni o te kilka nędznych groszy, które nie wystarczą nawet na mycie jego beżowego merola ze smutnymi oczami, po czym zdjął taksówkarskiego koguta z dachu i schował do bagażnika. Teraz jego bryka wyglądała jak rządowa limuzyna.

Pyziu nie skomentował uwagi taksówkarza. Byłoby to poniżej jego poziomu. Wsiadł i kazał włączyć radio.

*…Postanowiliśmy skontrolować tryb wyboru firmy, która dozoruje obiekty ABC. Sprawdzimy także treść zawartych w tym przedmiocie umów. W razie ujawnienia nieprawidłowości wobec kierownictwa ABC zostaną wyciągnięte stosowne konsekwencje.*

*– Ale czy to oznacza wstrzymanie sprzedaży akcji Skarbu Państwa?*

*– Jak państwo wiecie, do sprzedaży akcji zobowiązują nas dyrektywy międzynarodowe. Poza tym wyjaśnienie tej sprawy jest tylko w interesie spółki.*

*– To znaczy? Chce pan powiedzieć, że ruchy w zarządzie wpłyną korzystnie na notowania spółki?*

*– Wszczęta kontrola pozwoli uniknąć podobnych recesów, przepraszam, ekscesów w przyszłości. Tu nie liczą się pieniądze. Tu chodzi o bezpieczeństwo obywateli.*

– A więc za pięć dni akcje trafią na giełdę?
– Zgodnie z harmonogramem. *Pragnę niniejszym uspokoić wszystkich tych, którzy są zainteresowani uwłaszczeniem się na majątku narodowym. Wszystko przebiegnie zgodnie z planem.*

To było tylko radio, ale Pyziu z łatwością mógł sobie wyobrazić twarz rzecznika (męczennika?) prasowego Ministerstwa Skarbu. Cieszył się, że nie musi na niego patrzeć, na tę pełną wiary w wypowiadane słowa gębę faszysty-fetyszysty – hitlerjugend, który po najbliższych wyborach zostanie rozjechany przez gąsienice walca historii, a póki co sam ochoczo stanowi jego trybik. Zresztą, kto wie, może on także prowadzi własną grę i tylko udaje naiwniaka. Demokracja to przecież idealny ustrój dla drobnoustrojów, które realizują własną politykę, testując granice społecznej odporności na patologię...

Limuzyna sunęła płynnie ulicami stolicy, jakby inni kierowcy sami się domyślali, co za persona w niej siedzi i ustępowali pierwszeństwa. To jest prawdziwa jazda. Nie sztuka przebić się przez Warszawę setką w konwoju rządowych lanci i radiowozów na sygnale. Sztuka być kimś zza przyciemnianej szyby i pociągać za sznurki. Niech sobie inni co cztery lata czyszczą konto. W jego branży okres rozrachunkowy wynosi jeden miesiąc, miesiąc w miesiąc, „do samego końca, mojego albo jej". Pyziu uśmiechnął się do siebie. Jak każdy, kto zachłysnął się polityką w podziemiu, miał słabość do politycznej gnozy. Że co? Że to i owo, że siedzisz przed telewizorem i cykasz pilotem, ale to nie jest zapping, już raczej zabawa joystickiem, który działa jak wibrator, bo wszystko, co widzisz na szklanym ekranie, mizdrzy się do ciebie, świadome, że ty wiesz wszystko, wiesz, co się dzieje za kulisami i właściwie kojarzysz kto, kogo i dlaczego. To jak z filmem sensacyjnym – zwykli zjadacze pop-papki dają się prowadzić akcji na rzeź, ale ty już po pięciu minutach czaisz, co jest grane, i w zakładach bukmacherskich obstawiasz wynik, a jeśli naprawdę się liczysz, dzwonisz do producenta i każesz

139

mu zmienić zakończenie, grożąc, że ujawnisz to w gazecie. Jeśli jesteś VIP-em, przelatując po kanałach, dajesz i odbierasz głos tym w niebieskim okienku, które jest jak podajnik, ale to ty serwujesz przez nie fakty – owinięte w bawełnę albo nagie, w każdym razie to ty pierwszy je miałeś, ty je rozprawiczyłeś, teraz niech inni kręcą z nimi hardkorowe pornole, albo tasiemcowe seriale, zawsze po dobranocce. Oto twoja stajnia na wybiegu, pornofakty z rozjebanym jądrem, seksbomby z odbezpieczonym zapłonem...

Limuzyna sunęła ulicami stolicy w rytm dynamicznego komunikatu, który płynął z głośników przy uszach Pyzia, nie zatrzymując się przy znakach przestankowych. Informacja goni informację, a każda z nich, każdy bit uwodzi szare komórki i rżnie je na potęgę, aż wydadzą z siebie jęk rozkoszy – jęk geniuszu, i na tym nie koniec, bo one chcą jeszcze, jak podjarane z nagła nimfomanki, bez końca, aż do krwawienia, wytrysku, eksplozji krwi do mózgu...

Pyziu wykręcił numer Maklera.

– Słyszałeś?

– Słyszałem.

– W porządku?

– Może być.

– Zgodzili się na siedem procent.

– OK.

# Dzień dwudziesty

## (sobota)

„Dzisiaj moja dziewczyna zabierze mnie na bal. Strasznie się cieszę. Nigdy jeszcze nie byłem na balu. Kazała mi włożyć garnitur i nową koszulę, żebym się jakoś przy niej prezentował. Chyba wiem, co ma na myśli, bo już od godziny siedzi w łazience i przygotowuje się do wyjścia. To niesamowite, ile czasu kobiety spędzają w łazience, ale przecież za to je kochamy".

„Do jasnej cholery, tego się nie da czytać!" – zakląłem, przeczytawszy powyższy fragment w jednym z kobiecych magazynów. Zirytowany, cisnąłem w kąt tę kolorową rzeczniczkę świata kobiet. Zapewne za ten czyn oskarżą mnie o dyskryminowanie statystycznej większości, ale co mi tam, z godnością przyjmę los męczennika ruchu maskulinistycznego. Zresztą już teraz go doświadczam, zmuszany do sterczenia godzinami pod drzwiami łazienki z zakazem wstępu nawet w sytuacji kryzysowej (a pęcherz napiera jak cholera). Przełykam więc tę gorycz istnienia i zabijam czas – nerwowy tik – tak, to ja, szary człowiek o przeciętnej powierzchowności i pokojowym usposobieniu, jestem seryjnym zabójcą, z każdym wybiciem zegara powiększam swoje konto o kolejne ofiary, uśmiercam czas z pobudek zasługujących na szczególne potępienie, z nudy dokonuję mordu na leniwie przechadzających się obok, bez żadnego zajęcia, zapatrzonych w siebie minutach, które eksponują swoje atuty i kuszą wizjami tego, co moglibyśmy zrobić razem, gdybym tylko miał na to ochotę. O nie, nawet na to nie liczcie, nie będzie żadnego gwałtu. Zabiję was ot tak, bez zmrużenia oka. Co ja mówię? Zrobię to z zamkniętymi oczami, ziewając, jakbym całe życie nie robił nic innego, jakbym pracował w rzeźni, gdzie dzień w dzień na postronku przyprowadza się przerażone krowy, które jeszcze chwilę temu żuły trawę, kręcąc mordą i myśląc o wieczności, o wiecznym pasieniu brzucha na zielonych pastwiskach. Kto nauczył te krowy patrzeć w lustro? Przecież one mogą się tak pindrzyć miliony lat świetlnych, negocjując do upadłego cud wcielony w Kopciuszka. Jastrzębie i gołębie, tylko tym się różnią – taktyką zjednywania sobie adoratorów, a każda chciałyby być królewną zwiewną. Wszystkie takie same. Moni nie była lepsza. Domi powiedziała: „Znam jedno takie miejsce, gdzie moglibyśmy się zabawić wieczorem" i zginęła w łazience. Było to przed wiekami, już prawie zapomniałem, ale na ścianie paznokciem wyryłem datę, a obok jeszcze parę brzydkich słów, co o tym wszystkim myślę. Może ktoś kiedyś znajdzie te moje wyznania skazańca i zrobi z nich bestseller, a potem, kiedy odkryją moje prawdziwe motywy, zrehabilitują i postawią pomnik, jak temu psu, który do końca swoich dni czekał na panią – Czekoladowemu Psu, który skamlał z żalu za swoją Moni. „Może byś skrobnął też coś dla Domi" – przemówiły cztery ściany. „Pocałujcie mnie w dupę!" – żachnąłem się. I ściany zbliżyły się do mnie.

– Duszę się! – krzyknąłem mimowolnie.

– Mówiłeś coś? – zapytała Domi przez drzwi. – Daj mi jeszcze dwie minutki.

Dwie minutki, lolitki, nimfetki, lezby jedne, przedefilowały pod rękę, jak armia sowiecka, dumna, tryumfująca, zdradziecka. Wolny świat patrzy przerażony na ten marsz donikąd. Płoną proporce tysiącletniej rzeszy. Leżą w gruzach ostatnie bastiony męskiego szowinizmu. Już nie ma *übermenscha*. Na placu boju pozostała amazonka, dla której mężczyzna jest już tylko użytecznym dodatkiem. Czas napiąć łuk i wy-

puścić strzałę w kierunku *überfrau*. Naszym udziałem szaleń-
stwo w domowych celach. Bez nadziei na lepszy los, świadomi nadciągającej zagłady, wyginięcia gatunku, krążymy po
przyciasnych mieszkaniach, od okna do okna, spoglądając
z apatią na nieapetyczny świat. Jeszcze drzemie w nas zwierzę, ale powypadały mu już wszystkie zęby, a pazury stępiły
się od skrobania w beton i do drzwi. Podczas gdy one ostrzą
swoje pazurki pilniczkiem.

    – Daj mi jeszcze chwilkę! – krzyczy Domina.

    Moni też tak robiła. Nazywała to manicure. Przebierała
palcami jak w tej wyliczance: „Kocha, lubi, szanuje" – „Moni
cure, Moni kill, Moni cure" na dwie ręce, a później jeszcze
poprawiała stopami, ja zaś na końcu licytowałem ją dwu-
dziestym pierwszym palcem – na oko, na niby. „Jedzie mi
tu czołg?" – zapytacie z niedowierzaniem, bo już coś wiecie
o życiu seksualnym Recesów. I będziecie mieli rację. Ale to,
że z braku laku regularnie sięgałem po swoje *ultima ratio*, to
szczera prawda… Chyba ze wstydu zapadnę się pod ziemię.
Czmychnąłem pod łóżko.

    – Co ty tutaj robisz? – W satynowym, kusym szlafrocz-
ku, przebierając zakrwawionymi palcami, które aż się pali-
ły, żeby zacisnąć na mojej szyi śmiertelną pętlę, stała nade
mną Domina.

    No właśnie, co ja tutaj robię?

    – Czyżbyś chciał się przede mną schować?

    Cóż miałem powiedzieć?

    – Piii, piii – zakwiliłem.

    – Płaczesz, robaczku? – zapytała, siląc się na czułość.

    Do jasnej cholery, ta wiedźma zamieniła mnie w kara-
lucha.

    – Ślimak, ślimak, wystaw rogi, dam ci sera na pierogi.

    Co to, to nie, wypraszam sobie rogi. A poza tym, odkąd
to ślimaki jedzą ser? Już raczej…

    – Myszko, wyjdziesz stamtąd?

    Żebyś mogła mnie rozgnieść wysokim obcasem?

– Dość tego. Wychodź!

– Nie ma mowy.

Rzuciła się na łóżko, wymierzając mi sążniste razy sprężyną materaca.

– Auuu! – zawyłem z bólu.

– Liczę do trzech.

Do jakich trzech? Nawet w zawodowym boksie odliczają do siedmiu.

– Raz... dwa... dwa i połowa... liczę od nowa...

Chętnie bym się poddał, rzucił ręcznik na matę. Tylko jak? Przecież zostałem uziemiony. To ona narzuca reguły gry. A jednak ręcznik opadł na matę. Domi zwolniła ucisk. Przed moimi oczami wyrosły jej szczudlaste nogi. Powoli, majestatycznie ruszyła ku drzwiom, niczym roznegliżowana czirgerl, przecinająca ring, by ogłosić werdykt. *Game over, walk-over*. Z babami nie wygrasz. Są rywalami, selekcjonerami i arbitrami w jednej osobie, a na dodatek cały czas zgrywają się na założycielki twojego fanklubu.

– Weź prysznic – zarządziła.

A może by tak mały masażyk po walce?

– Późno już – dodała tonem, który przypomniał mi szczenięce lata, więc krzyknąłem niemal odruchowo:

– Już lecę, mamo!

Zatrzymała się. Dobrą chwilę tak stała. Odwróci się? Nie odwróci? Powie coś?

– To było chamskie – powiedziała w końcu.

– Co? – zapytałem, szczerze zdziwiony jej reakcją.

– Przypominanie mi mojego wieku. Wiem, ile mam lat. Kiedyś ty też będziesz miał tyle i sam się będziesz dziwił, że można tego dożyć. – Zniknęła za drzwiami obrażona, bliska płaczu.

No to mnie ma. Na takie rzeczy lecę, jak pies, gotowy zlizać łzy z lica swojej pani. Już będę grzeczny... mamo. Posłusznie wziąłem prysznic i włożyłem garnitur oraz nową koszulę (zapewne wygrzebała to wszystko z dna swojej cudownej szafy). Dzisiaj moja dziewczyna zabierze mnie na bal. Strasznie się cieszę. Nigdy jeszcze nie byłem na balu…

Ach, co to był za bal! Jak na rozdaniu Oscarów. Już teraz wiem, na co była ta nasza zabawa w myszkę, ślimaka i inne robactwo, jak na castingu. Dominika stworzyła mi świetną kreację. Wystąpiłem w aureoli gwiazdy, ulubieńca mediów, w roli *macho* (co za metamorfoza na użytek publiczności), figthera, który spiera się w pojedynkę z wielkimi korporacjami. Otaczały mnie tłumy świeżo zwerbowanych fanów, wśród których Dominika poruszała się niczym mój impresario, ja zaś przeglądałem się w ich pełnych podziwu twarzach jak w zwierciadle. Rozmawiałem z nimi, jakbym przemawiał przed kamerami. To była próba generalna przed prawdziwą premierą, którą zapowiadały najświeższe doniesienia z Ministerstwa Skarbu – tak w każdym razie przekonywał mój menedżer, który na bieżąco śledził wszystkie dzienniki, fakty, wiadomości. Z udawaną swobodą stawiałem wśród tłoczących się wokół istot niższego gatunku księżycowe kroki, jakbym był w stanie nieważkości – ciało astralne, wystrzelone w eter, w mig przemierzające to, na co ewolucja potrzebowała milionów lat, brakujące ogniwo pomiędzy ludzkością a bogami, coraz mniej przynależne do tego świata, coraz bardziej zjawiskowe, obcy, żywy dowód na to, że gdzieś tam jest lepsze życie. Byłem dla nich spełnionym marzeniem, potwierdzeniem, że każdemu, a więc również im, może się w końcu udać, bo przecież wystarczy być i wypełnić swój los, a potem czekać, choćby całe wieki, na te swoje pięć minut. Ja się doczekałem, chociaż jeszcze niedawno byłem jednym z nich. To znaczy, nie do końca, bo to był lokal dla samotnych serc, ja zaś miałem drugie serce, które biło dla mnie gdzieś całkiem niedaleko, a na dodatek jeszcze jedno, które waliło jak młot tuż obok.

– Wiesz? Kocham cię – wyszeptało to drugie serce i naprężyło się jak kotka na gorącym, blaszanym dachu, po czym jak Ingrid Bergman rzekło zmysłowo: – „Zagraj to jeszcze raz, Sam".

Zdjęło mnie przerażenie. Mogę zagrać wszystko, ale tego nigdy, przynajmniej nie przy świadkach. Rozejrzałem się po sali. Stetryczały pianista zaintonował ograny motyw i lokal, jakby pod działaniem iluminacji, nabrał kolorów sepii. Zauważyłem, że pary przy sąsiednich stolikach składają sobie podobne deklaracje. Wyglądało to jak zdjęcia próbne z *Casablanki*, jak casting do remake'u słynnego melodramatu sprzed lat. Widać taki zwyczaj – pomyślałem – zaraz zamykają, więc pora na scenę kulminacyjną – kochajmy się, bo tak szybko odchodzimy. Tyle że, z całym szacunkiem, ja sobie wypraszam.

– Miła Pani. Mam kogoś – odparłem, wypierając się podobieństwa do Humphreya Bogarta.

– To już było – odparła z pogardą.

Dobre sobie, a czego to jeszcze nie było? Już dawno wszystko zostało utrwalone na celuloidowych taśmach i nic na to nie poradzimy. Pozostało nam tylko doskonalić technikę. Bez końca, to jedno możemy robić bez końca. Cyfrowa technologia daje swobodę powielania utartych schematów bez oglądania się na braki materiałowe. Oto nasza *freedom of expression. No limits.*

– Powiedz to własnymi słowami – zażądała.

– Ech – machnąłem ręką, jak budowniczy Polski Ludowej z kroniki filmowej. Wypadło fałszywie, więc dostroiłem się do konwencji i manierycznie sięgnąłem po papierosa (do pełni efektu brakowało tylko przyciemnianych okularów à la Zbyszek Cybulski). Zapaliłem. Dłoń z zapałką zawisła nad stołem. A może by tak podpalić tę czterdziestoprocentową setkę (stuprocentową czterdziestkę?) przede mną? Na stos z nią... Stój! Zawahałem się. – Nie potrafię. Nie teraz – wydukałem w końcu, a odgarniając włosy z czoła szerokim gestem aktora ze spalonego teatru, posypałem głowę popiołem z papierosa. – Kurwa mać! – zakląłem siarczyście, bo już

„cały zbudowany jestem z ran..." Spojrzała na mnie zgorszona. Co? Czyżbym znowu przeholował? I co z tego? Wolno mi! Ja, poeta i...

– Łachmyta – skwitowała.

Wiem, ale to nie turniej jednego wiersza, chociaż tutaj co drugi jest poetą. To wszystko przez te fluidy. Wypełniają salę aż po sufit, jakby to nie była podrzędna knajpa z odrapanymi ścianami, ale katakumby, w których gromadzą się pierwsi chrześcijanie, by złożyć ofiarę z siebie samych na ołtarzu miłości. Tylko kto im powiedział, że wystarczy kochać, żeby pisać wiersze? Wokół brzęczy miedź i brzmią cymbały. Cygańska muzyka od stolika do stolika. Ociemniałe dziewczę przemawia językiem aniołów (już poznała smak miłości na podniebieniu, wokół zęba zakręcił się włos taty, a w oku łezka). Usta milczą, dusza śpiewa... „Szanowni Państwo, na tym kończymy nasze cudowne rendez-vous. Zapraszamy ponownie za tydzień". Więc idźcie, ofiara spełniona. Szybko! Odjeżdża już ostatni tramwaj, zwany pożądaniem.

# Dzień dwudziesty pierwszy

## *(niedziela)*

„No, z reklamą chodziło mi o popularność gazet (co się objawia w zyskowności), czyli reportaży, wywiadów, pisanych łopatologicznie. Gdyby artyści zechcieli z dziennika zrobić sztukę! I czytuje się o artystach, z nimi wywiady, lecz gdy artysta zaczyna felietonować, robi się estetycznie, czyli cholernie nudno. I popularność list dyskusyjnych w sieci; i gdy na prorządowym portalu jakiś dyżurny mądrala wystruga niezjadliwca, co się dzieje pod artykułem.

Uważam, że w literaturze, o której słyszę «ambitna», nakręca się pic na wodę, ładny, mądrze wyglądający, przedobrzony, zawsze jakieś «prze». Wynika to z tego, że ambicja podchodzi pod kołnierz. Nie będą przeciwieństwem hip-hopowe groundy, gdzie z kolei wszystko ma być «under», i dochodzi nielotność twórców ☺.

Nie jest rozwiązaniem literatura lekka, gdzie miałkość i chęć dostarczania rozrywki śmieszą tych, których to wcale nie bawi. Jeśli mowa o spadku popularności literatury, to wina nie leży po stronie czytelników.

Życie jest mądrzejsze od każdej lektury... Co wie o życiu stypendysta czy inny ciepły klusek? Pic na wodę, produkcja bzdetów, ale czytać, bo brzmi górnolotnie, i syngatura. Chyba można powiedzieć o etatyzmie... o decyzjach decydentów, mających na celu łatwiznę podtrzymania własnych interesów. Tak się kręci z nagrodami literackimi, obiektywizacją przeszłości literatury.

Język ulicy... nie pamiętam, żebym coś takiego miał na myśli? Przeciwstawiłem «estetykę» pisaninie życiowej. Jeżeli jestem czemuś przeciw, nazwę to nadpodażą ładnego, dźwięcznego, się podobającego, niekonieczną dla fabuły, tak jak z wyglądem kobiet: gdyby się ubierała dla jednego mężczyzny, nie zajmowałoby to tyle czasu. Więc po co? Dla zasady? Dlatego kobiety nudzą. Bo do wyglądu upodabnia się psychika, jak się ubierze dla każdego/każdej, w głowie siano, baterie, cytaty. I znowu ambicja – jak by tu doskonale dotrzeć do wzoru ulicznego... po czym napisać wzorowo, jak się powinno. Ulica nie zauważy? Nie znam łatwych odpowiedzi, pokazuję, co mnie nudzi.

Walczyć na siłę... nie wiem. Myślę, że ogół jest w interesie/zainteresowaniu twórcy? despe906 pzdr nie wiem, czy zakumałem Twój koment, mam kiepski dzień".[*]

Ja też mam kiepski dzień. Zaczęło się od tego, że Domi wyrzuciła mnie z domu o jakiejś sakramencko wczesnej, jak na niedzielę, porze z oficerskim poleceniem: „Do kościoła". Nie żeby sama była praktykująca. Po prostu, wszystkie jej sąsiadki tak postępują ze swoimi mężami. W ten jeden dzień wysyłają ich do Pana Boga i same chwytają się garów. W końcu mogła pokazać, że również pod tym względem nie jest od nich gorsza i też ma swojego powiernika, swojego trustee, który wyjednuje dla niej łaskę. Ale niebiosa, jak twierdził Bohuszek (Hrabal, rzecz jasna), nie są humanitarne, więc jak za dawnych lat zboczyłem z drogi do nieba, urwałem się z nici, którą wzorem Ariadny rzucają nam od małego nasi duszpasterze. Byle pretekst, wiązanie buta, szczegół na wystawie sklepowej i wystąpiłem z tej rwącej (bo to już za pięć wpół do) rzeki, płynącej wbrew prawom fizyki

---

[*] Autentyczny komentarz autorstwa despe906, zamieszczony pod tekstem *Kroniki okresu wypowiedzenia – Dzień siedemnasty* w portalu literackim Fabrica Librorum (www.fabrica.civ.pl).

od morza ludzkich łez do źródła. Zatrzymałem się na skraju chodnika, by kontemplować majestat innej świątyni niż ta, ku której kierowała się litania małostkowych ludzi z przyziemnymi problemami. Stanąłem naprzeciw katedry, którą jakiś inastranny akordeonista wznosił z poziomu bruku, używając jako budulca dźwięków bachowskiej fugi, wzbijających się ku wyżynom ludzkiego ducha na przystrojonych z barokowym przepychem, niczym pawie pióra, fraktalach. Machał przy tym rękami jak ptasiek, albo majster, mieszający murarską zaprawę, by właściwie odmierzyć proporcje, uchwycić harmonię pomiędzy horyzontalną rozległością konstrukcji a jej wertykalnym wzrastaniem ku górze. Niczym iluzjonista wydobywał z harmonii nieskończoność polifonicznego różnicowania i nawroty integrującego kontrapunktu, hazard tonów i dyscyplinę interwałów, strzelistość przerzuconych ponad nutami łuków i taktowny umiar akordów, rozpiętych na pięciolinii, jak w sznurkowym modelu Gaudiego. To już nie była muzyka, to była czysta funkcja, ciąg geometryczny, matematyka piękna i piękno matematyki, algorytm doskonały, którym rządzi niczym nieograniczona wariacja i multiplikacja, chaos deterministyczny. Urzeczony tą muzyczną katedrą, bezcielesną, abstrakcyjną, jak tylko abstrakcyjne mogą być liczby, prawdziwie absolutną, uczyniłem krok wprzód. Najwyższy to czas przekroczyć próg sacrum. Wszak już dość napisałem podań w tej sprawie. Już wystarczająco długo ja, wolnomyśliciel, siłuję się z oporną materią, by ukoronować ją konstrukcją, postawioną według własnego projektu. Na ekranie komputera tworzę zerojedynkowe kombinacje, wariując na myśl, że mam tylko jedno życie, i to nie najciekawsze. Więc rozpisuję je na algorytm erpegry, w której spieram się z przeznaczeniem, by temu ciągowi zdarzeń nadać własny sens, znaleźć w nim nić przewodnią, po której trafię do wyjścia z napisem: „happy end". Nie wiem, na czym polega teoria chaosu, ale znam chaos w praktyce i to mi wystarczy, żeby zaprząc go do tkania na szarej politurze monitora fantazyjnych wzorów na kształt fraktali. Wariacja i multiplikacja – oto zabieg, którego dokonuję na gołych faktach, by stały się podnóżkiem sztuki. Nadszedł czas inicjacji. Świątynia stoi otworem. Wchodzę, zostawiając za plecami wszystko, co przynależy do świata profanum. Obgryzionym ołówkiem na pogniecionej kartce papieru, wydobytej z przepastnej kieszeni, składam śluby kapłańskie, podpisuję deklarację członkowską masońskiego klubu artystów. Po faktach, jak po trupach, jak na grzbietach niewolników, wspinam się na szczyt Drabiny Jakubowej, gdzie najlepsze miejsca zarezerwowano dla arystokracji ducha. Już widzę ołtarz, już maczam dłoń w baptysterium, już witam się z gąską, gdy nagle ta głupia gęś ucieka, jakby się gdzieś paliło, bo oto ściany przybytku sztuki zaczęły pękać i rozprzężone dźwięki runęły na bruk, brzękiem miedziaków spadły wprost do nadstawionego kapelusza, jak za dotknięciem czarodziejskiej różdżki rozpłynęły się i nic po nich nie zostało. Żeby chociaż było drugie dno... Polifonię przeciął jęk agonii. Z harmonii uszło powietrze. Dźwigary kontrapunktu zwiesiły bezradnie ramiona. Smutny człowiek w wyświechtanym surducie zatrzasnął nad instrumentem czarne wieko. Po świątyni nie pozostał kamień na kamieniu.

– Nie martw się – szepnął mi do ucha, z obcym akcentem, mistrz ceremonii – w trzy dni postawię nową.

Gdzieś już to słyszałem.

– Ej! – krzyknąłem za nim. Bez skutku. Z harmonią na bakier podążał w sobie tylko wiadomym kierunku, by penetrować nowe rejony; Mesjasz, ale nie na handel, na użytek tłumów grajek uliczny, dla wybranych pomazaniec, dla damulek brudas.

Pognałem do najbliższej kafejki internetowej, by doglądnąć własną świątynię. Pod adresem: www.kronikaokresuwypowiedzenia.pl ukazała mi się małpa, a raczej pies, stworzony na mój obraz i podobieństwo.

– Witaj, Czekoladowy_Pies. Co nam dzisiaj pokażesz?

Opowiem wam prostą historię, co będzie przyczynkiem do kolejnego rozdziału dziennika wariata, w którym zza biurka rozprawiam się z normami nienormalnego świata. Już niebawem kulminacja tej rozpisanej na trzydzieści odcinków papierowej zbrodni na współczesnym stylu życia. Jeszcze trochę i stanę się wrogiem publicznym numer jeden. „Oto moja licencja na zabijanie" – pomyślałem z kurewską satysfakcją, zobaczywszy na ekranie wymarzone: „Copyright by Czekoladowy_Pies". Wklepałem kod dostępu i przystąpiłem do gry. Na monitorze ukazał się napis: „Dzień dwudziesty pierwszy", a po chwili: „GO TO CHURCH". Czyżby Domi tu była? Mój anioł stróż? Skąd! To wciąż ten sam błąd programowy, tyle że w niedzielę miejsce banku zastępuje kościół. Nie wchodzę w to, nie ma mowy, żadnych krytycznych wyjątków, to pułapka. Z drugiej strony, tu i tak nic ciekawego się nie dzieje. Więc może jednak? Kliknięcie w ikonkę i następuje zamknięcie programu, szybki proces i wieczne potępienie – utrata danych i uszkodzenie dysku, słowem: koniec świata. Za wcześnie? Na to nigdy nie jest za wcześnie. Przynajmniej będę miał święty spokój. Jakby à propos na ekranie komputera pojawił się komentarz:

„Ludzie może myślą, że przyszedłem, aby przynieść pokój na świat, a nie wiedzą, że przyszedłem, aby przynieść rozdarcia, ogień, miecz, walkę. Gdy bowiem pięciu będzie w domu, trzech powstanie przeciw dwom, a dwu przeciwko trzem, ojciec przeciw synowi, a syn przeciwko ojcu. I staną się wobec siebie samotni".*

„I kto to mówi?" – wystukałem w odpowiedzi.

„Jezus opuścił pokój".

A podobno to ja wciąż popadam w eschatologiczny ton i w ogóle co to za apokryficzne metody? Każdy może być prorokiem w sieci... *Am way. Witch way.* No właśnie, *which way?*

---

* Fragment apokryficznej Ewangelii św. Tomasza Dydymosa.

I znowu wiadomość – tym razem od jakiegoś despe… (tu czytam)… (czytam raz jeszcze, tym razem uważniej, bo ów tekst dość jest skomplikowany)… Mam! (Nareszcie, tylko co z tą syngaturą, bo wszędzie szukałem, w słowniku i na google, czy chodzi o sygnaturę?) Desperacjo, tyś mi drogą, prawdą i życiem, bo życie większy ma walor prawdy niż moja pisanina. Co komu po takim pitoleniu w wirtualnym świecie? Po przestępstwach w białych rękawiczkach? Mord rytualny wymaga krwi i chrzęstu łamanych kości. Ulica domaga się ofiary z życia. Oto kamień, który odrzucili budujący, stanie się głowicą węgła.

„GO TO CHURCH"

No tak, dałem się zapędzić w kozi róg. Nie ma wyjścia, trzeba wysadzić tę komnatę (nie bójcie się, to tylko gra, a nie portal dla pirotechników). Wzorem akordeonisty zburzę świątynię, gdzie składałem bałwochwalcze hołdy estetyce, odbywałem zwyrodniałe orgie z muzami i ofiarowywałem owoc swojego żywota, którego nie chciały tknąć wieprze. Jak? To proste. Palce spoczęły na klawiszach: „Control"… „Alt"… „Delete". *Kończę sesję, kwituję, zamykam.*

*„Czy chcesz zachować zmiany?"*

*Z zimną krwią sięgnąłem po kabel, ująłem go pewnie w swoje ręce i…*

– To już było!

– A jak mam dobić sztukę, jak nie cytatami? (To taka metoda na skorpiona).

– Te, koleś! Co ty robisz? – Z drugiego końca sali odezwał się właściciel tej budy.

– Nic – odparłem, wciąż trzymając kabel od komputera.

Jakichś pięciu typów poderwało się od sąsiedniego stolika. Jak to było z tymi pięcioma? Mój cel w pięciu się po szczeblach Drabiny Jakubowej… Nie, to nie to! „Gdy pięciu będzie w domu, trzech powstanie przeciw dwom, a dwu przeciwko trzem". Tak, tak to już bywa z apokryfami, niby coś wyjaśniają, ale nigdy dokładnie – ja byłem sam.

„Five to one, baby
One in five
No one here gets out alive..."*
– popłynęło z głośnika skorygowane proroctwo pseudomistyka rock and rollowej rewolucji, uzurpującego sobie rolę rzecznika bożego gniewu. I coś w tym chyba jest, bo gdyby Bóg słuchał Doorsów, to zapewne takim właśnie rykiem, pośród ciszy poranka, obwieściłby swoje nadejście w sądnym dniu. Wyobraźcie sobie Jezusa na koncercie w roli frontmana, Dionizosa, przewodzącego ekstatycznemu orszakowi podczas krwawych bachanaliów, uderzającego bez opamiętania w struny elektrycznej gitary, rzeźbiącego dźwięki tępym metalem, jak nożem po talerzu w wykwintnej restauracji, a wszystko po to, żeby doprowadzić do szewskiej pasji jakiegoś producenta obuwia i uwieść jego żonę, sprowokować ustatkowanego Apollina do aktów agresji, wytrącić z równowagi zadowolone z siebie status quo, bo nie ma harmonii w przyrodzie, są tylko organy Hammonda and the Crawling King Snake, który zdobywa bastiony, strzeżone zazdrośnie przez ascetycznych świętoszków. Trąby jerychońskie wymiękają przy jego seksownym głosie, któremu nie oparła się nawet dziewica orleańska. Na dowód tego nieziemskiego ciupciania (w którym, przyznaj, było coś apokaliptycznego) obnosi się z jej pasem cnoty, jak ze skalpem, wokół połyskujących śliską skórą bioder, rozkołysanych w szamańskim tańcu płodności, pomiędzy erosem a tanatosem. Wskazuje na drzwi, „Break on through to the other side" – krzyczy. Tylko jak? Na drodze stoją troglodyci.

„They got the guns
But we got the numbers
Gonna win, yeah
We're takin' over
Come on"**

---

* Fragment utworu *Five to One* zespołu The Doors.
** *Ibidem.*

Ale jakoś nie brzmi przekonywająco. Nawet towarzyszący mu trubadurzy wpadają w panikę. Przyspieszają, jakby zaraz miała się skończyć ta ścieżka dźwiękowa. On jeden trwa na stanowisku. Głównodowodzący armii desperatów wydaje rozkazy:

*„Not to touch the earth*
*Not to see the sun*
*Nothing left to do, but*
*run, run, run,*
*Let's run"**

Są już blisko, na wyciągnięcie ręki. Ściskam mocniej kabel. Wentylator rzęzi, żebrząc o powietrze. W dziegciu i smole pracuje maszyna. W środku ciało prezydenta się rozkłada. Wsiadaj!

*„C'mon along, we're not going very far*
*To the East to meet the Tsar"***

Mocnym szarpnięciem wykonuję twardy reset. Klamka zapadła. Drzwi są otwarte! Paradoks? Krytyczny wyjątek. *„I am the Lizard King. I can do anything"* – zapewnia zmiennocieplny, stygnąc w kąpieli...

*„Some outlaws lived by the side of the lake*
*The minister's daughter's in love with the snake*
*Who lives in a well by the side of the road*
*Wake up, girl, we're almost home... "****

Można by tak jeszcze długo ciągnąć, ale ta opowieść już nie należy do mnie. To koniec, moja piękna przyjaciółko. Koniec zabawy i małych kłamstewek. Lecę. Niebieski autobus już czeka. „Panie kierowco, dokąd mnie pan zabiera?"

*The game is over.* W tle może iść:

*„C'mon baby take a chance with us*
*C'mon baby take a chance with us*

---

* Fragment utworu *Not to Touch the Earth* zespołu The Doors.
** *Ibidem.*
*** *Ibidem.*

> *C'mon baby take a chance with us*
> *And meet me at the end of the blue bus"*[*]
ale niekoniecznie.

---

[*] Fragment utworu *The End* zespołu The Doors.

# Dzień dwudziesty drugi

## (poniedziałek)

Nie, to nie. Nic na siłę. Nie chcesz ciągnąć tej historii, to nie musisz. Kto inny zrobi to za ciebie. Grzech marnować taką okazję. Nie można pozwolić przejść koło nosa takiej kasie. Zwłaszcza że finał jest tak blisko, na wyciągnięcie ręki. Na pewno już trąbią o tym w radiu. Najwyższy czas, żeby przestali nadawać w koło Macieju o kolejnych aferach, a zajęli się tobą – prawdziwym *spiritus movens* całego zamieszania. No co wzruszasz ramionami? Myślałam, że chodzi ci o honor. Mąż, ojciec rodziny, właściciel PUdla ma chyba jakiś honor? Trzydziesty za pasem, a ty wciąż nie skołowałeś pieniędzy dla banku. Nie udawaj, że nic cię to nie obchodzi. Musisz je zdobyć, inaczej…

– *Inaczej, zacznę inaczej. Wolno mi, dopiero zaczynam (kurde, nie wiedziałam, że to takie trudne)…*

Od tej chwili wypadki potoczyły się błyskawicznie.

– *Chociaż nie tak od razu, ale fajnie brzmi – wypadki potoczyły się błyskawicznie…*

Cały dzień Reces spędził w mieszkaniu Dominiki, kręcąc się jak wykastrowany tygrys po klatce, jak gówno w przeręblu…

– *Czyli że po awanturze w kafejce Reces wrócił do Dominiki?*

A co? Może miał wylądować pod mostem albo w kanale ciepłowniczym? To nie dla takich salonowych piesków, jak on. Wrócił jak zbity pies – już nie czekoladowy, ale posrany, ze strachu, że go Domi wyrzuci, kiedy tylko zobaczy podbite oko i rozbitą wargę. Ale gdzieżby. Ona? Sama liczy na tę kasę i póki jej nie wyrwie, będzie się nim opiekowała, znosząc wszelkie jego dziwactwa, nawet to kręcenie się bez sensu po mieszkaniu.

– *No dobrze, przyjmijmy, że Reces wrócił do Dominiki, chociaż po wczorajszym akcie desperacji zakrawa to na niekonsekwencję...*

– *Dobre sobie. Czy ktoś kiedyś widział konsekwentnego desperata?*

– *Nie o to chodzi.*

– *A o co?*

– *Nieważne. Lepiej powiedz, co Reces robił cały dzień w mieszkaniu Dominiki? Poza tym, oczywiście, że kręcił się bez sensu?*

Jakie bez sensu? Kręcił się, bo nie mógł usiedzieć na miejscu. Przecież na dniach do jego życia wtargną fotoreporterzy, pałający żądzą prześwietlenia fleszami wszystkich jego tajemnic. Afera wokół ABC nabrzmiała jak balon, który wypuszcza się w powietrze, żeby przetestować klimat. Niebawem się znudzi, stanie się banalnym balonikiem, który uciekł roztargnionemu dziecku. W końcu zniknie z pola widzenia, jak każda afera, i na placu boju pozostanie już tylko jego skromna osoba. Wtedy rozpocznie własną krucjatę o rodzinę i prawo do spokojnego życia w godziwych warunkach. Przestanie być pretekstem dla kolejnej wojny na górze, a stanie się samym casus belli, symbolem walczącej o swoje prawa klasy średniaków, bohaterem wojny ojczyźnianej o naszą i waszą nie rzucim ziemi Teraz Polska be na klapę marynarki albo do krawata w biało-czerwone maki pod zawistnym w zenicie słońcem na depresji z wybitym (sobie z głowy) disco polo wsi dance macabre, nie wspominając o głodujących miastach. Słowem, stanie się zagrożeniem dla III Rzeczypospolitej Akcyjnej i zwiastunem IV Z Ograniczoną Poczytalnością...

– *Co?*

– *Nic.*

– *Znowu coś nie gra?*

– *Nie. Czytaj dalej.*

No więc konstruował tę swoją bombę medialną. Układał w głowie płomienne przemówienia, bo sala sądowa będzie dla niego trybuną, gdzie wszystko się zacznie. Niczym z „Aurory" nada z niej sygnał do wyjścia na ulicę i już od pierwszego odcinka stanie się ulubieńcem wyreżyserowanego przez siebie reality show. Tak zdobędzie telewizję, by ze szklanego ekranu móc powtarzać po setki razy to samo kłamstwo, bez owijania w bawełnę.

– *Jakie kłamstwo?*

– *Jakiekolwiek. Grunt, żeby nieustannie coś mówić z miną, jakby się ujawniało ukryte mechanizmy władzy.*

– *Przecież poszukuje go policja.*

– *Tym lepiej, będzie wiarygodny.*

– *Poza tym on nie zna się na polityce.*

– *I dobrze, przynajmniej wypadnie przekonywająco. Zresztą…*

Dużo teraz czyta. Uprawia biały wywiad. Trzęsącymi się z emocji rękami wertuje gazety, skacze po stacjach radiowych i programach telewizyjnych, by nie pominąć żadnych wiadomości, a w przerwach śledzi seriale. Nie, żeby się nudził. Przecież w poniedziałek nawet bezrobotni mają pełne ręce roboty. Więc i on cały zamienił się w nakaz pracy. Niczym superczuły radar, wyłapuje komunikaty pochodzące z najodleglejszych zakątków wszechświata. Szczwany lis, węszy pod każdym listem do redakcji… *Ojcze nasz…*, bo znak, na który czeka, może być zakodowany wszędzie, chociażby w prognozie pogody… *święć się imię Twoje…*, w przepisie kulinarnym… *chleba naszego powszedniego daj nam dzisiaj…* albo w sto pięćdziesiątym szóstym odcinku… *i nie wódź nas na pokuszenie…* o prawnikach z Miasta Upadłych Aniołów… *ale nas zbaw…* „Stand up, the Court is coming! The case Reces versus ABC shall be recognized by Judge Jackson…" *ode Złego…*

– *Objection!*

– *What now?!*

– *Sędzia jest czarny!*

– *A gdzie jest napisane, że będzie Aryjczykiem? Ma pan jeszcze jakieś zarzuty, panie mecenasie?*

– *Hm, wnoszę o odroczenie rozprawy z powodu obłożenia sądu.*

No i proszę. Diabli nadali ten artykuł w gazecie. Reces nie wierzył własnym oczom. Pal licho, że tylko ona jedna i to na marginesie wspominała o jego osobie. Zniósłby to mężnie. Może jeszcze poczekać. W końcu i tak znajdzie się w świetle jupiterów. Ale dlaczego tak późno? Przecież jego mecenas obiecywał... Miał pogadać z sędzią... Wszystko miało się skończyć przed trzydziestym... Przecież on ma zobowiązania... Zaraz... To niemożliwe... Przeczytał raz jeszcze o tym, jak to zarząd ABC rozważa dymisję, ale minister i tak będzie szybszy, albo i nie – tak czy owak wypłaci odprawy i wyśle prezesów na placówkę dyplomatyczną – odprawi posłów greckich i przyjmie nową delegację szkolonych na obcych dworach menedżerów z klucza. Ot, karuzela stanowisk jak rosyjska ruletka. Nic nowego pod słońcem – wszystko to marność i pogoń za wiatrem. I na tym można by zakończyć...

– *To wszystko?*

– *Po co mu psuć samopoczucie?*

– *A czytelnik?*

– *No właśnie, to dla niego ten cholerny gwóźdź na końcu.*

...gdyby nie ten cholerny prezent od warsztatu dziennikarskiego. Wystawał jak drzazga z deski. Prawdziwy gwóźdź do trumny Recesa, na którą nie będzie go nawet stać. Zginie pod stosem niezapłaconych rachunków, bo, jeśli wierzyć rzecznikowi sądu, jego sprawa trafi na wokandę dopiero po nowym roku. Reces in pace. Żadnej nadziei. Wedle zapewnień przedstawicieli ABC: „Nie przewiduje się zawarcia z rzeczonym ugody". Tu leży pies pogrzebany. Na ulubionym fotelu Dominiki. Zdechł, a tak dobrze żarł.

– *Mogę mieć ostatnie życzenie?*

– *Nie.*

– *A telefon do adwokata?*

– *Naoglądał się amerykańskich filmów...*

Ostatkiem sił sięgnął po słuchawkę i wykręcił numer do kancelarii. Wiadomo, kto odebrał.

– Cześć. – W gardle mu zaschło. Cud, że w ogóle wydobył z siebie głos. – Jest mecenas?

– Mecenasa nie ma. – Gdzieś to już słyszał. Ten sam ton, pretensja, że w ogóle śmie pytać, a później krępująca cisza, chciałoby się rzec: „Przepraszam, że żyję", ale bez obaw, już niedługo.

– Domino, to ja.

– Coś się stało?

– Nic – rzucił oschle. W końcu do niego dotarło, że ona również gra w przeciwnej drużynie i strzela do jego bramki. Już miał odłożyć słuchawkę, kiedy usłyszał:

– Dobrze, że dzwonisz. – Może się jednak mylił. Zaraz mu powie, że czytała, że zrobi wszystko, co w jej mocy, że na pewno mecenas poruszy niebo i ziemię, żeby wyrobić się z rozprawą przed trzydziestym, że przecież wie, jakie to dla niego ważne. – Weź pieniądze z szuflady i zrób zakupy... – tu przefaksowała zamówienie: drukowane, rzeczowe, oschłe, jak z systemu sprzedaży wysyłkowej, nie to, co cukierkowe litanie Moni. – Przeszło?

– Tak – potwierdził machinalnie, chociaż coś takiego nie powinno było przejść.

– Zobaczymy się wieczorem. Zrobię pyszną kolację. – To jej ostatnie słowa, a właściwie przedostatnie, bo usłyszał jeszcze w tle: „Pan do mecenasa? Proszę pocze...". Jasne? Aż nazbyt. Sprawa była ewidentna. Żadnego współczucia. Ba, pewnie jej nawet pasuje odległy termin rozprawy. Panując nad przyszłością, ostatecznie pogrzebie jego przeszłość i skaże go na żywot *in cognito* u jej boku, wydzielając z zasądzonego odszkodowania drobne kieszonkowe za wykonywanie niewieścich prac.

– *Gdzieś to już było.*

– *Oczywiście, że było, w micie o Herkulesie, Dejanirze i królowej Omfale.*

– *Miałem na myśli Moni.*

– *Bez przesady, w końcu to jego żona, a nie jakaś podstarzała lafirynda.*

Na dodatek kazała mu pójść do tych sprzedawczyków z supermarketu, którzy „nie przewidują zawarcia z rzeczonym ugody". A on ma im jeszcze dać zarobić. No bo jak? Przecież nie rozliczy się w barterze. Zresztą, co on mógłby im dać w zamian? Miejsce na szarym końcu w kolejce na wokandę? Numerek w repertorium, jak peerelowski talon na malucha, do zrealizowania na wieczne nigdy? Co za upokorzenie! Podszedł do szuflady z nożami. Wyciągnął największy – taki z thrillerów Hitchcocka – oraz plik banknotów, spięty gumką do włosów. Banknoty owinął listą z zakupami i schował do kieszeni.

– *Ale co z tym nożem?*

„Jeszcze nie teraz" – pomyślał i odłożył go z powrotem do szuflady, po czym wyszedł.

– *Czy ktoś widział Recesa Jana? Wyszedł tylko po papierosy.*

– *Jakie „tylko"? Toż lista zakupów była jak Księga Rekordów Guinessa!*

– *No właśnie. Już sobie wyobrażam minę tej suki, kiedy wróci do pustego (znowu) domu. Ale powoli...*

Genetycznie zakodowany do uległości wobec kobiet, Reces udał się na zakupy...

– *Uwaga! Trzymasz się mocno? Bo tu się zaczyna jazda w starym stylu. Szkoda, że sam nie możesz tego opisać.*

– *Sama pokaż, co potrafisz.*

Tocząc przed sobą wózek, niczym Syzyf swój kamień, albo robal kulę gnoju, z każdym krokiem coraz cięższą, obrastającą w niepotrzebne śmiecie, a końca nie widać (bo kula to nieskończona liczba punktów, skupionych wokół własnej osi, w odległości nie większej niż promień, który wyznacza długość rzęs, paznokci, szpilek, ale również warząchew i chochla, a wszystko to ledwo się może pomieścić, balansując na granicy wytrzymałości, która wyraża się formułą:

„cztery razy Pi er – dolę – do kwadratu"), Reces realizował punkt po punkcie dezyderaty swojej Dominy. Ganiał z jednego końca hali na drugi, jak harcerz po lesie, zaliczający kolejne sprawności – znajdź na południu mąkę poznańską, kup kilogram bułki i utrzyj ją na wiórki, na dziesięciometrowej półce z kawami odszukaj tę o niepowtarzalnym aromacie i wreszcie worki na śmiecie, żeby się nie rwały. Miotał się pośród półek niczym mysz w labiryncie, posłuszny krzyżującym się poleceniom, jakby nie dało się usystematyzować listy zakupów wedle położenia towaru. Tak przynajmniej robiła Moni. Jej listy były niczym nić Ariadny, która w regulaminowym czasie dwudziestu minut prowadziła go najbardziej optymalną drogą od wejścia do tej świątyni konsumpcji do... No właśnie do żądnego krwi Minotaura, który na kasie pobierał haracz od rozrzutnych dziewcząt i chłopców. Jej listy były niczym nić Ariadny...

– ...zwinięta w kłębek, obok zgniecionego nerwowo tasiemcowatego paragonu (to jedyny przypadek cudownego rozmnożenia, jakiego doświadczał Reces w tym miejscu, chociaż byli tacy, którzy widzieli prawdziwe cuda w supermarkecie).

– Przynajmniej nigdy niczego nie brakowało. Nie to, co teraz.

Kiedy w końcu dotarł do kasy, natrafił na postscriptum...

– Przecież to wbrew przepisom!

– Z tym że to było jeszcze przed odejściem od kasy.

– Nieważne, pisanie postscriptów na zamówieniach jest dowodem braku profesjonalizmu i dyscypliny budżetowej.

– Tak czy owak, zgodził się na ten aneks.

A stało w nim: „Kup jeszcze wino". Tylko jakie? Reces podszedł do stoiska alkoholowego.

– Poproszę wino.

– Jakie?

No właśnie.

– Wszystko jedno – odparł zrezygnowany.

– Wytrawne, półwytrawne, białe, czerwone...

„Jezu! Tej sprawności nie zaliczę" – pomyślał.

– W takim razie piwo – powiedział w końcu.
– Jakie?
To się rozumie. Na to pytanie znał naście odpowiedzi.
Udzielił pierwszej z brzegu i wrócił do kasy. Aha.
– Co znowu?
Kolejne postscriptum.
– Tak się nie robi. To gorzej niż zbrodnia, to błąd stylistyczny.
– Do kogo te pretensje? Przecież to pisała Dominika.
„Kup jakiś proszek na promocji". „Znowu impossibilium"
– pomyślał. No bo gdzie tu znaleźć dealera? A o promocji
w obecnych czasach, kiedy po ostatniej wojnie karteli dopiero co podzielono rynek, można tylko pomarzyć. „Kupię
jej perłę, niech się udławi". Pech chciał, że sięgając po jedną, poruszył sąsiednią i dalej już poszło jak z płatka o pła-
tek – na długości kilkunastu metrów wywracało się opako-
wanie za opakowaniem. „Masz za swoje, Domino" – syknął
wściekle pod nosem i rzucił się w pogoń za perłową insta-
lacją, umykającą niczym wyswobodzony z materii geniusz,
niczym perliczka, zrywająca się do lotu.
– Jak to jest, że on zawsze musi za czymś gonić w supermarkecie?
„To musi być znak" – pomyślał, a dywan z białego prosz-
ku rozwijał się przed nim niczym nić Ariadny. Przebiegł jesz-
cze kilka kroków w pełnym rynsztunku, po czym anulował
zamówienie i odepchnął wózek.
– Stop! Dokąd on ucieka?
– Powinieneś raczej zapytać, przed kim.
– Nie chcesz chyba powiedzieć, że rzucił Domi z powodu głu-
pich zakupów.
– Żebym ci nie powiedziała, o co ty zwykle robisz awantury. Wiesz,
ile małżeństw rozpada się w supermarkecie? A w czasie świąt?
– Skończ z tymi danymi!
– Przypomnij sobie ostatnie święta.
– Mogłabyś wrócić do Recesa?
– To zawsze, ale ty mógłbyś być trochę milszy.
– Do Recesa! Marsz!

*– Jaki marsz? Toż on sprintuje.*

Przeskoczył przez płotek, jak przez zieloną granicę, zarosłą kolczastymi zasiekami, i slalomem wśród ochraniarzy pognał ku fotokomórce. Znowu finiszuje samotnie, zostawiając konkurentów daleko za sobą, czempion szkolnych spartakiad, faworyt torów przeszkód, pająk z mastodontycznie długimi kończynami. „Ja-siu! Ja-siu! Ja-siu!" – skanduje Moni. Moni?! Skąd tutaj Moni?

*– Jeszcze nie teraz.*

„Czekaj na mnie za metą" – krzyczy w duchu. Już niedaleko. Niesamowite, on jeszcze przyspieszył. Czyżby wciąż leciał na Moni? Tym lepiej, tego nie wykryje żadna kontrola antydopingowa. Więc ściska zwinięty w kłębek ostatni od niej list i wyrzuca przed siebie te swoje szczudła, jakby chciał dogonić przeszłość, jakby cofał licznik o dwa tygodnie. Przed nim ostatnia przeszkoda – niedźwiedź polarny, który szeroko rozkłada ręce – chce go zdyskwalifikować werdyktem wypisanym cocacolicą na czerwonym T-shircie: „Pierwsi byli Amerykanie". Reces wyciąga w jego stronę dłoń, jakby był gotów pogodzić się z porażką, ale w ostatniej chwili wymierza z palca: „Pif-paf!". To działa jak tilt. Misio zastyga w stuporze. Zostały ostatnie metry. Fast forward. Reces obserwuje się w przyciemnionych szybach – tryumfujący – on również może odnosić sukcesy...

*– Myślisz, że teraz nastąpi twój finał z zimnym prysznicem? Niedoczekanie. Nie będzie żadnego zalewania się piwskiem, wzywania dziadka nadaremno, dzwonienia po policję. Od tej pory to moja historia, więc siedź cicho i słuchaj...*

Zatrzymał się dopiero na parkingu przed budką telefoniczną. Kiedy już odsapnął, wyciągnął z tylnej kieszeni feralny numer gazety i wystukał palcem po cyferblacie.

*– Lepiej by sobie postukał po głowie.*

– Halo? Nazywam się Jan Reces... Jan Reces... Chciałem z... Tak, dobrze... Halo? Nazywam się Jan Reces... Poczekać? Dobrze... Już można? Nazywam się Jan Reces... Właśnie

ten… Pomyślałem sobie, że wasza gazeta może mi pomóc.
W końcu wy, ludzie pióra, możecie wszystko.

– *Już?*
– *Już.*
– *I jak?*
– *OK. A ty?*
– *Może być.*
– *Czyli?*
– *Naprawdę chcesz wiedzieć?*
– *Tak.*
– *No dobra – było zajebiście.*
– *W takim razie od jutra radzę sobie sama.*

# Dzień dwudziesty trzeci

## *(wtorek)*

„Stoi na stacji lokomotywa..."*
Jaka lokomotywa? Pendolino. Pierdolicie, Hipolicie. To się
wie, że TeŻeWe, znaczy się InterCity, gotowe pomknąć, niczym strzała z łuku Wilhelma Tella, by wbić się w samo sedno wielkiego jabłka.
„Ciężka, ogromna, aż pot z niej spływa..."**
Wcale nie spływa, bo ma klimatyzację, przynajmniej
pierwsza klasa. Ekstraklasa! Polskiego biznesu kwiat mości
się wygodnie w lotniczych fotelach. Proszę siadać, nic nie
gadać. „Wypraszam sobie! Co to za zwyczaje?" Pardon. Szanowni Państwo, hiperprofesjonalna (jak wszystko wokoło) ob-
sługa pociągu wita Państwa na pokładzie. Możecie sobie po-
gratulować i podziękować Bozi, że się tu znaleźliście, w tak
doborowym towarzystwie. Jeżeli stać was było na wykupie-
nie biletu za całkiem niemałe pieniążki, a do tego naprawdę
macie powód, żeby o tak niemiłosiernie wczesnej porze zry-
wać się na równe nogi i gnać do stolicy, to znaczy, że naprawdę COŚ sobą reprezentujecie. Kraj jest z was dumny. Co kraj
może dla was zrobić? Nie wstydźcie się poprosić. Wszyscy
jesteśmy do waszej dyspozycji. Za chwilę otrzymacie malutki
poczęstunek – skromny prezencik od firmy, czym chata bogata, żebyście o nas pamiętali w tych trudnych czasach, bo

---

* Fragment wiersza Juliana Tuwima *Lokomotywa*.
** *Ibidem.*

my nie zapominamy o was nigdy. Cisza. Wszystkich zatkało od konduktorskiej gadki na dzień dobry. A może jakaś głębsza refleksja? Słychać tylko szelest wertowanych gazet i zalotne murmurando aplikujących notebooków.
„Nagle – gwizd!
Nagle – świst!
Para – buch!
Koła – w ruch!" *
Jaka znowu para? Przecież to elektrowóz. Na peronie, idioto! No nie gap się ciągle w to elektroniczne cacko. Spójrz czasem przez okno (on klika na windows explorera). Nie to! Nie musisz być zawsze w onlajnie. Widzisz, żegnają się z… a potem przed… (po staroświecku), on – koczownik na etacie w stolicy, ona – światowa kura domowa – miej ich Panie Boże w swojej opiece. Chyba tylko Ty na nich patrzysz. Reszta ma to gdzieś. Powiadają: „To dobre dla małych chłopców – podróżować z nosem przylepionym do szyby". Najciekawsze dzieje się w środku – duzi chłopcy w drodze do ziemi obiecanej. „Nie ma co marnować czasu". Tyle tu okazji do wymiany wizytówek.
– Pan też wysiada na Centralnym?
A gdzieżby indziej? Przecież nie pod Opocznem (na mijance z kibitką, wiozącą zesłańców na odległe rynki lokalne).
– Owszem, w samym centrum.
– W interesach?
Nie, zwiedzać starówkę z klocków lego, no i oczywiście PeKiN. Pekin?! Tutaj?! W Europie?! Chyba że na EXPO. Droga wycieczko, oto gwóźdź programu – pierwszego programu lojalnościowego (bo pierwsi byli Ruscy) – wbity w Plac Defilad, co by ten bękart traktatów, pokojowy insekt nie przepełzł do wrogiego partnerclubu. Czasy się zmieniają, a ten ideologiczny gadżet sterczy do dziś, jak palec opatrznościowy wujaszka Stalina, uniesiony wysoko ponad głowami demoludów, jakby się odgrażał: „Nu zaic, nu pagadi". A tam

---

* *Ibidem.*

na prawo Hotel Marriott – prezent od miłujących podróże Amerykanów. A tam dalej... tam dalej...
– Halo!

„Obok mnie przystanął ojciec z córeczką
Tam jest Jakub, a tam co takiego?
Chcielibyśmy to wiedzieć?
Złote runo włosków odpowiada:
To jest Święty Wit.
Pomyleniec podskakuje: To już przesada
ty sobie żarty stroisz, to jest Tyn,
ty mi to robisz specjalnie przed ludźmi, głupolu jeden!
Ja zaś powiadam: Proszę Pana, ta dziewczynka ma rację!
My stoimy na wieży tyńskiej
a tam jest Święty Wit!
I głaszczę dziewczę z włosem
i fukam jej do oczu iluzję prawdy.
Co to jest prawda?"*

– No więc?
Prawdą jest to, co nam w duszy gra. Ale to już chyba po raz ostatni słychać melodyjne *hele, tamhle, tohle, a tady*. Ahoj dziadku, koniec wspólnych spacerów po mieście zbudowanym na słowie gdzieś pomiędzy Złotą Pragą, Magicznym Krakowem a Stajlową Warszawą. Dość tworzenia alternatywnych światów. Czas manipulować tym najlepszym z możliwych. Trzeba wrócić do realnego życia, do nagich faktów, z których tak pięknie robiłeś sobie srandę, ale przecież wiesz, że tym nie spłaci się kredytów. Już czas...
– Doczekam się wreszcie?

„Ojciec tupie: To jest zamach!!!
Po raz ostatni, definitywnie oświadczam:

---
* Fragmenty poematu Bohumila Hrabala *Bambino di Praga*.

Święty Tyn jest pochowany tutaj
a Święty Wit jest pochowany tam!
A dziewczynka woła radośnie: Tak, właśnie tak,
tak mnie tatusiu uczyłeś!
Ale on już jeździ po krużganku
na wrotkach
podskakuje i kopie w piaskowiec
Gówno! Dupa! Święty Tyn jest na dole
a Święty Wit jest tutaj, tutaj, tutaj!"

Żegnaj, dziadku.
– Tak, w interesach, a konkretnie w jednym.
– Niech pan nie będzie taki skromny.
– Bynajmniej, mój interes jest konkretny.
Zdziwko? Już wszystko jasne? Reces zdobywa Warszawę.
Reces jest umówiony z redaktorem gazety. Reces w podróży
służbowej. Włożył najlepszą marynarkę. Co z tego, że jedyną? Jak dobrze pójdzie, też weźmie w leasing garnitur od Armaniego. Za to krawata nie założy nigdy. Ma złe skojarzenia.
Dajmy na to: jest blady świt, pora egzekucji, współmałżonek w roli kata podchodzi do skazańca, zakłada mu pętlę na
szyję, zaciska węzeł – „Tak dobrze?" – cisza, poprawia, teraz
już na pewno dobrze, wszystko odbyło się zgodnie z regulaminem, jak w zegarku, 6.00 – pociąg widmo zabiera zwłoki
z ustami zastygłymi w niemym krzyku do nieba. Albo ten –
pomimo że normalni ludzie jeszcze śpią, on już gania z wywieszonym do pasa jęzorem w kwiaty, jak z banerem – „to
miejsce czeka na twoją reklamę". Oj, gdyby tak mógł, jak
kierowca Formuły 1, cały zamienić się w powierzchnię reklamową, nie marnując ani jednego centymetra kwadratowego ciała – wrzucając w siebie schaba z bułką, inwestowałby
zarazem w komercyjny areał. A oto przedstawiciel lepszej
rasy, wyprowadzany na spacer na markowej smyczy. Niczym
Apollo, wyrzeźbiony w fitness klubie i salonie fryzjerskim,
na żelu i sterydach, paraduje na wybiegu – trendy świato-

wiec, odpowiedzialny za bankowość i finanse, marketing, management, public relations, human resources, wdupęwłażenie, zdupywychodzenie, wdupęwepchnięcie, zdupywyjęcie i wszystko to, co stanowi o wyższości międzynarodowych koncernów nad domorosłymi kundlami. „Ale wasz czas się kończy. Pora na kontratak wszystkiego, co swojskie, wszystkiego, co się nie sprzedaje, wszystkiego, co po wiekach deptania tej ziemi przez obcych żołdaków zatraciło rodowód. Teraz Polska be" – Reces skonstatował pod nosem, cytując ułożoną w głowie, czekającą na swój czas mowę sądową. „Już niedługo" – pomyślał z satysfakcją i ścisnął mocniej bilet do lepszego jutra. Już dziś uprawnia go do przejazdu pierwszą klasą. To nim wylegitymował się tej nocy przed wścibskimi stróżami prawa, potwierdzając tytuł do ławki w poczekalni dworcowej. Nie żeby nie miał gdzie spać. Po prostu… A właściwie dlaczego miałby to ukrywać. Po latach historycy będą wspominali, że noc przed słynnym rajdem na stolicę bezdomny trybun ludowy spędził na dworcu, żeby o brzasku dołączyć do stachanowców i uprawiać agitację wśród przodowników pracy, ustanawiających rekordy wydajności w zachodnich wyciskarkach do mięsa, które niewidzialna ręka rynku przykręciła stalowymi skyscraperami do blatów stolicy. Stolica-bezwstydnica przez lata eksponowała na pustych placach ślady gwałtu, dokonanego wspólnie i w porozumieniu przez niemieckiego sołdata i skośnookiego kałmuka. Ale to historia. Warszawa idzie z duchem czasu i ostatnie wydekoltowane miejsca pokrywa tatuażem poskręcanych filarów i łuków, które wyznaczają nowe centrum rozrywki dla spragnionych mocnych wrażeń dandysów ze Wschodu i Zachodu. Ale to jeszcze daleka przyszłość (bo władze wstrzymały budowę). Za to już za dwie godziny i czterdzieści minut Reces na swój sposób odbędzie seks z wielkim miastem. Sprawdził to w rozkładzie jazdy, bo nie powinien się spóźnić (nie może też dojść za wcześnie). Pan redaktor ma dla niego godzinę, ani mniej, ani więcej. Wystarczy. Wziął ze sobą notatki. Po prostu wszystko mu przeczyta. Zresztą, równie dobrze może wyrecytować – zna to na pamięć. Nieźle to wymyślił. Nie on jeden. Wokół siedzą sami autorzy bestsellerowych biznesplanów. Spokojni o swoją przyszłość, ujętą w tabelki arkuszy kalkulacyjnych, z palcami na klawiaturze, wszystko mają pod kontrolą. „Ludzie, odwołuję to, co powiedziałem. Ja was kocham za ten wasz profesjonalizm!" Słyszycie, ludzie? Patrzcie! Reces wraca na salony. Znalazła się zagubiona owieczka. Syn marnotrawny znowu jest z nami. Trzeba to uczcić. Kto urządza fetę? Prezydent, premier, a może ambasador?

– Dzień dobry. Czy mógłbym zobaczyć pański bilet?

„A co, może nie pasuję do tego towarzystwa?"

– Proszę.

– Dziękuję. Życzę miłej podróży.

„No, żeby mi to było ostatni raz!"

Że niby co, panie Dyzma? To już nawet o bilet spytać nie wolno? Przecież nie znalazłeś go pan na chodniku, nie kupiłeś za ukradzione pieniądze. Pożyczyłeś tylko. I dobrze, nikt nie ma o to żalu, może z wyjątkiem Domi. Ale w końcu nie takie pieniądze wchodzą w rachubę. A ty potrafisz się odwdzięczyć. Gotów nawet jesteś zaproponować działkę redaktorowi, jeśli tylko załatwi rozprawę przed trzydziestym. Przecież każdego można kupić.

– Pan sobie życzy?

– Pana redaktora…

– Słucham?

– To znaczy? – odpowiedział pytaniem na pytanie, przyłapany na składaniu niemoralnej propozycji.

– Kawa, herbata, woda mineralna, sok… – wyjaśniła ubrana w schludny mundurek Sawa z Warsa. – Poczęstunek od obsługi pociągu.

– Dziękuję. – „Nie kupicie mnie styropianowym batonikiem i zabarwioną na brązowo wodą w plastikowym kubku. Nie ta liga. Awansowałem".

To może czarny chleb i czarna kawa za przekroczony debet? – stewardesa obrzuciła go spojrzeniem... w którym nic się nie kryło. Może tylko sprawdzała, czy serwetka na oparciu fotela nie pogniotła się zanadto. Tak, jakby ktoś tutaj jeszcze przed chwilą siedział.

– Pan sobie życzy?
– Pana redaktora...
– Pana redaktora nie ma. – Głos redakcyjnej sekretarki charczał jak zdarta płyta...
– Pan sobie życzy?
– Pana redaktora...
– Pana redaktora nie ma. – Głos redakcyjnej sekretarki charczał jak zdarta płyta...
– Pan sobie życzy?
– Pana redaktora...
– Pana redaktora nie ma. – Głos redakcyjnej sekretarki charczał jak zdarta płyta...

Trzy razy podchodził Reces do recepcji, za każdym razem tłumacząc, że przecież był umówiony w bardzo ważnej sprawie i pan redaktor będzie zły, kiedy się dowie, że go nie wpuszczono, bo ona jeszcze nie wie, z kim ma do czynienia, ale niebawem się dowie i będzie tego żałować. Nie chciał przyjąć do wiadomości, że pan redaktor musiał nagle wyjechać w sprawach, rzecz jasna, służbowych i nie wiadomo, kiedy wróci, ale raczej nie należy się go dziś spodziewać, będzie więc lepiej, jeśli wróci do siebie i zanim się znowu wybierze do pana redaktora, to wpierw zadzwoni, a ona, oczywiście, zrobi wszystko, by mu pomóc, bo rozumie, że to sprawa niecierpiąca zwłoki, ale tak to już bywa, że nagle coś wypada i, rozumie pan, trzeba rzucić wszystko i jechać na miejsce zdarzenia. Oczywiście, że rozumie, ale on był umówiony w bardzo ważnej sprawie... W końcu zatrzymała go ochrona. *Access denied.* Dwóch dryblasów wzięło go pod ramiona:

– Pan opuści ten budynek.

– Spokojnie, sam pójdę – obruszył się Reces. Kiedy już się wyswobodził, wręczył jednemu z ochraniarzy swoje notatki. – Proszę przekazać to redaktorowi.

Ochroniarz obrzucił go spojrzeniem... w którym nic się kryło. Może tylko sprawdzał, skąd ten przeciąg, jakby ktoś otworzył drzwi. Wszystko w porządku, nie ma nikogo. Odruchowo położył na blacie recepcyjnego biurka kopertę z adnotacją: „Dla Sz.P. Redaktora – ł.o.r.".

Pod szklanym biurowcem El-Bros Building Reces tkwił bezradny jak długopis nad czystą kartką papieru. Kolejny szturm na łamy gazety byłby już przesadą. Mógłby jeszcze pójść do banku (którego centrala dziwnym trafem mieściła się w tym samym budynku), wypisać przelewy, ale na to jeszcze za wcześnie (poza tym nie wystarczy wypełnić druczek, trzeba jeszcze mieć pokrycie na koncie). Za wcześnie również na wizytę w wydawnictwie na trzydziestym (chociaż widok musi być imponujący). Tak, do trzydziestego jeszcze daleko. Co więc ma z sobą począć? Sięgnął do kieszeni w poszukiwaniu podpowiedzi. Robił tak, ilekroć był w kropce. Zwykle pomagało. Byle bibelot, karteluszek naprowadzał go na właściwą decyzję, jakby był agentem obcego wywiadu, chowającym po kieszeniach tajne instrukcje, postacią z erpegry, sterowaną joystickiem, bohaterem powieści, z którym w taki właśnie kryptograficzny sposób porozumiewa się autor. Ale tym razem długopis wciąż tkwił w tym samym punkcie, niezdolny napisać nowe zdanie. W psychologii taki stan określa się terminem: „frustracja", w języku potocznym mówi się o depresji. Ale zaraz! Na samym dnie namacał jakiś kartonik. Przecież to jego bilet do lepszego jutra. Tylko co to za jutro? Dość tej maskarady! To normalny (nawet nie ulgowy) bilet kolejowy. Nie ma co się w nim doszukiwać zaszyfrowanej wskazówki, z wyjątkiem tego, że powinien czym prędzej oddać pieniądze Domi, bo będzie miał jeszcze większe kłopoty... A może trzeba go potrzeć, jak zdrapkę albo jak lampę Aladyna?

– Słucham? – Jak spod ziemi wyrósł przed Recesem bar-
czysty mężczyzna.

– Może pan mi poradzi?

– To znaczy? – To nie mógł być dżin. Dżin od razu by
wiedział, co mu leży na sercu. To był zwykły sędzia i bynajmniej nie miał ochoty służyć takim jak Reces. Nie zawdzię-
czał też swojego istnienia magii, chociaż znalezienie jego
gabinetu graniczyło z cudem. Ciekawe, czy to był świado-
my zamysł, żeby wybudować sąd na fundamencie kafkow-
skiego zamku? A może było odwrotnie – zanim jeszcze się
pojawił pomysł powieści o zagubionym geometrze, Franz-
-pechowiec miał sprawę w warszawskim sądzie, jak teraz Reces, i imał się różnych metod, włączając w to kokietowanie
kelnerki z bufetu dla adwokatów, by przebrnąć przez wielo-
poziomowe, rozwidlające się co sto metrów korytarze tego
labiryntu, w poszukiwaniu najpierw sekretariatu, a potem sędziego, jakby nie rozumiał, co mu powiedziała kierowniczka-
ka: „Sędziowie nie spotykają się ze stronami". Recesa zdjęło przerażenie. To już nigdy nie odbędzie się jego rozprawa?
Bo niby jak? Chyba że pod jego nieobecność. Brnął zatem
dalej z uporem wałacha, a raczej warchoła, przez labirynt korytarzy. Mijał porzucone wzdłuż ścian cienie podobnych jak
on intruzów, którzy wymknęli się z adwokackich akt, żeby
na własną rękę dochodzić sprawiedliwości. Każdy zdawał się
powtarzać sentencjonalne: „lasciate ogni speranza", ale jemu
się uda. Ma przecież nić Ariadny – bilet do lepszego jutra.
To on mu podpowiedział, że skoro już przyjechał do stolicy
w swojej sprawie, to winien się zgłosić tam, gdzie odbędzie
się główny akt jego osobistego dramatu sądowego. Sięgnął po
bilet raz jeszcze, jakby był w stanie otworzyć nim wszystkie
drzwi. Nacisnął klamkę…

– Co mam zrobić z tym biletem?

– To już sam pan musi zadecydować. Chyba pan rozumie,
że ja nie mogę panu doradzać – wyjaśnił sędzia. Nie wiedzieć
czemu, wszyscy tutaj zakładają, że Reces pojmie absurd, któ-

ry panuje w pałacu sprawiedliwości przy Alei – o ironio – Solidarności. Brakuje jeszcze, żeby w jednym jego skrzydle zorganizować areszt ku chwale wolności. Zresztą i bez tego Reces jest w potrzasku.

– Przyjechałem za pożyczone pieniądze – ciągnął – tylko po to, by przyspieszyć sprawę. Nie mogę wrócić z kwitkiem. Już mnie na to nie stać.

– Przykro mi.

Wcale nie jest mu przykro. Myśli tylko, jak się pozbyć natręta.

– Niech pan napisze podanie, a ja je rozpatrzę.

– Kiedy? – zapytał Reces zniecierpliwiony.

– Proszę pana (a właściwie „PROSZĘ PANA")! – Co za ton? Chyba uczą ich tego na studiach. „PROSZĘ PANA", po którym strona powinna zrozumieć, że jest tylko petentem, a nawet czymś jeszcze mniejszym, co powinno czym prędzej schować się pod kamień, spod którego wypełzło w błędnym przekonaniu, że skoro teoretycznie posiada zdolność sądową, to w praktyce posiadło również umiejętność rozmawiania z sędzią. Co za piramidalne nieporozumienie, takie jak to ze ślepą Temidą. Kiedy w końcu społeczeństwo pojmie, że sędziów trzyma się pod kloszem, żeby mieli spokój od stron. Oto, co znaczy bezstronność. A więc… – PROSZĘ PANA. Proszę nie wywierać na mnie presji. Widzi pan te akta? One wszystkie czekają na rozpatrzenie.

Sędzia był podenerwowany. Najwyraźniej Reces trafił w czuły punkt, bo każdy sędzia ma taki punkt G, w którym jest wrażliwy. Dla tego była to statystyka załatwionych spraw, bynajmniej nie wyrokiem, bo wyrok trzeba jeszcze wymyślić (to jeszcze ujdzie) i uzasadnić (z tym już gorzej), ale postanowieniem formalnym, które w nomenklaturze prawniczej określa się mianem uwalenia, a co w skrócie sprowadza się do tego, że przed powodem piętrzy się przeszkody, żeby w końcu sam zrezygnował. I tak wilk jest syty i owca cała. Nie absorbuje się cennego czasu sędziego i strona nie ma pretensji – przecież chcącemu nie dzieje się krzywda – a do tego społeczeństwo jest dumne z przypływu altruizmu, bo powód wzniósł się ponad swoje żądanie.

– Poza tym, niech pan sobie nie robi nadziei – dodał z satysfakcją sędzia. – Ja jeszcze nie powiedziałem, że uwzględnię pańskie podanie.

– Czyli, że co?

– Czyli, że proszę napisać podanie. Nic więcej nie powiem. – Sędzia obrzucił go spojrzeniem... w którym nic się kryło. Może tylko sprawdzał, skąd ten przeciąg, jakby ktoś otworzył drzwi. Wszystko w porządku, nie ma nikogo.

Niełatwo jest napisać podanie. Reces wie o tym doskonale. W ostatnim okresie napisał niejedno, ale wszystkie były nazbyt literackie, a tu trzeba zwięzłego, urzędniczego stylu z wyważoną argumentacją, bez ekwilibrystyki słownej i eksperymentowania środkami wyrazu. Załóżmy, że to by jeszcze potrafił. Wystarczyłoby zanotować, co przed chwilą powiedział sędziemu, ale do sukcesu potrzeba jeszcze kilku magicznych słów typu: powyższy, niniejszy i przedmiotowy, których za cholerę nie umiał używać. Nie ma się jednak czym martwić. To dla takich jak on w otoczeniu sądu funkcjonują biura pisania podań, prowadzone przez prawdziwych spadkobierców pierwszego Mecenasa, wyrosłych naturalnie z ludu, jak samosiejki, dzięki silnie rozwiniętemu instynktowi przetrwania. Dla nich certyfikatem nie jest legitymacja adwokacka, lecz skuteczność. Nie reprezentują wielopokoleniowej tradycji, więc nie trzeba im tłumaczyć, że czas nagli. Ale czas to pieniądz.

– Trzeba by coś dać.

Reces rozejrzał się po suterenie, zajmowanej przez biuro pisania podań do społu z punktem kserograficznym, w którym kłębili się klienci, z braku lepszego zajęcia przysłuchujący się problemom bliźnich, w oczekiwaniu na skopiowanie (*wot tiechnika* – jeden wchodzi, dwóch wychodzi).

– Nie bój się pan. Tu są sami swoi – uspokoił go skryba, odziany przepisowo w krawat i marynarkę, ale po naszemu, żadne tam Artisti Italiani, tylko Wólczanka, i nie *wool*, tylko wełna. Rzeczywiście było tu jakoś swojsko, jakby to tu właśnie spotykała się Polska be. Nawet pani od ksera miała taki kresowy akcent i wołali na nią Swietłana. Swietłano, jak ty się pięknie uśmiechasz, jak raduga po burzy, kiedy pytasz: *„Pan priszoł podanie pisat?"* i dodajesz słodko: *„Padażditie, proszu"*, bo twój gospodin zawsze jest... „Do usług. Co się nie da? Wszystko się da. Kwestia tylko, za ile?" I to jest polska mowa, to się rozumie. Nie to, co adwokackie: „zważywszy, że... i uwzględniając... przy założeniu... jeśli ponadto... wydawać by się mogło... aczkolwiek".

– No to ile pan może dać? – skryba ponaglał, bo czas uciekał. – A pan? – zwrócił się do mężczyzny w kolejce. – Co się pan tak gapisz? Wrażliwyś na los bliźniego, to dołóż kurę.

Ciekawski jegomość spuścił wzrok, a z piersi publiczności wyrwały się salwy rubasznego śmiechu. Suterena zamieniła się w bazar czerniakowski z tłustymi babskami, trzymającymi się pod boki, rozdziawionymi, czerwonymi mordami, gdakającymi kurami i gęsiami oraz tysiącem jeden drobiazgów. Brakowało tylko kapeli, która pozbiera miedziaki do kapelusza.

– Może być gotówką? – zapytał Reces.

– Tylko gotówką – wyjaśnił skryba z błyskiem w oku. – Plastikowe pieniądze honorują w plastikowym świecie, a tu, panie, samo życie.

Reces wyciągnął plik banknotów spięty gumką do włosów. Wahał się, czy przeliczyć. Ale jak? Z trzęsącymi się rękami, na oczach tej bazarowej tłuszczy? Wolał już operować plikiem, a to oznacza, że pozbywał się wszystkich pieniędzy Domi. To już nie jest depresja – osiągnął zero absolutne.

– Wystarczy?

– Zobaczymy, co się da zrobić. – O proszę, to już przypominało prawdziwą gadkę adwokacką. Widać wystarczy zapłacić i już ma się do czynienia z profesjonalistą. Samozwańczy mecenas obrzucił go spojrzeniem… w którym nic się kryło. Może tylko sprawdzał, skąd ten przeciąg, jakby ktoś otworzył drzwi. Wszystko w porządku, to tylko kolejka do ksero.

– Swietłana!

– Da?

– Zamykamy. Wystarczy na dzisiaj!

# Dzień dwudziesty czwarty

## (środa)

A więc jednak się spotkali. Znowu są razem. Jak dinozaury rocka. Stare kości powróciły do życia. Hallelujah! Ze-
szli się w jednym z gabinetów El-Bros Building – Benek,
Pyziu, Miglanc i Makler. Wysilili się. Zorganizowali nawet
zagłuszacze podsłuchu i catering. Będzie wyżerka, radio i te-
lewizja, a do tego stałe łącze, żeby od pierwszego dzwonka
on-line śledzić wahania na giełdzie, nasłuchiwać relacji na
żywo, obrażać się na komentarze i wygłaszać uczone opinie.
Mają przecież w swoim gronie najlepszego analityka bessy.
Już teraz Makler rozgrzewa się na parkiecie, stepując o klepki. Potem przyjdzie pora na dementi i oświadczenia dla prasy. Orzeł wśród dziennikarzy, Miglanc, aż się pali do wywiadu z wiele obiecującym Pyziem. A Benek? Co Benek? Benek
będzie się upajał notowaniami, by na zamknięciu sesji ogłosić kurs z miną, jakby w telewizorze zrywał pieczęć nota-
rialną i podawał wyniki losowania express lotka o kumulacji
kilkunastu milionów złotych. Kto rozbił pulę? Też pytanie.
To jest jak partyjny spęd w dzień wyborczego zwycięstwa.
Trzeba to uczcić. Wino, kobiety i śpiew. Tak się bawi stara
gwardia. Ale to później. Od czego zaczniemy? Może od ko-
munikatów radiowych.

*Jak się dowiedzieliśmy z dobrze poinformowanych źródeł, pro-*
*wadzona w ostatnich dniach w ABC kontrola ujawniła, że w fir-*
*mie tej udzielano zamówień z pominięciem procedury przetargowej.*

*Miało to doprowadzić do wielomilionowych strat w spółce. Prawdo-*
*podobnie w przyszłym tygodniu odbędzie się posiedzenie rady nad-*
*zorczej w sprawie zmian w zarządzie. Mówi się nawet o dymisji pre-*
*zesa, uważanego za ojca sukcesu rynkowego spółki. W Ministerstwie*
*Skarbu odmówiono komentarza...*

– No to się zaczęło – skonstatował Pyziu. – Kto otwiera szampana?

– Trzy... dwa... jeden... zero...

– Bang!

Wykorzystując moment, kiedy wszyscy zajęci byli roz-
lewaniem szampana, Makler wydobył z teczki plik kartek.
Nie czekając na zaproszenie, zaczął czytać:

– „Drodzy goście, zasiądźmy do stołu, byśmy mieli czym
nawozić naszą matkę ziemię..."

– Co to ma być? – przerwał mu Benek, pełen obaw, że
będzie musiał wysłuchać nudnego przemówienia na otwar-
cie mityngu.

– To próbka mojego ostatniego opowiadania.

– A więc nadal piszesz. A nie mówiłem, że to on jest autorem tego anonimu? – Miglanc prowadził swoje prywatne
śledztwo.

– Pozwolicie mi dokończyć?

– Patrzcie, nic sobie z tego nie robi – Miglanc nie odpuszczał. – Wiesz, ile nerwów mnie kosztował ten twój list
do redakcji?

– To miał być żart – bronił się Makler.

– Dziękuję za taki żart. Lepiej się przyznaj, że miałeś obsuwę z kasą – Miglanc był wściekły.

– Nie kłóćcie się!

– I kto to mówi? Benek-papuga! – zareplikował szorst-
ko Makler.

– A ty co? – Benek próbował się odgryźć.

– Nic, tyle że ja nie nawalam.

– O co ci chodzi?

– Jak to o co? Jakie „mi chodzi"? – Teraz z kolei Makler się nakręcał. – To ty miałeś chodzić za sprawą Recesa. I co zrobiłeś? O rozprawie ani słychu, ani dychu.

– No i co się stało? – Benek nie dawał za wygraną.

– Podziękuj Pyziowi, że rozkręcił aferę bez twojej pomocy.

– Ciekawe, ile by zdziałał, gdybym nie złożył pozwu?

– Już dobrze. – Pyziu, podłechtany słowami Maklera, krygował się na jedynego sprawiedliwego.

– Jakie dobrze? Ten gość codzienne przychodzi mi do kancelarii – żalił się Benek. – Uwiódł nawet moją sekretarkę. Wyobrażacie sobie? Muszę się ukrywać we własnej kancelarii.

– Już dobrze – powtórzył Pyziu bardziej stanowczo. – Śniadanie czeka.

Wyżerka – to stąd taka ugodowość Pyzia. Zasiedli do stołu. Nie ma to jak dobra poranna kłótnia. Nic tak nie działa na apetyt jak sprzeczka. Kto wzniesie toast? Jak to kto? To robota dla nadwornego kronikarza...

Paście brzuchy, czym chata bogata! Obrastajcie w schaby! Wypełnijcie majty aż po ucisk gumowej menzury, po menisk wypukły i dalej, niech tłuszcza zwałami wyleje się z gorsetów. Słyszycie, jak pękają w szwach bastiony Kingsajzu? To pomocy wzywają więźniowie Bastylii, trzymani o suchym chlebie i wodzie – za obrazę dobrego smaku paryskich salonów, skazani na długie lata przyswajania dietetycznych racji w rozmyślnie przyciasnych celach. „Na pohybel wam, dyktatorzy Paryża! Chuj wam w dupę i waszym anorektycznym dziwkom też!" Prosty lud chce chleba z masłem, ale grubo, by dało się na nim pisać deklaracje praw pełnego brzucha. Żąda mięsa – ofiary z krwi i kości godnej podniebienia bogów, spragnionych mocnych wrażeń. Niechaj więc nie śpi spokojnie żadne stworzenie, bo oto wolność trawienia wstępuje na barykady. Oto rozpasanie, gło-

szone przez libertynów jak przykazanie, łypie w talerz sąsiada i baraszkuje pod stołem. „Każdemu według potrzeb"
– krzyczą masy. Głupie masy, na tych, co się nachapali, nie
robią już żadnego wrażenia. Ci rozparli się w fotelach i czekają, kto pierwszy puści szpiega, co jak Azef zasieje ferment
i skieruje rewolucyjne parcie na reakcyjne tory. Powiecie:
prowokacja. Ale takie są żelazne prawa metabolizmu. Nie
ma się o co obrażać. Grunt to nie tracić głowy, kiedy ciałem wstrząsa gorączka, a – powiadam – ta rewolucja wynie-
sie was w końcu na porcelanowe trony, gdzie sekretne organy zajmą się czystkami, podczas gdy inne – zwerbowane
do białego wywiadu – rozpracują aktualne menu postępo-
wej ludzkości... Dziś na pierwszej stronie, jak zwykle, *spé-
cialité de la maison* – flaki z olejem oraz, tu nowość, krwista
rebelia pod słońcem Afryki. Polecamy także duszony prze-
wrót pałacowy w *ritmo latino*. Zamach stanu w sosie kwaś-
nym akurat się skończył, za to w każdym momencie możemy odgrzać pucz. Na deser zaś mamy świeżutkie represje
w bitej śmietanie i płonące stosy. Zapraszamy na ucztę bogów za jedyne złoty czterdzieści...

– Dobre to, Makler. Mógłbyś pisać felietony.

Dziękuję, już mi się przejadło. Już nie noszę w plecaku
katechizmu Nieczajewa i nie otaczam kultem męczeńskiej
śmierci towarzysza Trockiego. Drażnią mnie epatujące ze-
wsząd podobizny charyzmatycznego Il Commandante i jego
romantycznego alter ego Che, bo drżę na myśl o powrocie
kolejnego samozwańczego Kaina, który moją krwią będzie
chciał przypieczętować układ z diabłem. Dziękuję, wolę coś
lżejszego. Cenię sobie regularny cykl wchłaniania i wyda-
lania, miarowy dwutakt negacji. Odkąd podróżuję tym dia-
lektycznym trabantem, odziedziczonym z dobrodziejstwem
inwentarza po poprzedniej epoce, odnajduję wspólny język
z ludźmi, którzy podobne plastikowe cuda otrzymywali za

dobre sprawowanie. W miarę jak obrastam w lata i kilogramy, staję się antytezą nowej generacji silikonowych materialistów. Prorokuję syntetyczną nirwanę, niczym kolejne wcielenie spasionego Buddy, ale zamiast, jego wzorem, zrzucić z siebie balast ciała, by odnaleźć pokój poza sobą, pozwalam się obdzierać z tłustej skóry, jak węgorz, w pokojach na godziny… Dalibóg, już dłużej nie zdzierżę. Bóg, Honor, Ojczyzna z tobą, Azefie…

– No wiesz, przy stole? – obruszył się Pyziu.
– To do ciebie niepodobne – zawyrokował Miglanc.
– Dobra – skapitulował Makler. – Nie będę was dłużej męczył swoimi ekstrapolacjami. – Usiadł za klawiaturą komputera. – Pora wejść na giełdę.

*Dzisiaj na giełdę trafiają akcje Skarbu Państwa w ABC. Inwestorzy są pełni obaw o notowania. Większość nie ma wątpliwości, że akcje ABC zaliczą spadek. Zresztą już podczas kilku ostatnich sesji można było zaobserwować drobne korekty. Tendencja spadkowa może się jeszcze pogłębić przy nadwyżce ofert sprzedaży i dużych obrotach. To zaś może spowodować załamanie się kursów innych akcji. W specjalnym oświadczeniu władze giełdy wyraziły przekonanie, że WIG 20 nie odnotuje większej straty. Czy sprawdzą się te umiarkowanie optymistyczne opinie, czas pokaże. Póki co ujawniono wiadomość na temat zmian w zarządzie ABC, a to zdaje się stawiać dzisiejszą sesję pod znakiem zapytania. Jeśli Giełda Papierów Wartościowych nie zawiesi notowań, okręt o nazwie ABC pójdzie na dno z impetem Titanica. Otwarte pozostanie tylko pytanie, kogo jeszcze za sobą pociągnie.*

– Gdybym to wiedział wcześniej, zainwestowałbym także w inne spółki – Makler westchnął jak niedźwiedź. – Pyziu, dlaczego mi nie powiedziałeś, że chłopaki z Ministerstwa idą na całość?
– A skąd miałem wiedzieć? Sami wpadli na ten pomysł. Ja z nimi nie uzgadniałem zmian personalnych. Mieli tylko kontrolować, kontrolować, kontrolować… Przecież wiesz.

– Wiem. Skurwysyny, na naszych grzbietach dochodzą do bogactwa!

– Daj spokój, Makler – zaprotestował Miglanc. – Pieprzysz jak ten twój Reces.

– A ty skąd wiesz, jak pieprzy Reces?

– Wiem, bo z nim rozmawiałem.

– Teraz to ty pieprzysz – Makler nie wierzył własnym uszom. „Reces, ta mamyja, zaczął działać w pojedynkę? A może już wie, że oni są jedną bandą".

– Poważnie, zadzwonił do mnie. Przez pół godziny truł mi dupę o swoich problemach. Chciał, żebym interweniował w sądzie. Wiecie, że mu się marzy rewolucja brudnych paznokci?

– To nie mógł być Reces. Skąd by wziął kasę na telefon?

– „A więc jeszcze tego nie wie. Gdyby wiedział, zwróciłby się z tym do Benka. Chwała Bogu…"

– Nie tylko na telefon. Na drugi dzień przyjechał do Warszawy.

– Pierdolisz.

– Chciał się spotkać. Powiedział, że nie opuści biura, póki ze mną nie porozmawia na osobności.

„Jednak wie" – Makler był przerażony. Tymczasem Miglanc spokojnie, jak gdyby nic się nie stało, kontynuował:

– Dopiero chłopcy z ochrony sobie z nim poradzili.

– Nie wierzę. Reces, potulny jak baranek…

– Widziałem to na własne oczy. Na odchodnym wymachiwał jakimiś papierami…

– Nosz kurwa! – Makler nie wytrzymał. – Chłopaki, jest źle.

– O co ci chodzi?

– A jeśli Reces się domyślił, że działamy razem?

– A co to? Nie możemy się przyjaźnić?

– Benek, ty już się lepiej nie odzywaj. – Dopiero teraz do Miglanca dotarło, co Reces chciał mu powiedzieć na osobności. – To dlatego tak podkreślał, że na gwałt potrzebuje kasy. Jeśli ktoś skojarzy transakcje Maklera z artykułami w gazecie i twoją, głupku, akcją w sądzie, to jesteśmy pogrzebani.

– Jasny gwint! – Benek załapał się ostatni na eurekę. Dopiero wizja utraty togi dała mu jasność widzenia.

– Musisz wycofać zlecenie – zwrócił się Miglanc do Maklera.

– Nie ma mowy. Takiej okazji nie przepuszczę – Makler aż zacisnął pięści. – Poza tym muszę odzyskać kasę, którą włożyłem w akcje. Przecież wiesz, od kogo ją mam.

No tak. Nie było odwrotu, krok za nimi, jak sowiecki enkawudzista pod Lenino, szedł Teges, gotów zabetonować ich na dnie Wisły, jeśli do piątku nie oddadzą pożyczki.

– Mam pomysł – odezwał się Pyziu.

– Ciii – zasyczał Benek i pogłośnił radio.

*Ujawniona dzisiaj informacja o dymisji prezesa zarządu ABC – przypomnijmy, że nasze radio pierwsze podało tę wiadomość – spowodowała dramatyczne załamanie się kursu akcji spółki. Również inne akcje odnotowują spadek. Analitycy mówią o luce bessy na skalę porównywalną z kwietniową obniżką notowań. Inwestorzy reagują nerwowo, wyzbywając się najmocniejszych walorów. Czyżbyśmy mieli do czynienia z ucieczką zagranicznego kapitału z warszawskiego parkietu?*

– Kto za to wszystko odpowiada? – zapytał Pyziu.

– Jak to kto? – Benek był wyraźnie zirytowany. – Pyziu, masz pomroczność jasną?

– Benek, nie słyszałeś? – Pyziu tracił cierpliwość do papugi. – Ty się lepiej nie odzywaj. Miglanc, musisz to puścić w jutrzejszym wydaniu.

– Co? – Miglanc nie rozumiał.

– „Kto za to wszystko odpowiada?" Genialne! – zakumał Makler. – Na pierwszą stronę walniesz, jak byk, oskarżenie o spowodowanie bessy. „A wystarczyło wycofać ofertę Skarbu Państwa..."

– Proponuję subtelniej – po raz pierwszy Benek odezwał się sensownie. – Żeby chłopaki z Ministerstwa się nie przestraszyły. Teraz to nasi koalicjanci.

– No to mamy plan.

– No to wszystko gra.
(Ale się zrymowało. To jak? Dalej tak w hip-hopu takt?)
Puk, puk.
„Co to?" – Tak?
– To ja.
– Spokojnie, to tylko Lidka, moja szparka sekretarka, słod-
ka idiotka.
Wchodzi, figlarnie kręcąc kitką.
– Co tam, pani Lidko? Pokaż, co masz pod metką.
– Ja nic, ale ten muzyk...
– Jaki znowu muzyk?
– No ten, co się tu ciągle kręci.
– Jezu, czy on nigdy nie przestanie mnie dręczyć?
– Powiedział, że mu pan obiecał.
– Że jak?
– No tak, sama słyszałam. Niech pan nie robi z siebie wała.
– Lidko, za dużo sobie pozwalasz... A co z tym naszym
pokazem, no wiesz, z tatuażem na rozstępach?
– Wypraszam sobie. Jeszcze pan popamięta. Takie głupie
żarty, ja sobie nie życzę. Przecież ja codziennie pośladki swoje
ćwiczę. A tatuaż i owszem, pokażę, ale co z moim angażem?
– Angażem?
– Na czas nieokreślony.
– Przepraszam, byłem wtedy napalony.
– A teraz już pan nie jest?
– Teraz jest nas czterech.
– Cztery angaże? To lepiej niż na Torwarze.
– Zatem?
– No nie wiem.
– To ja ci podpowiem, co chodzi mi po głowie. Mamy
tutaj taką małą okazję, bachanalia. Przez kurtuazję nie wej-
dę w realia. Jakby to powiedzieć i nie być obscenicznym?
Na gwałt potrzebny nam program artystyczny (bo na każ-
dym raucie musi być ktoś, kto poskałczy, kto uświetni kon-
ferencję, zalotnie kręcąc tyłeczkiem na arenie).

– Dziękuję, ale mam migrenę. Lepiej wprowadzę na estradę prawdziwą gwiazdę, co tylko czeka na taką okazję.

– Jaką znowu gwiazdę?

– Tego ulicznego artystę, barbecue rapera, białego kuchmistrza słowa...

– Dziękuję, siostro. Już moja w tym głowa, by była zjadliwa ta mowa. Czy może być na ostro? Jestem przecież zapatystą, smażącym ofiarę krwistą na grillu, na kiju, takich jak ty nabijam jak szaszłyk. Na nic ten unik, zaraz wezmę cię na język – w unimilu – umilasz sobie życie na szczycie, w prezerwatywie jak w dobrobycie, w kolorycie bylejakości, w koloratce moralności, z lisią przebiegłością fokstrotujesz na parkiecie, chronisz, to już przegięcie, kastę politycznych wodzirejów, a w gazecie uskarżasz się na nadmiar przywilejów i słusznie, niechaj naród nie uśnie...

– Zaśnie.

– Właśnie. Zaś nie (jak to brzmi prząśnie) bądźmy sprawiedliwi, soki kiwi spijają ludzie krzywi, a dla prostych mam akrostych, rąbankę-rymowankę, wszerz i wzdłuż czytaną czytankę, wyliczankę, na kogo wypadnie, na tego bęc i odsiadka, dla niektórych to nawet gratka, płacze matka, rodzina spłakana, tylko dziewczyna dumna, że ma chłopaka chuligana. Ale wracając do pana – biurowego Don Juana...

– Don Juana?

– Przecież nie Don Kichota. Don Kichot to idiota, co walczy z wiatrakami, zamiast podłożyć pod świat dynamit. No więc, skoro już o tym mowa, lepiej zobacz, czy ktoś nie podłożył dynamit pod ten twój kiosk z gazetami.

– Co? Kto?

– Labado. Tajemnica państwowa. Nie powiem więcej ani słowa.

– No dobrze – włączył się Pyziu. – Panu już dziękujemy – wstał i odprowadził gościa do wyjścia. – Zadzwonimy, jeśli będziemy pana potrzebować. Zresztą, sam pan wie... – I nie czekając na odpowiedź, zamknął za delikwentem drzwi.

– O co chodziło z tym dynamitem? – zwrócił się do Miglanca.

– A skąd ja mogę wiedzieć? – Miglanc się obruszył. – To pewno ten wasz Reces coś kombinuje. Był tu przecież wczoraj.

– Nie ma co, trzeba napisać ten wstępniak – postanowił Pyziu. – Już nawet mam koncepcję.

– Nie ma sprawy – Makler zareagował entuzjastycznie.

– Przypomina mi to stare czasy. Pamiętacie, jak składaliśmy pierwszy numer „Tęczy"?

– Tak – rozmarzył się Benek. – A potem była nędza.

– Nie tak od razu – zaoponował Makler. – „Nędzę" zacząłem drukować, kiedy zostałem punkiem.

– I do dziś nie wydałeś na świat nic lepszego – Miglanc odgryzał się za ten list do redakcji.

– „Daremne żale, próżny trud, bezsilne złorzeczenia", mój ty obrażalski redaktorku – drażnił się Makler. – „Trzeba z żywymi naprzód iść, po rzeczy sięgać nowe" – sięgnął po telefon.

– Do kogo dzwonisz? – Miglanc zapytał podejrzliwie, bo skoro o starych czasach mowa, to on wciąż miał w pamięci oskarżenie o współpracę, które na jednym z pierwszych powojennych spotkań jakiś stary solidaruch rzucił pod adresem Maklera. Niby nikt w to nie uwierzył, ale teraz, kiedy już ma nieograniczony dostęp do archiwum, musi to sprawdzić.

Z radiowego głośnika popłynął komunikat:

*Powoli kończy się sesja, która na długo zapadnie nam w pamięć. Po czarnym poniedziałku mamy teraz czarną środę. To bodaj pierwsze tak spektakularne zaprzeczenie prawu szczęśliwych dni. Tej środy nie będzie dogrywki. Chociaż wciąż jeszcze jest wielu chętnych do sprzedaży akcji, nie ma chętnych na kupno...*

– To ja – Makler rzucił do słuchawki. – Kupuję.

*Oczywiście, najwięcej zleceń sprzedaży dotyczy akcji ABC. Nawet fundusze uległy panice i wyzbywają się akcji spółki jak trefnych kwitów...*

– Wszystko.

*To był prawdziwy krach na parkiecie, jak po przemarszu niedź-wiedzia.*

– Właśnie odkupiłem wszystkie akcje z krótkiej sprzeda-ży – obwieścił z grobową miną Makler, po czym ryknął ni-czym grizzly: – Jesteśmy bogaci!

– Benek, potwierdź!

Benek stał jak wryty, zaskoczony nagłym przypływem zaufania do jego osoby.

– Panie mecenasie, prosimy o oficjalne stanowisko w spra-wie legalności loterii. – Miglanc wypiął karykaturalnie ty-łek, naśladując nimfę, co na oczach milionów kręci kołem fortuny.

„A więc to tak, znowu robicie sobie ze mnie jaja".

– Szanowni państwo, z przykrością informuję, że wyniki zostaną ogłoszone po zakończeniu dochodzenia w sprawie wypływu poufnych informacji na giełdę.

– Wypluj te słowa! Pamiętaj, że w razie czego ty wyla-tujesz z palestry.

– Już dobrze – Benek poprawił krawat i zapiął marynarkę.

– Cena akcji ABC na zamknięciu wyniosła 2,49 zł, to ozna-cza spadek w stosunku do kursu sprzed tygodnia o 39%.

– Wiecie, ile to kasy? – Makler pytał rozgorączkowany. – W piątek oddaję akcje i likwiduję depozyt. We wtorek za-praszam na dzielenie łupów.

– To się nazywa sztuka! – przyznał z satysfakcją Pyziu.

– Kto pisze recenzję? Miglanc, może ty zaczniesz? Napisz ogólnie o aferze w ABC, a ja ci później pomogę. Mam taki diabelski pomysł…

– Zaraz, a wino, kobiety i śpiew? – zapytał Benek rozcza-rowany wizją ciężkiej pracy.

– Jeszcze będzie – uspokoił go Pyziu. – Ale później, bez kamer.

Głupki, gdybyście cośkolwiek wiedzieli o giełdzie i nie bali się zapytać, to byście zagadnęli Maklera, dlaczego nie pobierze gotówki od razu. Kasa z depozytu na zabezpieczenie zwrotu akcji należy do Tegesa i niech wam się nawet nie śni po nią sięgać. Kasa do podziału miała być z pożyczonych akcji ABC. Już zapomnieliście, jak się Makler przechwalał, że je sprzeda po wysokim kursie? Dzisiaj, kiedy znalazły się w dołku, znowu je odkupił. Teraz grzecznie je odda właścicielowi i podziękuje za cierpliwość. A gdzie zysk? Otóż to, w różnicy pomiędzy ceną sprzedaży akcji a ceną ich odkupu. Nie ma jej? A to spryciarz z tego Maklera.

# Dzień dwudziesty piąty

## (czwartek)

DRyNDryyyNNNDryn!
Uwaga tramwaj!
Uwaga tramwaj!
„Reks, noga! Reks!"
A potem pisk i ślady hamowania na sierści. Na szczęście
to tylko pies. Strach pomyśleć, co by było, gdyby 🚶. Znaczy,
że uwaga na pedofilów? Ulice dziś roją się od zboczeńców.
W ogóle się roją. 🐕. Wszystko się tłoczy jak w kolejce do
rzeźni... „Gdzie się ciśniesz, baranie?!" Baran się podnieca,
zaraz mu palec stanie... „No i co się drzesz?!" – beczy. Ale to
nie jazz. Tu rządzi rap, copyright by long truck-vehicle, top
traffic echo, ochłap, mięcho, rozjechane na asfalcie, klonowa-
ne jak na kalce, genetyka na bieżniku, wymiędlona na opo-
nach, twoja przyszłość w szponach kata, catch ya brotha na
zderzaku, see ya lata na hol haku, chojraku, wskakuj na sto-
pa, między oczy cyklopa, na zebrę właź, do dechy... Zgasł,
a tak dobrze niosło, zalał się w trupa, kierowca rajdowca
rżnie głupa... „Tratatatatatatata" – brzuchomówi. Maszyna – „Kch..." – złorzeczy bezsilna. „Kchu..."
„TinatinatinatinatinatinatA" – Cenzura? Bynajmniej, to
Nokia tune – międzynarodówka wolnych obywateli, podró-
żujących z komórką zamiast paszportu...
„TinatinatinatinatinatinatA" – Jednokomórkowcy wszystkich krajów, łączcie się!

„TinatinatinatinatinatinatA" – Kto staje na baczność? „TinatinatinatinatinatinatA" – Ile jeszcze będzie tak tinować? Zapewne tyle, ile kieszonek liczy jej torebka – równanie z samymi niewiadomymi, a nigdy nie była dobra z matematyki... „TinatinatinatinatinatinatA" – To już chyba ostatni dzwonek dla polifonii... „Tina..." – „Halo? No cześć, Tina, coś nam przerwało. Na czym to ja stanęłam? Nie żartuj sobie. Wiem, że to Nowy Świat. No właśnie, i on mi mówi, że..." – „ełooo ełooo..." – „«Z panem?»" – pytam i dodaję: «Łał!», bo gość zna angielski. «Chałarju» – powiedział, jak tylko mnie zobaczył – tak mu się spodobałam. To ja mu na to..." – „ełooo ełooo..." – „i łotebałtu – bo tyle jeszcze pamiętam..." – „ła-AAŁŁŁ!!!" – Co to? Kto to? Kot nie kot? I czemu przeciął drogę? Co za pech. Że też właśnie teraz... – „Muszę już kończyć, bo, wiesz, lecimy na Mauritiusa... Skąd wiem? Pokazał mi na mapie. W ogóle dużo mi pokazuje... Przestań. Pewnie, że też. Przecież..." – „ełooo ełooo..." – Jasny gwint, co to za beznadziejne „eło"? VIP-a jakiegoś wiozą, czy co? Ale chyba nie w kibitce? Chociaż teraz wszędzie można spotkać VIP-ów. Idzie nowe. Tym razem jednak to zwykły kot, nie kot, nielat skuty, z suki wygląda jak wypisz wymaluj ikona męczennika w blaszanych ramach – powieś go nad ranem... Biedak wpadł, rypnęłooo nim o twarde realia, ale przynajmniej ma swoje pięć minut i przejazd przez miasto na sygnale... „łaŁŁŁ!" Jakby był wrogiem publicznym numer jeden. Teraz każdy może być wrogiem publicznym. Idzie nowe z wielkim łaŁŁŁ! A póki co słychać tylko jednostajny szuuuuuuum metropolii pulsującej życiem miliona szarpanego na tysiące. Od wieków i na wieki. Można tak czekać +/-∞, kiedy się to skończy i nic, ale cccccccctsitsitsitsitsitsi... (błogosławieni cisi i cierpliwi, albowiem...)

Walk

(co w żargonie ulicznym oznacza zwycięską walkę o prawo
do przejścia przez jezdnię)
a po jakiś 10 sekundach...
Stop
(slangowo: walkover)
I znowu szuuuuuuum ulicy oraz „Tratatatatatatatata", bo
kch...j ciągle stoi. Chyba mu padł rozrusznik, ale za to radio
chodzi, z mikrofonem na dłoni, niczym śródmiejski ornitolog:
„– Co zajmuje największą część mózgu kobiety?
– Że jak?
– Myślisz czasem abstrakcyjnie?
– No, coś w tym stylu, lubię sobie czasem pomyśleć o roz-
rywce...
– A masz chłopaka?
– No wiesz!
– Sami widzicie: myślenie rozrywkowe zajmuje największą część mózgu wolnej kobiety. I o to właśnie chodzi. Daj
się nakręcić na 90,03 FM..." 3000 obrotów na sekundę, 200
koni mechanicznych pod maską i jedna świnia za kierowni-
cą: chrum chrum CHRUM CHRUM chrUUM chrUMM...
To dla ciebie tak orze ten asfalt, więc wstrzel się w wytunin-
gowaną tonację, zostań piątym kołem u wozu, chromoniklową
szprychą po prawicy mafiosa (na boku ma już cztery alufelgi,
ale ty będziesz najlepsza), a poznasz smak życia – dolce vita,
euro vita – stary cinkciarz zaprasza na ostrą jazdę, w pięć sekund do setki, w pięć minut do wytrysku, w sześć cylindrów,
na trzy gwizdki i dwa baty, w pizdu pajechali...
– Gdzie?
– O tam.
– Co tam?
– Ta...peciarz, ta-picer, gazeciarz jak słup ogłoszeniowy, jak trans-
parent international: „Poszukiwany Jan Reces! Dead or alive".
No właśnie, gdzie się podział Reces? Znajdź Recesa na powyż-
szym obrazku.

**Dodatek specjalny**
*Inwestorzy długo będą leczyć rany po wczorajszym krachu na warszawskiej giełdzie. Po zamknięciu sesji parkiet przypominał krajobraz po bitwie z niedobitkami, którzy nie potrafią się pogodzić z wynikiem batalii. Zbyt wiele ofiar kosztowała ta potyczka z niedźwiedziem. Czy ktoś wyszedł z niej obronną ręką? – to pytanie zadają sobie sfrustrowani gracze i szukają osób odpowiedzialnych za gwałtowny spadek akcji ABC, który zainicjował bessę. Można, oczywiście, wskazać wiele przyczyn, które doprowadziły do czarnej środy, ale nie w tym rzecz. W pierwszej kolejności należy odpowiedzieć na pytanie – kto na tym skorzystał?*

## KIM JEST JAN RECES?

Na początek przypomnijmy, jak doszło do skierowania na Giełdę Papierów Wartościowych 25% akcji Skarbu Państwa w ABC SA – spółce będącej właścicielem ogólnopolskiej sieci supermarketów. Była to ostatnia transza, kończąca prywatyzację ABC, którą zapoczątkowała w 1999 roku sprzedaż, również na giełdzie, 60% akcji (15% otrzymali pracownicy w ramach pakietu socjalnego). Pierwotna koncepcja prywatyzacji była jednak inna. W połowie lat dziewięćdziesiątych mówiło się o znalezieniu dla spółki inwestora branżowego. Koncepcja ta spotkała się z dużym zainteresowaniem ze strony zachodnich potentatów w branży wielkopowierzchniowych obiektów handlowych, wchodzących wówczas na polski rynek. Wśród nich największą determinację wykazywała angielska firma TAKE AWAY, rozglądająca się za przyczółkiem, z którego mogłaby prowadzić dalszą ekspansję na rynki środkowej i wschodniej Europy. W wyścigu o supermarkety ABC TAKE AWAY natrafiła jednak na trudnego przeciwnika w postaci Polskiego Konsorcjum Kapitałowego, któremu przewodziła spółka Krzywoń Holding, należąca do Wiesława Krzywonia. Ten, już wtedy, lider na liście najbogatszych Polaków zapowiadał, że po udanych inwestycjach w sektorze paliwowym zamierza stworzyć sieć handlu hurtowo-detalicznego na skalę ogólnopolską. Pomimo że oferta Konsorcjum była mniej korzystna od propozycji TAKE AWAY, to właśnie z Krzywoniem Ministerstwo Skarbu rozpoczęło finalne negocjacje. Oficjalnym powodem odrzucenia oferty Anglików miały być uchybienia formalne. W kuluarach mówiło się także o polskiej racji stanu i obawie przed wrogim przejęciem ABC przez zagraniczną konkurencję. Tajemnicą poliszynela była jednak zażyła przyjaźń Ministra Skarbu z polskim biznesmenem (kontakty towarzyskie i zawodowe obu panów datują się na długo przed objęciem teki ministerialnej przez pierwszego z nich i zdobyciem pierwszego miliona dolarów przez drugiego). TAKE AWAY nie dało za wygraną i złożyło protest w Komisji Europejskiej. Ta zagroziła zerwaniem rozmów w sprawie akcesji i ostatecznie Ministerstwo musiało się wycofać z rokowań z Krzywoniem. Unieważniono przetarg, a w konsekwencji osiągniętego w Brukseli kompromisu Ministerstwo skierowało pierwszą transzę akcji ABC na giełdę.

Debiut na parkiecie ABC przyniósł zaskakujące wyniki. Wbrew oczekiwaniom oferta Skarbu Państwa nie spotkała się z odzewem inwestorów branżowych. Tłumaczono to reakcją na pogarszające się wyniki spółki, w powiązaniu z coraz silniejszą konkurencją ze strony zachodnich supermarketów, które tymczasem zdołały zbudować własną sieć sprzedaży. W efekcie nabywcami akcji z pierwszej transzy stali się gracze giełdowi oraz fundusze inwestycyjne. Zarazem, w związku z ówczesnym kryzysem na giełdzie, doszło do dużego rozdrobnienia, dzięki któremu Skarb Państwa zachował dominującą pozycję w spółce. I znowu dwudziestopięcioprocentowy pakiet kontrolny w ABC stał się celem pozakulisowych harców Wiesława Krzywonia. Apetyt rósł w miarę, jak ABC coraz skuteczniej odpierała ataki konkurencji, odbudowując udział w rynku dzięki inwestycjom w nowy wizerunek firmy i stworzeniu sieci dyskontów w małych miastach. Z drugiej strony Krzywoń mógł liczyć na słabnące zainteresowanie ze strony zagranicznych konkurentów, którzy po przykrych doświadczeniach ze Skarbem Państwa postawili na budowę własnych obiektów i z dystansem przyglądali się działaniom ministra. A było co obserwować...

W ubiegłym tygodniu wokół ABC znów zaczęło się robić głośno i to bynajmniej nie z powodu sprzedaży akcji. Rada nadzorcza wszczęła kontrolę w sprawie trybu udzielania zamówień. Z przecieków wynikało, że dopuszczono się niegospodarności i działania na szkodę spółki. Do dzisiaj jednak nie potwierdzono, by takie sytuacje rzeczywiście miały miejsce. Nie ujawniono ani jednego przypadku naruszenia zasad kontraktowania. Mimo to w dniu wejścia na giełdę akcji Skarbu Państwa pojawiła się informacja o odwołaniu prezesa, uważanego za opatrznościowego męża ABC. To on wyprowadził spółkę z zapaści, w której znalazła się jako podupadające przedsiębiorstwo państwowe na początku lat dziewięćdziesiątych, i sprawił, że wyszła obronną ręką z wojny o handel. Pytany o opinię na ten temat, prezes ABC odmówił komentarza. Z anonimowych źródeł dowiedzieliśmy się, że kandydatem na jego następcę jest osoba ze stajni Wiesława Krzywonia.

# KTO PODŁOŻYŁ ŚWINIĘ?

Pretekstem do wszczęcia kontroli w ABC był wypadek, który przydarzył się na terenie jednego z supermarketów niejakiemu Janowi Recesowi. Został on oskarżony przez ochronę obiektu o kradzież alkoholu i odtransportowany na izbę wytrzeźwień (kontrola alkomatem wykazała 0,3 promila alkoholu we krwi). Następnego dnia, po rzekomym wyjaśnieniu nieporozumienia, supermarket wycofał skargę i delikwenta wypuszczono na wolność. Tydzień później do Sądu Okręgowego w Warszawie wpłynął jednak pozew Jana Recesa o zapłatę 200 000 zł tytułem zadośćuczynienia za krzywdę moralną, doznaną z rąk pracowników ABC. Prawnik Recesa odmówił naszej gazecie komentarza. Milczy również pytany o to, w jaki sposób sprawa trafiła do jego kancelarii. Być może wyjaśnieniem jest romans Jana Recesa z pracownicą kancelarii, ale może zleceniodawcą jest ktoś inny, ktoś, kto potrafił przekonać radę nadzorczą ABC do wszczęcia kontroli w spółce. Wszak w normalnych warunkach oskarżenie o kradzież (nawet jeśli niefortunne), częste przecież na co dzień w supermarketach, nie stanowiłoby asumptu do rozkręcenia afery wokół ABC.

## KRZYWDA RECESA

Przyjrzyjmy się teraz ofierze. W 1990 roku Jan Reces kończy Technikum Mechaniczne w Krakowie i rozpoczyna studia informatyczne na Politechnice Krakowskiej. Po trzecim roku porzuca uczelnię, by po śmierci ojca zająć się rodzinnym zakładem naprawy sprzętu gospodarstwa domowego. Dzięki wypracowanej przez wiele lat renomie i stałej klienteli zakład radzi sobie całkiem dobrze w okresie transformacji i dobrze rokuje na przyszłość. W 1998 roku Reces wstępuje w związek małżeński. Ślub wieńczy długoletnią znajomość z Moniką M. i niebawem owocuje narodzinami córki. Trzy lata później na świat przychodzi następca Reces Jana, jak z dumą wypowiada się o synu jego ojciec. W tym okresie rodzina Recesów żyje, jak wiele podobnych, zaciągając kredyty i budując na raty podstawy bytu materialnego. Nadchodzi jednak kryzys. Do tego coraz mniej ludzi naprawia stary, zdezolowany sprzęt, decydując się na zakup nowego na promocjach, organizowanych przez duże sieci (stąd najprawdopodobniej wrogość do supermarketów, które Reces obwinia za wszystkie swoje niepowodzenia). Interesy idą coraz gorzej. Reces wraca do zaniechanego wraz z przerwaniem studiów pomysłu, by stworzyć firmę handlującą komputerami. Zwraca się o kredyt inwestycyjny, ale tym razem decyzja banku jest odmowna, powód – brak wiarygodności. Reces się nie poddaje. Weekendy spędza na giełdzie komputerowej, gdzie na wciśniętym w kąt stoisku prezentuje dopieszczonego do najdrobniejszych szczegółów peceta własnej produkcji. Z mizernym jednak skutkiem. Konkurencja ze strony dorastających biznesmenów, składających hurtowo „compy" z części niewiadomego pochodzenia, jest zbyt silna. W oczekiwaniu na nabywcę pierwszego komputera Reces zabija czas, próbując sił w grach RPG (gry komputerowe, strategiczno-zręcznościowe, gdzie bohater przechodzi kolejne komnaty, walcząc z zamieszkującymi je potworami). Godzinami przesiaduje za monitorem, testując szczęście przy pomocy joysticka i wcielając się w boksujące postaci (jest zapalonym kibicem pięściarstwa). W końcu daje za wygraną. Znika z giełdy i zamyka się w swoim punkcie usług dla ludności. Jest tajemnicą, czym się wtedy zajmuje. Obroty są coraz niższe, wykruszają się najstarsi klienci. Atmosfera w domu też jest nie najlepsza. Monika zaczyna myśleć o zabezpieczeniu jutra w inny sposób. Jest atrakcyjną kobietą, a czytała, że atrakcyjne żony radzą sobie na różne sposoby. Pewnego dnia podrzuca dzieci do swojej mamy i wychodzi na miasto, szukać zarobku w salonach masażu erotycznego i agencjach towarzyskich. Dzięki dorywczym zleceniom jest w stanie podreperować domowy budżet. Reces nie zauważa niczego podejrzanego w jej zachowaniu. Skupiony na sobie i swoim PUdlu (jak nazywa prowadzony przez siebie punkt usług dla ludności), nie podejrzewa przyczyn, dla których jego żona wieczorami jest zmęczona i ma migrenę. W jego przekonaniu wszystko jest po staremu. Może jednak czegoś się domyśla, bo po incydencie w supermarkecie ABC Reces nie wraca do domu. Kreuje się na kloszarda, jada i nocuje u brata Alberta. Chce wypaść autentycznie przed sądem, kiedy będzie opowiadał, jak to przez ochronę supermarketu stracił wszystko: żonę, dzieci, dom i interes. „Nic już nie będzie po staremu, Wysoki Sądzie. To był dla mnie prawdziwy szok – z dnia na dzień znaleźć się na marginesie, wyrzucony poza nawias społeczeństwa" – zapewne tak chce rozpocząć swoje sądowe exposé.

## PLANY RECESA

Jan Reces jest osobą ambitną. Stawia sobie wysoko poprzeczkę. Tak było już w szkole, gdzie dał się poznać jako prymus, okupujący swoje sukcesy ciężką pracą – typ kujona. W opinii klientów jest perfekcjonistą, a wręcz pedantem, który nie tylko naprawiał zepsuty sprzęt, ale nieproszony, sam od siebie dokonywał jego całościowej renowacji, jakby wskrzeszał Łazarza. Często zresztą zdradzał upodobanie do stawiania się na miejscu stwórcy, który kieruje losami podległych sobie istot. Zapewne to ta właśnie cecha uaktywniła się, kiedy na ekranie komputera decydował o życiu wirtualnych wojowników i heroin, penetrujących kazamaty wrogiego świata. Ostatnimi czasy wrócił do reala (real to, w języku ludzi zdradzających nałogowe zamiłowanie do Internetu i gier komputerowych, rzeczywistość). Roi mu się, że zostanie trybunem ludowym i przejmie sfrustrowany elektorat, któremu nie byli w stanie dogodzić dotychczasowi mężowie stanu. On, co to nie jest z soli, ani z roli, tylko z tego, co go boli, wyobraża sobie, że mógłby się stać centrum oporu wobec nowego, żywym symbolem walki Polaka-średniaka o przetrwanie w dobie rynkowej ewolucji, dinozaurem, któremu się uda pokonać prawa natury. Chce trafić pod strzechy, sięgając po retorykę religijną. Przestrzega przed losem Niniwy, bo twierdzi, że wszystko pochłonie ogień, jeśli natychmiast nie zacznie się przebudowa świata według jego projektu. Jakiego projektu? Tego póki co nie zdradził, ale po ponad półwieczu totalitaryzmów możemy się sami domyślić. Zapewnia, że wszystko powie na sali rozpraw. Stamtąd w blasku fleszów zamierza wyjść na ulicę i w otoczeniu tłumów rozpocząć swój marsz na parlament, jak dodają złośliwi, po immunitet.

## TAJEMNICA RECESA

Na Recesie ciążą niespłacone kredyty. Jeśli do końca miesiąca nie zgromadzi wystarczających środków, bank rozpocznie windykację. Oto krzywda moralna Recesa – przepadek niespłaconego telewizora i miejsca w kolejce po samochód w kredycie argentyńskim (za to nikt mu już nie odbierze ubiegłorocznych wakacji na raty). Ale nie ratuje go nawet wyłudzone od

ABC zadośćuczynienie. Kilka tygodni temu Reces przekroczył limit na karcie kredytowej i jest poszukiwany przez policję. Nie ma jednak powodu do paniki. Jego karta została zabezpieczona w izbie wytrzeźwień. Nasuwa się, naturalnie, pytanie, dlaczego nie zatrzymano wówczas Recesa. Czyżby dlatego, że miał jeszcze do odegrania nie-boską komedię? Może komuś zależało na rozdmuchaniu sprawy Recesa, ażeby na jednym ogniu upiec dwie pieczenie i dzięki aferze wokół ABC wprowadzić do zarządu swoich ludzi? Przyszłość pokaże, kto zyskał na czarnej środzie. Czy będzie to ta sama osoba, która dzisiaj chroni Recesa? Czy już dzisiaj finansuje jego projekt zbudowania „nowego wspaniałego świata"? Czy Reces zdobędzie immunitet oraz bezkarność? Uwiedziona przez niego pracownica kancelarii nie może się pogodzić z tą wizją. Czuje się oszukana. Kilka dni temu udzieliła Recesowi schronienia, a on, wykorzystując łatwowierność samotnej kobiety, pozbawił ją wszystkich oszczędności i przepadł bez śladu.

KTO W TO UWIERZY?

Czas pokaże, czy sąd da się zbałamucić i czy Reces zdoła zrobić show z rozprawy. Póki co odmówiono nam informacji, kiedy sprawa trafi na wokandę. Przypomnijmy, że niedawno rzecznik sądu wskazywał na połowę przyszłego roku. Wygląda więc na to, że jeszcze trochę poczekamy na narodziny nowej gwiazdy na firmamencie demagogów i oszołomów. Chyba że do tego czasu z Recesem upora się policja. Nie można być jednak pewnym jej skuteczności, nawet jeśli Reces sam się zgłosi na komisariat, a przecież póki co się ukrywa. Pozostaje jeszcze nadzieja, że stróże prawa będą czekać na niego pod salą rozpraw, by nie dopuścić do parodii procesu i pokazać społeczeństwu, że za niepłacenie kredytów też się idzie siedzieć, i to nie w poselskim fotelu, ale na więziennej pryczy.

Jedno jest pewne – Recesowi nie wierzy już jego żona. Od czasu jego zniknięcia związała się z innym mężczyzną. Jak nam powiedziała: „Znowu życie ma dla mnie kolor i smak".

PS. W chwili oddawania numeru do druku trwało dziennikarskie śledztwo w celu ustalenia miejsca pobytu Jana Recesa.

# Dzień dwudziesty szósty

## *(piątek)*

*Miejsce:*
Objęte tajemnicą. Można tylko zdradzić, że rzecz dzieje się w gabinecie mężczyzny o nieujawnionych personaliach. W gabinecie znajduje się biurko i dwa krzesła. Na biurku leży koperta.

*Osoby:*
A: Moni Reces
B: Mężczyzna o nieujawnionych personaliach
Siedzą naprzeciw siebie, po dwóch stronach biurka.

A *(rozpaczliwie)*: Gdzie jesteś, Recesie?

B: Co za pytanie? Odpowiedź znajduje się w jego zapiskach. Wystarczy uważnie je przeczytać.

A: Czy to zarzut?

B: Skądże, raczej zaproszenie do wspólnej zabawy. Proszę sobie wyobrazić, że gramy w chińczyka. Zacznijmy od tego, na czym on skończył, czyli od Doorsów. Symptomatyczne, czyż nie?

A: To znaczy?

B: *The doors are opened.*

A: Czyli...

B: Czyli, że odszedł, pozostawiając drzwi otwarte...

A *(rozpaczliwie)*: On nigdy nie trzaskał drzwiami.

B: Jakby chciał, abyśmy poszli za nim.

A *(zamyślona)*: Zawsze był taki cichy i grzeczny...

B: Ale się zmienił.

A *(znowu rozpaczliwie)*: Co się z tobą stało, Recesie? Dlaczego mi to zrobiłeś? Dlaczego mnie zostawiłeś samą, na pastwę tej sitwy?

B *(śpiewa)*: *„C'mon baby take a chance with us*
*C'mon baby take a chance with us*
*C'mon baby take a chance with us*
*and meet me at the end of the blue bus"*.

A *(opanowując szloch)*: Co pan tam mruczy pod nosem?

B: To fragment z *The End* – kultowy kawałek Morrisona. Zna go pani? *(znowu śpiewa)* *„This is the end, my only friend, the end…"*

A *(zirytowana)*: Nie znam żadnego Morrisona i nie mam zamiaru. I proszę mnie nie straszyć czarnymi scenariuszami.

B *(śpiewa dalej, nie zwracając na nią uwagi)*: *„It hurts to set you free, but you'll never follow me…"*

A *(jw.)*: Powie pan wreszcie, o co w tym wszystkim chodzi? Gdzie niby mam pójść?

B *(niewzruszony)*: A to pani zna? *(znowu śpiewa)* *„Some outlaws lived by the side of the lake…"*

A: Pan wybaczy, ma pan ładny głos, ale nie przyszłam tu na koncert.

B *(dalej śpiewa)*: *„The minister's daughter's in love with the snake*
*Who lives in a well by the side of the road*
*Wake up, girl, we're almost home"***

A *(milczy)*: …

B: To też Doorsi. Tym właśnie cytatem Reces zakończył swój pamiętnik. To tu jest nasza zguba.

A: Co?

B: Reces. Tu jest ukryty Reces.

A *(sentencjonalnie)*: Tak, mój mąż włożył całego siebie w ten pamiętnik.

---

* Fragment utworu *The End* zespołu The Doors.
** Fragment utworu *No to Touch the Earth* zespołu The Doors.

B: Miałem raczej na myśli, że w tym fragmencie zaszyfrowana jest informacja o jego kryjówce. Powinniśmy go szukać wśród szumowin.

A (*udaje urażoną*): Wypraszam sobie!

B: Znam jedno takie miejsce za miastem. Jezioro, a nad jego brzegiem malowniczo rozciągają się ogródki działkowe z pustymi altankami. Może pojedziemy tam razem?

A (*jw.*): Wypraszam sobie.

B (*tym razem on udaje urażonego*): Co pani sobie wyobraża? Że panią podrywam? Ja tu jestem na służbie. Chcę tylko sprawdzić, czy Reces nie zadekował się w jednej z tych krytych blachą i obitych dyktą altanek, które na jesień i zimę służą za przechowalnie dla meneli.

A: Niezbyt to oryginalne.

B: Zgadzam się.

A (*rozmarzona*): Ale za to romantyczne.

B: Tak czy owak, można się było tego po nim spodziewać. Już od dłuższego czasu dryfował...

A (*przerywa*): Do tego ma jacht?

B (*kontynuuje*): ...na krawędzi. Ten artykuł o nim na pierwszej stronie, to był – mówiąc jego słowami – krytyczny wyjątek. Jego miejsce jest na marginesie, poza głównym nurtem życia, „*by the side of the road*" – jak w tym kawałku Doorsów.

A (*nie mogąc wciąż uwierzyć*): Co to znowu za kawał?

B (*śpiewa raz jeszcze, ale tym razem pospiesznie, niedbale*): „*The minister's daughter's in love with the snake*
*Who lives in a well by the side of the road*"

A (*z nagła zaintrygowana*): Ano właśnie, o co chodzi z tą córką ministra?

B: Licho wie.

A: Jakie licho? Co rusz, to zagadka. Jakby nie mógł chociaż raz napisać jasno na białym.

B: W każdym razie lepiej, żeby trzymał łapy przy sobie i nie tykał osobistości ze sfer rządowych.

A (*spoglądając teatralnie w dal*): Biedne dziewczę, wolę nie myśleć, jakich metod wobec niej używasz, ty stary zboczurze.

B: Skoro już o tym mowa, jak u was z tymi sprawami?

A: Z jakimi sprawami?

B: No, jaki jest w łóżku?

A (*delikatnie*): Przepraszam, ale jakie to ma znaczenie?

B: Proszę mnie zrozumieć, chcę dla pani dobrze…

A (*bardziej stanowczo*): Czy pan się za daleko nie zapędza?

B: To pani jeszcze nie wie, dokąd ja się mogę zapędzić.

A (*kulminuje, obrażając się*): A wie pan, gdzie ja to mam?

B (*tonem urzędowym*): Od zadawania pytań jestem ja.

A (*wciąż obrażona*): Słucham.

B (*milczy*): …

A (*coraz bardziej obrażona*): No słucham!

B (*zaczyna niepewnie, ale potem się rozkręca*): Weźmy na przykład to (*cytuje*):

*„Krew powoli ścieka po ścięgnach, po łydkach
do trzewików. Dopiero wtedy ucicha erekcja".* *

A: To nie są jego słowa!

B: Ale on je cytował, a to już wystarczy, by go oskarżyć…

A (*przerywa*): Co też pan?!

B (*tonem urzędowym*): Artykuł 116 ustawy o prawie autorskim i prawach pokrewnych: „kto bez uprawnienia albo wbrew jego warunkom rozpowszechnia cudzy utwór w wersji oryginalnej albo w postaci opracowania, artystyczne wykonanie, fonogram, wideogram lub nadanie, podlega grzywnie, karze ograniczenia wolności albo pozbawienia wolności do lat 2". (*na chwilę zawiesza głos*) Postawmy sprawę jasno. Jeśli pani mąż sam się do nas zgłosi i wszystko opowie, to damy mu spokój.

A: Ale przecież ja nawet nie wiem, gdzie on się podział.

B: Mam pomysł…

A (*z nadzieją w głosie*): Tak?

---

* Fragment poematu Bohumila Hrabala *Bambino di Praga*.

B: Wystarczy, jeśli nam pani zdradzi, kogo jeszcze Reces oplótł nićmi swojej prowokacji.

A: A skąd ja mam wiedzieć? Nie widziałam go od przeszło dwóch tygodni.

B (*podnosi głos*): Do jasnej cholery! Kiedy to w końcu zrozumiesz, że sama możesz zostać oskarżona o współudział?!

A (*udaje urażoną*): Wypraszam sobie. Jeszcze nie przeszliśmy na ty.

B (*tonem jw.*): No to najwyższy czas!

A: Jestem Moni Reces, ale mów mi Mercedes.

B: piiiiiiii… (*zagłuszacz*) (*po chwili*) Uwierz mi. To już nie jest prywatna wojna Recesa z bankiem. To jest sprawa wagi państwowej. Zrobiła się z tego prawdziwa afera…

(*dzwoni telefon*)

Co tak patrzysz? Przecież o to mu właśnie chodziło. Ma za swoje. Nie trzeba było iść w politykę… (*do słuchawki*) Halo? Nie ma go tam? Sprawdziliście dokładnie? Przeszukajcie jeszcze raz wszystkie altanki i rozpytajcie wśród meneli. (*odkłada słuchawkę*) Twój mąż znowu wpuścił nas w maliny.

A: Już raczej lebiody.

B: Co?

A: W listopadzie nic innego nie rośnie. Chyba że… *bratki-rabatki za pół darmo kwiatki.*

B: Nie rozumiem?

A: To z jego zapisków. (*kąśliwie*) Wystarczy uważnie je przeczytać.

B: No właśnie, wróćmy do jego pamiętnika. Czy możesz mi wyjaśnić, co się wydarzyło w dniu szesnastym?

A: To znaczy?

B: Przecież ten tekst z wyjazdem do Warszawy był ni przypiął, ni przyłatał. Nie pasował do niczego. Zwykła zmyła. Nikt wtedy nie jechał do Warszawy. Benek i Makler nie wstali nawet od swoich komputerów.

A (*ze swobodą*): Ot, taki sobie wybieg…

B: A ten negatywizm w opisie krawaciarzy? Nawet Makler zaprotestował. Skąd w tym fragmencie tyle agresji? Przecież to odstaje od reszty.

A: A czy ty się zanadto nie czepiasz?

B: Taki już mój zawód.

A: Współczuję.

(*cisza*)

B: Mam!

A: Co?

B: Ten fragment został tu sztucznie wklejony.

A (*pobłażliwym tonem*): Też mi odkrycie. Powiedziałam już, że to taka literacka wprawka, ekwilibrystyka słowna, zwykłe popisywanie się, czyli Reces w błogostanie.

B (*przerywa*): A ja myślę, że pod tą wprawką kryje się plan zawojowania Warszawy. (*cytuje*) „*Pędzi po torach InterCity. Niczym pancerny pociąg towarzysza Trockiego, pęka w szwach od bohaterów*".

A: Teraz ja nie rozumiem.

B: A to znaczy, że działa z pełną premedytacją, w wykonaniu z góry powziętego zamiaru. Żaden afekt, nagły impuls, ale realizacja dokładnie przemyślanego scenariusza. Już od dłuższego czasu chodziło mu to po głowie.

A (*z miną, jakby nadal nic nie rozumiała*): Niby co?

B: No właśnie – co?

A: Ja się poddaję. Wychodzę (*wstaje*).

B: No to wróćmy do punktu wyjścia.

A (*rozpaczliwie*): Nie, błagam, nie zaczynajmy wszystkiego od nowa.

B (*cytuje*): *Ciało prezydenta w maszynie się rozkłada. Wsiadaj.*

A (*siada*)

B (*podchodzi do telefonu*): Halo? To ja. Jedźcie na Dworzec Centralny. Ale migiem! (*do siebie*) Że też od razu na to nie wpadłem. Maszyna to komputer, z którego pomocą, z zimną krwią, Reces uknuł wizję mordu politycznego. To przecież na jego blogu dojrzewała idea kozła ofiarnego. Tu także gniją ofiary losu. *Przykuci kalectwem do schodów i ławek, okupują peron...*

A: Przepraszam, ale to już nadinterpretacja. Rozwiązania siłowe były mu obce. Jako uczeń Gandhiego stosował bierny opór.

B: Ale właśnie dzień szesnasty unaocznia, że odrzucił pokojowe metody walki. Przekroczył cienką granicę, przyjmując status nielegalnego emigranta ze świata ładu i porządku (*zawiesza głos*). Nie mógł ujść daleko. Nie ma na co czekać.

A: To jego ulubione powiedzonko.

B: To normalne – zaczynam myśleć Recesem – syndrom tropiciela.

(*cytuje*)

„Mijam jednego po drugim dziesięciu inwalidów z protezą, innym razem tuziny bandaży wokół głów
albo garbaci mają zlot".*

A (*z satysfakcją*): Fałszywy trop. To nie są jego ślady.

B: Bo to są słowa Hrabala. Widzisz? On także go zdradził. Ale to nie jego wina. To Reces deptał mu po piętach. Znasz zabawę w podchody? Pierwszy kreśli strzałki, a następni idą po nich jak po sznurku. Jak po nici Ariadny – czy wiesz, o czym mówię, Recesie? (*spogląda teatralnie w dal*) – prosto w ramiona *męczenników, których nie ma nawet za co przybić do krzyża.*

A: Coś tu nie gra.

B: A mnie wręcz przeciwnie. Jak w rezonansie rozbrzmiewa Recesowa rapsodia in red.

(*cytuje*)

„Pompowana z prowincji krew wylewa się na peron i wąskim ujściem elewatora wzbiera do poziomu zero tego miasta. „Krew dla Warszawy! Rodacy, oddawajcie krew dla stolicy!" A jednak, w końcu jakiś desperat wysadził PeKiN.

– Czy był tam ktoś z pani rodziny? Nie? To wszystko przed panią".

---

* *Ibidem.*

A (*wchodzi w słowo – cytuje albo i nie*): To znaczy?

B: Jeszcze nie rozumiesz? (*wykręca numer i krzyczy do słuchawki*) Otoczcie kordonem Pałac Kultury!

A (*z niedowierzaniem*): Że niby Reces chce wysadzić PeKiN?

B: A co? Niemożliwe? Przecież był stałym bywalcem portali dla pirotechników. Odwiedzał je równie często, jak pornostrony. (*sentencjonalnie*) Pokaż mi swój komputer, a powiem ci, kim jesteś. I nie każ mi wyliczać wszystkich jego IP. Zmieniał je jak maski, ale tożsamość pozostała wszędzie ta sama.

A (*jw.*): To do niego niepodobne.

B: Sam się przyznał do destrukcyjnych zapędów.

A (*jw.*): On?

B: A kto mówił o zburzeniu świątyni?

A: Jezus.

B: On też. (*po chwili*) A skoro już o Nim mowa, to czy Recesowi się czasem nie wydaje, że jest Jego prorokiem, (*zawiesza głos*) zmierzającym do Niniwy, (*zawiesza głos*) „aby przynieść rozdarcia, ogień, miecz, walkę"? (*zawiesza głos*) Tak kończy każdy fundamentalista religijny. Już go w supermarkecie korciło, żeby wziąć strzelbę i powybijać całą tę bezpańską trzodę. Marzy mu się mord rytualny, skąpany we krwi, przy wtórze łamanych kości. (*zawiesza głos, po chwili zwraca się do publiczności*) Ta odwieczna wiara, że na fundamencie żertwy można wybudować królestwo tysiąclecia. To pragnienie apokalipsy jako katartycznego samooczyszczenia się ludzkości w czynie rewolucyjnym albo terrorystycznym. Ilu jeszcze Kainów wyda matka ziemia? Ilu jeszcze Abli zginie w akcie metafizycznego buntu?

A (*zgrywając się na rzecznika publiczności*): Pretensjonalne głędzenie. Ile jeszcze będziesz mnie tu trzymał?

B (*do siebie*): Wszystko się zgadza. Oto mamy portret seryjnego mordercy, podatnego na lewackie ideologie, z początkami paranoi na tle religijnym. Typowy (chociaż uboczny) produkt naszych czasów – skrajny frustrat. (*po chwili*) Ale jednego nie rozumiem. Dlaczego wybrał właśnie Pałac

Kultury? Przecież to nie na czasie. Bardziej trendy byłby El-Bros Building. Poza tym to tu mieści się wydawnictwo, *gdzie składa się bałwochwalcze hołdy estetyce, odbywa zwyrodniałe orgie z Muzami i ofiarowuje owoc swojego żywota, którego nie chcą tknąć nawet wieprze.* Tu ma siedzibę redakcja gazety, która tak go obsmarowała, zamiast pomóc, rzuciła cień na jego honor, zamiast nakreślić hagiograficzny portret jego świętej rodziny, oskarżyła o zapędy dyktatorskie, zamiast wziąć w obronę skrzywdzonego i poniżonego. No i, przede wszystkim, tutaj, w centrali banku, nalicza się karne odsetki na jego rachunku debetowym. Co?

A (*milczy*): Masz rację, powinien podłożyć bombę pod ten cholerny biurowiec.

B (*triumfalnie*): Mam! Oto jest klucz do rozwiązania zagadki Recesa. Oto jego licencja na zabijanie. I wreszcie koronny dowód – jego autodafe: „Jeszcze trochę i stanę się wrogiem publicznym numer jeden. Niczego więcej mi nie potrzeba".

A (*zniecierpliwiona*): To mogę już iść?

B (*rozgorączkowany*): Co stoi na prawo za Hotelem Marriott? To na El-Bros Building wskazuje dziewczynka ze szpicy PeKiNu! Ale Recesa już tam nie ma. Gdzie się mogłeś schować? (*do siebie*) Muszę myśleć tak jak on. (*próbuje się skoncentrować*) Dalej, otwórz przede mną swój umysł. Tak nakazują reguły gry. Sam je ustaliłeś. (*zamyka oczy i po chwili zaczyna cytować*)

„Naprzeciw mnie inni pomyleńcy celują w moją wieżę, mierzą we mnie palcem, jakby wskazywali żandarmom: To on!"[*]

Widzę cię. Co ty robisz? Przecież tu są ludzie. Zrozum, to nie są abstrakcyjne liczby. (*krzyczy do telefonu*) Jedynka do piątki: „Łapcie go! Stoi przed głównym wejściem!". Lepiej się poddaj, Reces, nie masz żadnych szans. Spójrz, *„they got the guns"* (*wybiega z gabinetu*).

---

[*] *Ibidem.*

A (*sięga po leżącą na biurku kopertę, zagląda do środka, wyjmuje z niej pieniądze i przelicza*): To rozumiem (*wychodzi, śpiewając z nienagannym, hollywoodzkim akcentem*)

„We got the numbers
Gonna win, yeah
We're takin' over".*

Jest piątek, dwudziesty szósty dzień terminatora, godzina 13.00. Wokół El-Bros Building kręcą się przypadkowi przechodnie i interesanci. Nagle z gmachu wytaczają się Teges z Siarą i Jąkałą. Widać, oni też tutaj kręcą interesy. A to kto? Makler? To on także z nimi trzyma? Jeszcze trochę i będziemy mieli komplet. Wystarczy zapalić lont i za jednym zamachem całe to tałatajstwo zamieni się w garść popiołu. Co wy na to? A może by tak zostawić ich samym sobie? Niech się nawzajem pozabijają. Przynajmniej byłby spokój i można by pójść do domu. To jak? Trzy... dwa... jeden... Co jest? Jeszcze raz. 3... 2... 1... Reces, jak zahipnotyzowany, idzie wprost na patrol policyjny. Od mundurowych aż granatowo na ulicach. Wszyscy dziś odrabiają zadanie służbowe. Krawężnikowi parami, na wyścigi zapisują w kajecikach kartki czyste jak ich mózgi. Reporterzy celują z obiektywów swoich aparatów, jakby łowili zwycięzcę w ogólnopolskim konkursie ortografii służb mundurowych.

– Mamy tu jednego.
– Jak się nazywa?
– Mówi, że Kserkses.
– Wylegitymować.
– Mówi, że nie ma dokumentów.
– Spisać.
– Ale jak się pisze Kserkses?
– Zatrzymać.
– Mówi, że jest adwokatem.

---

* Fragment utworu *Five to One* zespołu The Doors.

– Wypuścić.

Nie ma co panikować na służbie. Dzień jak co dzień. Trzy stłuczki, pięć wezwań do pijaków, jedna interwencja w sklepie – ot i cała kronika policyjna. Niewielu wie, że to dzień Czekoladowego Psa. Weźmy na przykład tego gościa z neseserkiem.

– Dzień dobry…

– Nie, nie słyszałem

– A pan?

– Przykro mi.

– To może pani.

– Czytałam coś o dniu szakala, ale o czekoladowym psie… Nie, nic mi to nie mówi.

To może ten.

– Dzień dobry. Jan Reces? – Mężczyzna o wyglądzie tajniaka salutuje. – Pan pójdzie z nami. (*Chwyta delikwenta pod ramię i wyprowadza za kulisy*).

Głos z widowni: Ale o co chodzi?!

Głos zza kulis: Państwo wybaczą, to tajemnica państwowa. Ze względu na dobro śledztwa nie możemy na obecnym etapie ujawnić żadnych szczegółów.

# Dzień dwudziesty siódmy

## *(sobota)*

Tu jesteś! Wszędzie cię szukałam. Zresztą, nie ja jedna. Nawet mi tym zaimponowałeś. Serio. Jakbyś był Carlosem, ściganym przez wszystkie policje świata. Wiesz? To było całkiem sexy – mój mąż na pierwszych stronach gazet, wróg publiczny numer jeden, „wanted dead or alive" (dziewczynki z dobrych domów lubią takich rozrabiaków). Ale muszę cię zmartwić. Na niewiele wycenili twoją głowę. Co tak patrzysz? Myślisz, że cię wydałam? Jak możesz mnie o coś takiego podejrzewać? Chociaż, w pewnym sensie masz rację. Ale właściwie to nie ja, to ten gość, to on wszystko wykombinował. Zresztą, nie masz o co robić awantury. Przecież to był twój pomysł. Sam chciałeś się ustawić pod pręgierzem opinii publicznej. Widziałam, jak prowokowałeś tych policjantów. Jakbyś nie mógł się już doczekać. Wymyśliłeś to wszystko, żeby zwrócić na siebie uwagę, ty mój mały głuptasku. Ale mam dobre wieści – proces w twojej sprawie właśnie się rozpoczął. Niebawem oddadzą ci głos i znowu będziesz miał okazję popisać się elokwencją. Posłuchaj mojej rady, przygotuj się na przemówienie końcowe – ono najbardziej działa na publikę. Potraktuj ją jak ławę przysięgłych, którą musisz przekonać do swoich racji. Na sędziego nie licz – on ma gotowy wyrok w kieszeni. Wydał go, zanim jeszcze otworzyłeś usta. I tak masz szczęście, że cię stróże porządku od razu nie skreślili ze służbowych karnecików za idiotyczną ksywkę. Bo kto by się interesował niedomytym maruderem, co się szlaja bez celu i dowodu osobistego? Czy ktoś taki może być w ogóle wiarygodny, prawdopodobny? Sam miałeś wątpliwości. Pamiętasz?

„Sprawdzam w dowodzie osobistym,
czy to aby na pewno ja,
co dzień zasypiam z myślą,
że chyba bym oszalał,
gdyby na pytanie: Jest?
Odpowiedziała: Nie!".*

Nie pamiętasz? Dominiczki też nie pamiętasz? Dobrze, do tego jeszcze dojdziemy. Ale nie zaszedłbyś daleko, gdybyś im nie powiedział, że jesteś adwokatem. Przez chwilę nawet się zastanawiałam, czy to się dzieje naprawdę, jakby to była jedna z powieści Grishama. To był niezły chwyt. Przecież od prawnika nie oczekuje się dowodów. I tak mu nikt nie uwierzy, a kto by chciał słuchać bajek w dobie reality show. Chyba tylko ten gość, co cię zatrzymał. Z czego się cieszysz? Lepiej powiedz, o czym tyle rozmawialiście. Już myślałam, że nigdy nie skończycie. Pewnie znowu dałeś się wpuścić w kanał. Bez obaw, zadbałam o nasze interesy. Gdyby nie ja, to nic by nie przyszło z tego twojego siedzenia do późnej nocy, a tak przynajmniej jest na zaległe rachunki i mały prezencik dla Moni. No nie wstydź się. Tak to już bywa w niektórych rodzinach – on pięknoduch, a ona księgowa. Ważne, że się kochamy. Prawda? To teraz powiedz, jak to było z Dominiczką. Nie chcesz mówić? Nie bój się. OK, to ja powiem za ciebie. Przecież chciałeś dobrze. Nie twoja wina, że nic z tego nie wyszło. Bo ona od samego początku cię wykorzystywała. A ty myślałeś, że ci utoruje drogę do sądu, naiwniaczku. Niby tyle książek przeczytałeś, a nawet nie wiesz, jakie są kobiety. Dobrze się stało, że w końcu kopnąłeś ją w tyłek. Przynajmniej raz mnie posłuchałeś, zamiast brnąć w absurdalny romans z tą flądrą. Flądrą? Ja powiedziałam flądrą? To do mnie

---

* Fragment poematu Bohumila Hrabala *Bambino di Praga*.

niepodobne. Miałam na myśli Friedę, tę od Geometry z *Zamku*. Co? Zaskoczyłam cię? Jeszcze cię niejednym zaskoczę. Kafka to małe piwo. Pan sobie życzy? W łóżku? A jakże, dużo teraz czytam przed snem. Przecież nie ma mi kto świntuszyć pod pościelą. A propos, jak ci się sypia z córką ministra? Z jaką córką ministra? To ja się pytam, z jaką córką ministra. Balujesz z jakąś rządową cizią w daczy nad jeziorem i myślisz, że nikt się nie dowie? Wiem o wszystkim. Morrison mi powiedział. Co tam mamroczesz pod nosem? Wyważam otwarte drzwi? Jak ci nie wstyd? Jakbyś nie mógł robić tego samego ze mną. Czego? Już ja wiem najlepiej, do czego jesteś zdolny. Że niby do niczego nie doszło? Mógłbyś dać go sobie uciąć, a i tak nie uwierzę. No co ty? Tutaj? W miejscu publicznym? Daj spokój, wierzę. Słyszysz? Wierzę! Świnia. I kto to wszystko posprząta? Bo ty już taki jesteś – zaczynasz tysiące spraw i żadnej nie potrafisz doprowadzić do końca, poczynając od powieszenia obrazu w stołowym, a na wysadzeniu biurowca kończąc. Tylko nie zaprzeczaj, bo ci przypomnę, jak to było z kroniką. I pomyśleć, że w oczach sąsiadów uchodzisz za złotą rączkę. Przyznaj się, że ten twój PUdel więcej dla ciebie znaczy niż ja. To dla niego to wszystko. To dla PUdla zrobiłeś z siebie Czekoladowego Psa. Ale z niego taki tygrys wschodzącego rynku, jak z ciebie szakal. Noc w noc wyjesz do księżyca, niepokojąc wszystkich wokół swoją twórczością, a prostego podania o chwilówkę nie chciało ci się napisać. Szewc w dziurawych butach chodzi. Znasz to powiedzenie? A to? Głupi jak but. Wiesz co? Wciąż masz jeszcze szansę zostać sławnym. Wystarczy zmienić but... na Recesa – głupi jak Reces – o, proszę, teraz każde dziecko w szkole będzie się o tobie uczyło. Kochane dzieci, dzisiaj dowiemy się, kim jest Jan Reces i co to znaczy, jeżeli mówimy, że ktoś się zachowuje jak Reces. Otóż Reces to taki przykład niedorajdy, który nie potrafi skorzystać z okazji podsuwanej przez los i daje się innym wykorzystywać. Kiedy inni zbijają fortunę, on sam nie ma nawet na raty kredytowe. Drogie dzieci, już wiecie, co to są raty kredytowe. Przerabialiśmy to na ostatniej lekcji. Kto mi powie? Może ty, Jasiu? Czemu nic nie mówisz? Obraziłeś się? O co się znowu obraziłeś? Chyba się nie gniewasz na swoją Moni? Daj spokój, ty naprawdę uwierzyłeś w te brednie o prostytucji? Że niby Moni to kurwa? Przecież to niemożliwe. Gdyby to była prawda, to byłbyś ustawiony na całe życie. Co tak marszczysz brew? To tylko żart. Twoja Moni jest czysta jak lilia… która dzisiaj jest, a jutro do pieca będzie wrzucona, ty Savonarolo. Powiadasz: „Nie troszczcie się zbytnio o jutro, bo jutrzejszy dzień sam o siebie troszczyć się będzie". Nie ma sprawy. Czekam, aż wszystko będzie mi dodane. Tylko co ja z tego mam? Czekam, czekam i nic. Przepraszam, że poganiam, ale zostały już tylko trzy dni. Gdzie ten bonus? Wszyscy wokoło dodają tylko VAT. Czy napisali coś o Vacie? Oczywiście, „oddajcie cesarzowi, co cesarskie". Znam to. Co miesiąc, regularnie oddaję swoją krwawicę w wacie. Co tak spurpurowiałeś, mój wodzu? Niedługo moja kobiecość przejdzie na emeryturę, więc póki jeszcze jestem w wieku produkcyjnym, to chyba mam prawo sobie poużywać? Czy mam to wyrazić dosadniej? Chcę wypierdolić cały ten świat. A ty? Chodź wysadzimy go razem. Ty podpalisz lont, a ja będę trzymać kciuki. Podobno znasz się na tym. Pięć sekund i będzie po krzyku, a potem udamy się w podróż dookoła świata. No tak, świata już wtedy nie będzie. Ale na pewno ostanie się Bliski Wschód. Wyrobię sobie paszport, jaki tylko sobie wymarzę, i w końcu zmienię to głupawe nazwisko. Imię zostawię – Mercedes. Jak ci się podoba? Mercedes Benz, tylko ty i ja, suniemy autostradą, jak Bader-Meinhoff albo lepiej Bonnie & Clyde, bo Bader-Meinhoff brzmi jak Bayer Monachium i pasuje raczej do BMW. To jak? Piszesz się na taki finał? Mógłbyś nawet mieć swój harem w seraju. Wystarczy posłać wszystkich w diabły. No już, pora skończyć z tą miłością bliźniego. Przecież wszystkie racje moralne są po twojej stronie. Nie? Nie, to nie, nie jestem pryncypialna, ale może przynajmniej wyciągniesz coś od gazety. Za co? Idioto! Oni cię obsmarowali, a ty nawet nie wiesz, że to zniesławienie. Podobno za coś takiego też można dostać niezłe odszkodowanie. Co machasz ręką? Skarżąc pismaków, mógłbyś zostać bohaterem kolejnego odcinka. Przecież wiem, że ci to odpowiada. Trafiłam? Oczywiście, że trafiłam. Czytam w twoich myślach. Roi ci się kariera trybuna ludowego, czyż nie? W tym jednym punkcie przynajmniej nie kłamali. Tylko kto by pomyślał, że ty możesz stanowić realne zagrożenie dla porządku społecznego? Myślisz, że to takie proste zostać wywrotowcem? Wszyscy jesteście tacy sami – mali, domowi despoci. Wydaje się wam, że wystarczy krytykować wszystkich i wszystko, jak popadnie, wygłaszać uczone opinie i pełne jadu komentarze na przyjęciach urodzinowych, napadać na Bogu ducha winnych ludzi na przystanku i w autobusie, żeby stać się Führerem. Z Führera, meine Liebe, masz tylko krok marszowy. Jesteś zwykłym mięsem armatnim. Poczekaj, już ja cię wyślę na front wschodni. Jeszcze będziesz żałował, że tę zimę spędzasz z dala od domu. Wiem, że masz mnie za głupią pindę, jak każdą kobietę, ty męska szowinistyczna świnio, ale ja ci coś powiem. Ten artykuł w gazecie to była zwykła kaczka dziennikarska. Stałeś się papierową gwiazdą jednego wydania. Znikniesz z pierwszych stron szybciej, niż się tego spodziewasz. Już teraz nikt się tobą nie interesuje. Poznali się na tobie. Może inny zbiłby na tym kapitał polityczny na kadencję albo dwie, ale ty możesz być bohaterem maksimum jednej lektury. Przy kolejnej zaczynasz przynudzać. O to właśnie chodziło chłopakom od Maklera – odwrócić uwagę od nich samych i wskazać na kogoś, kto nie odbije piłeczki, o kim z czasem zapomni nawet prokurator. Gratuluję bycia tematem zastępczym. Mało brakuje, a jeszcze odbędziesz za nich zastępczą karę pozbawienia wolności. Nie rozglądaj się tak dookoła, nikt cię nie śledzi. Z tym zatrzymaniem karty kredytowej to był zwykły blef. Policjanci z izby wytrzeźwień chcieli sobie zrobić zakupy na twój koszt, ale im nie wyszło. Wypadło im: *„rien ne* *va plus*", więc odesłali kartę do domu, że niby ktoś znalazł i przyniósł na komisariat. Ale twoja Moni nie jest taka głupia, na jaką się zgrywa. Blond włosy to jeszcze nie wszystko, chociaż doskonale maskują. Czemu się uśmiechasz? Wyobraziłeś sobie, jak mierzwisz tę blond czuprynę pod czerwonym, lateksowym kapturkiem – „Babciu, dlaczego masz takie duże zęby?" „Żebym cię mogła zjeść, mój mały Jasiu". Przyznaj się, trochę się nakręciłeś tę opowieścią o wizytach w salonach masażu erotycznego. „Wskakuj do klatki, Jasiu." Zaprawdę powiadam wam, wszyscy sodomici będą się smażyć w ogniu. Nie udawaj zaskoczonego. Wszak to czas na morał. Słyszysz te krzyki? To płaczą twoje dzieci. Chcą, żebyś już skończył tę bajkę. Czy ty się chociaż raz zastanowiłeś, kto je układał do snu przez te wszystkie dni, kiedy ty miałeś ważniejsze sprawy na głowie? Kto im czytał do poduszki ich ulubione wierszyki? Nieźle się w tym podszkoliłam. Już nawet umiem cię naśladować. Jakbyś nie wiedział, co masz robić dalej, to zgłoś się do mnie – mam parę pomysłów. To żaden wstyd, że ci pomagam. Nie ja pierwsza. Lepiej powiedz, co na to Hrabal? Podobno bez niczyjej zgody wciągnąłeś go do swojej intrygi. Podobno mogą być z tego problemy. Pewnie się, biedaczysko, w grobie przewraca. Panie Bohumilu, co pan tak zamilkł? Nie zechciałby pan tego autoryzować? Co panu wisi? Przecież teraz to już musi być panu wszystko jedno. No, niech się pan nie gniewa. Niechże pan coś powie.

*„Když mi je smutno, sedávám na Kampě,*
*tam děti malují do asfaltu a dokazují,*
*že cesta dítěte, šílence, a moderního umění*
*je tatáž"*.*

---

* Bohumil Hrabal *Bambino di Praga.*
„Gdy jest mi smutno, siadam na Kampie,
tam dzieci malują asfalt, dokazują,
że droga dziecka, szaleńca i nowoczesnej sztuki
jest ta sama".

Ciekawe, czy ty jesteś bardziej dzieckiem, czy szaleńcem. A swoją drogą, niezły pomysł, żeby na marginesie własnych zapisków przetłumaczyć jego epos. A nuż ktoś to wyda i zarobi się na dziadku trochę kaski. Na coś się w końcu przydadzą te rozmówki czesko-polskie, z których dwa razy do roku ścieram kurz. Zawsze mnie to intrygowało, Recesku, jak wyglądały twoje rozmówki z dziadkiem.

– *Tak Ty seš tady.*

A niby gdzie masz być? Masz trzy lata. Rodzice wyeksportowali cię do Czech, na wakacje do dziadków, bez prawa powrotu, dopóki trwa ich *dovolená.*

– *Řekni, cos to namaloval na cestě?*

No to wpadłeś. Nie wywiniesz się.

*„To barevné tam není mé,*
*já, jenom a vždy křídou, to tam domalovala*
*tamhleta ošklivá!"**

Dostałeś wtedy lanie? Nie kłam. Nie rób z siebie męczennika. Miałeś całkiem szczęśliwe dzieciństwo, chociaż z pamiętnikarskiego punktu widzenia dobrze by było dodać trochę szczenięcej martyrologii. Że niby patrzcie, na jakiego rasowego pisarza wyrósł Czekoladowy Pies.

„Mały rojber mierzy z flinty w słońce,
Pif-paf! woła wściekle na ławkę:
Reksio, Reksio, aport! aport!
a potem się szarpie z ławeczką:
Oddasz mi to słońce, albo nie? Dawaj pyska!
A tam znowu dziewczynka zbiera Kampę do koszyczka
i przenosi ją trochę dalej,
żeby nie była wciąż na tym samym miejscu,
patrzy na spadający listek i krzyczy:

---

* Bohumil Hrabal *Bambino di Praga*
„To kolorowe to nie moje,
ja tylko kredą, przysięgam, to domalowała
ta brzydula".

Bolały go ręce, to się w końcu puścił!
trzyletni malec siedzi w kucki przed packardem
podtyka mu jabłko,
aby mu za to auto zrobiło pac,
droga do raju jest tutaj cały dzień otwarta,
tylko takie wariactwa równoważą mechanizm
naszych normalnych egzystencji,
jakby dało się powstrzymać potop".*

Znowu to samo. Jakby nie dało się napisać tego wszystkiego bez ostatniego zdania. Jakby nie można było żyć bez eschatologii. Po co komu nawracać Niniwę? Nie słuchaj dziadka (a ty dałbyś mu wreszcie spokój!). El-Bros Building jak stał, tak nadal stoi, i nic na to nie wskazuje, by chwiał się w posadach, a jeśli nawet się zawali, to tobie nic do tego. Nie ubędzie ci od tego problemów. Nie szukaj kozła ofiarnego wokół siebie. Najlepszym kandydatem do tej roli jesteś ty sam. Spójrz, znowu ten akordeonista inostraniec (aż świerzbi ręka). Niczym kataryniarz nakręca się wciąż przy tej samej fudze. On także niczego nie chce burzyć. Ot i terror – uliczny performance dla paru srebrników. To ludzka rzecz zdradzać. Zwłaszcza, jeśli można na tym dobrze zarobić. Niech ci z lepszej gliny wypędzają kupców ze świątyni. Dokąd znowu pędzisz?

– *Do Nirwany.*
– *Chyba Niniwy.*
– *To znowu ty?*
– *Należy się cztery złote za godzinę.*
– *Tak drogo? Nie ma zniżek dla pielgrzymów?*
– *Tu każdy jest pielgrzymem.*

Ale nie każdy pomazańcem. Czyż nie? Znowu masz swoją misję? Pozwól, że zgadnę. Chcesz przyprowadzić całą tę bazarową hałastrę do świątyni? Niech sztuka przemówi głosem ulicy – głosem dziecka, onomatopeją trzylatka, bo przecież

---

* Fragment poematu Bohumila Hrabala *Bambino di Praga*.

dzieci najlepiej znają drogę do nieba. Oto twoja nowa *idée fixe* – nie ma żadnego *profanum*, każda droga prowadzi do *sacrum*. Oto sztuka – zakorkowana ulica, po której ślimaczy się procesja samochodów, odtwarzających w kółko tę samą pątniczą pieśń – to rondo nie ma końca, gdyby nie refren z odpustowych klaksonów i dzwonków, można by zatracić poczucie czasu i przestrzeni – na przednich szybach autobusów powiewają proporce świętej drużyny, na noszach sanitariusze dźwigają relikwie, a bokami brukarze prostują ścieżki, na które histeryczki sypią kwiaty i rwą włosy z głów, na końcu zaś idą pokutnicy z miotłami zamiast kołatek, ale nie martwcie się, pierwsi będą ostatnimi. Zwłaszcza ty będziesz ostatni. Bo to wszystko już było – miasto, masa, maszyna. Nawet ja cię ubiegłam. Byłam tu przed tobą, w zeszły czwartek. Że co? Że to nie to? Zobaczymy, czy potrafisz lepiej.

„Witaj, Czekoladowy_Pies

Wpisz swoje hasło".

Wklepujesz literki bez patrzenia na ręce, jak rewolwerowiec, jakbyś w palcach miał licencję na zabijanie, gotowy burzyć światy i stwarzać nowe jednym pstryknięciem. W samo południe. Czekasz. Kto zwycięży w tym pojedynku? Kto pierwszy trafi w sedno, stercząc na środku ulicy, gotowy w każdej chwili nacisnąć cyngiel długopisu, by bez zmrużenia oka posłać do wieczności wszystko, co wokół tętni życiem? Daj spokój, przecież to dziecinada. Spójrz:

„Błąd URL. Strona wygasła".

Głupio ci teraz?

**Liryka:** ***
Wysłano dnia **28 terminatora**
**2004** o godz. 09:05:00

### Pokrewne linki

· Więcej o Poezja

Autor: Czekoladowy_Pies

Awers i Rewers na stronie
jak konie na biegunach
słowa nie klei się rozmowa*

### Oceny artykułu

Wynik głosowania:
**4.33**
Głosów: **3**

Poświęć chwilę i oceń
ten artykuł:

○ ★★★★★
○ ★★★★☆
○ ★★★☆☆
○ ★★☆☆☆
○ ★☆☆☆☆

Zalicz mój głos!

### Opcje

🖶 Strona gotowa do druku

---

* Układ graficzny Dnia dwudziestego ósmego nawiązuje do grafiki portalu literackiego Fabrica Librorum (www.fabrica.civ.pl), skąd też pochodzą powyższe (autentyczne) komentarze do utworu.

Dodaj komentarz

Komentarze są własnością ich twórców.
Nie ponosimy odpowiedzialności za ich treść.

---

**Re:** \*\*\* (Wynik: 1)
przez Anonim (**anonim10@gazeta.pl**) dnia 28
terminatora 2004 o godz. 09:30:56http://

No, Czekoladowy, gratulacje żeście taki ładny utwór
napisali.
pozdrawiam,

[Odpowiedz na to]

---

**Re:** \*\*\* (Wynik: 1)
przez JacAr (**[cenzura] lepiej nie kontaktować się z tym
osobnikiem**) dnia 28 terminatora 2004 o godz. 09:35:29
(Informacje o użytkowniku | Wyślij wiadomość) http://
brak

i krótki.
myślałem, że na biegunach to tylko pingwiny, foki i białe
niedźwiadki.
a tak na poważnie, to ta polaryzacja mi nie odpowiada.
zbyt uproszczona ona.
chyba, że to surogat, bo nie wypada mieć ostatniego
słowa.
JacQ

[Odpowiedz na to]

**Re:** \*\*\* (Wynik: 1)
przez jakobe_mansztajn (**jakobe.mansztajn@gazeta.pl**)
dnia 28 terminatora 2004 o godz. 09:46:08
(Informacje o użytkowniku | Wyślij wiadomość) http://
www.ni_ma_bo_czasu_szkoda.pl

A ja bym „słowa" zamienił na „słowem":

Awers i Rewers na stronie
jak konie na biegunach
słowem nie klei się rozmowa

Choć tak czy siak jest git. zdrowia

[Odpowiedz na to]

**Re:** \*\*\* (Wynik: 1)
przez Anonim (**anonim10@gazeta.pl**) dnia 28
terminatora 2004 o godz. 09:49:27http://

ale zabrakło by rymu do rozmowa, a to trzyma rytm.

[Odpowiedz na to]

**Re:** \*\*\* (Wynik: 1)
przez jakobe_mansztajn (**jakobe.mansztajn@gazeta.pl**)
dnia 28 terminatora 2004 o godz. 09:59:49
(Informacje o użytkowniku | Wyślij wiadomość) http://
www.ni_ma_bo_czasu_szkoda.pl

Rytm będzie taki sam, bo liczba sylab się nie zmieni.
A co do rymu, to właściwie niepotrzebny, myślę, że
przypadkowy. zdrowia

[Odpowiedz na to]

**Re:** \*\*\* (Wynik: 1)
przez bronislavus dnia 28 terminatora 2004 o godz.
10:22:41
(Informacje o użytkowniku | Wyślij wiadomość) http://

Jestem za wersją Jakobe. A w ogóle bardzo za. Duży
ładunek i spora treść w tak krótkiej formie. Mocne.
Pozdrawiam.

[Odpowiedz na to]

**Re:** \*\*\* (Wynik: 1)
przez Greta dnia 28 terminatora 2004 o godz. 09:53:55
(Informacje o użytkowniku | Wyślij wiadomość) http://

Hm...

[Odpowiedz na to]

**Re:** \*\*\* (Wynik: 1)
przez fircyk dnia 28 terminatora 2004 o godz. 18:38:07
(Informacje o użytkowniku | Wyślij wiadomość) http://

Popieram Gretkę, aczkolwiek poezję Czeko bardzo lubię,
bo tak rzadko wierszem pisze.
A tu jeszcze rymy zastosował, ku zniesmaczeniu
przeciwników (za)gorzały(ch) tej najsmaczniejszej, jakby
nie było, formy. :-)
Pozdrawiam Czekopiesku i pytam: czy kronikana na
oczku się skończyła?

[Odpowiedz na to]

**Re:** \*\*\* (Wynik: 1)
przez <u>Apokastaza</u> (**bart.adams@wp.pl**) dnia 28
terminatora 2004 o godz. 19:29:06
(<u>Informacje o użytkowniku</u> | <u>Wyślij wiadomość</u>) <u>http://</u>

Hmm...

[<u>Odpowiedz na to</u>]

**Re:** \*\*\* (Wynik: 0)
przez Anonim dnia 28 terminatora 2004 o godz. 20:08:20

A to skąd się tu wzięło? Przecież strona Czekoladowego
Psa dawno wygasła. Czyżby administrator odnalazł
w stosie skryptów, pomieszanych ręką hakera, w gąszczu
idiotycznych hieroglifów, pochodzących ze schyłkowego
okresu zaawansowanych technologii, w kwadraturze koła,
ciągnącej się szlaczkiem przez dziesiątki stron, ostatnią
próbę wybicia się słowa na sens – nieudolną, jak cała
Kronika, stanowiąca rejestr nieustannych porażek Recesa
w starciu z napierającym chaosem? Kto rzucił to na
blog, niczym ochłap na pożarcie krytyki, bez autoryzacji
Czekoladowego? Bo przecież to niemożliwe, żeby on był
autorem tych trzech wersów o dwóch wersjach jednej
monety. Czekoladowy nie uprawia poezji (no może
kiedyś, we wczesnym okresie, spłodził parę rymowanek,
ale kto z nas jest bez grzechu?). To nie mógł być on.
Ze względu zatem na wątpliwe pochodzenie tekstu
mówić będę raczej o twórczości Pseudo-Czekoladowego,
a właściwie o jego pseudotwórczości. Bo co to ma
być? Tego nie sposób nawet sklasyfikować. Niech mnie
ktoś przekona, że ten epigram jest wierszem. A może
to haiku? Ale wszak haiku podlega ścisłym regułom,
a tu? Wystarczy policzyć sylaby. Jak w psi pysk strzelił,
osiem-siedem-dziewięć – żadnej dyscypliny.

Konie na biegunach. No właśnie, konie na biegunach kiwają się w tę i we w tę. Co wam to przypomina? Nic? Toż panowie spod Peweksu tak zabijają czas, przestępując z nogi na nogę, kiwając się w miejscu, jak kiwaczki, bez słowa, bo o czym tu mówić entą godzinę. No masz, nie klei się rozmowa. Przecież to jasne! Dokopmy się w takim razie do głębszej warstwy. Awers i rewers – dwie strony medalu – wybór jednego z dwojga – dwa rozwiązania wzajemnie wykluczające się – naprzemianległe, jak bieguny – kiwanie się od bieguna do bieguna to wahanie, niemożność podjęcia decyzji i zdanie się na ślepy traf – rzucanie monetą, wypadnie orzeł albo reszka, awers lub rewers. Ale ostatni wers jakby zrywa z tą dialektyką, jakby był niedopracowany – „słowa nie klei się rozmowa" – coś tu nie gra, powinno być raczej: „słowem nie klei się rozmowa" i przy okazji wyszłaby bardzo zgrabna metafora – słowo jako spoina rozmowy. Stop! „Słowa, słowa, słowa" – przecież to Hamlet, który się waha, roztrząsa na okrągło to swoje „być albo nie być", popadając w coraz większą alienację, powoli traci kontakt z ludźmi, jego rozmowy z innymi to już czyste igraszki, pozbawione ambicji wspólnego odkrywania sensu. A więc jednak powinno być: „słowa (jak słowa, słowa, słowa) nie klei się rozmowa" i do tego mamy zachowany rym. Właśnie, rym! A jeśli jego umieszczenie wewnątrz wersu było zamierzone? Może to wskazówka, żeby złamać wersyfikację, zgodnie z rymami. Haiku niemetryczne? Tylko że tematyka jakby nie ta. Chociaż, jakby tak poddać się bezpośrednim konotacjom, to rysuje się pewien obraz. Awers i rewers to przecież moneta obracana w dłoni. Kto obraca pieniędzmi? Wiadomo, konie – cinkciarze, to oni kręcą szemrane interesy na stronie. Ale dlaczego na biegunach? Czy to jakaś zsyłka na Sybir za brak pozwolenia dewizowego?

„Awers i rewers na stronie
jak konie (już wiemy, że można wyeksponować koników)
na biegunach słowa
nie klei się rozmowa"
Genialne! Na biegunach słowa nie klei się rozmowa.
Za ten jeden wers należy się Nagroda Nobla. Tylko
komu? Ano, kto za tym stoi? Oto jest pytanie. Dlaczego
piszę „awers i rewers" małą? Autor użył wielkich liter,
jakby to były imiona. Zresztą, żeby zaistniała rozmowa,
potrzeba co najmniej dwóch interlokutorów – Awers
i Rewers. Rewers brzmi niemal jak Reces, a wiadomo, że
Czekoladowy lubił się bawić odmienianiem Recesa na
różne sposoby. Weźmy choćby dzień dwunasty Kroniki
okresu wypowiedzenia. Mamy tam Recesa, Rwetesa,
Regresa, Rekieta i, no właśnie, Rewersa. A zatem
Rewers to Reces. Tylko kim w takim razie jest Awers?
Oczywiście, jego przeciwieństwem, ale kto jest awersem
Recesa, do kogo ów żywi największą awersję? Jak było
widać, z czasem do wszystkich, to jasne, wszak jest
mizantropem i malkontentem, ale do kogo najbardziej?
Ja się poddaję. Albo nie. Jeszcze nie. Pisałam już, że
strona Czekoladowego Psa wygasła. Ostatni raz wszedł
na nią w niedzielę, dwudziestego pierwszego. Skądinąd
wiadomo, że wczoraj próbował powrócić na blog, lecz
z przyczyn technicznych mu się nie udało. Może jednak
zdołał coś podrzucić w czasie tej krótkiej sesji? Jakiś
epigram, co? To było raptem wczoraj, a dzisiaj jest
niedziela. Jak co tydzień, w niedzielę Reces spotyka
się z Bogiem. Boję się to wypowiedzieć, ale chyba
muszę – to Bóg stał się jego awersem. No i jakoś poszło.
Teraz trzeba tylko wyjaśnić, kim a contrario jest Reces.
Diabłem? Nie idźmy na łatwiznę. Śledząc jego tok
rozumowania, trzeba myśleć w poprzek. Reces stał się
fałszywym prorokiem i już. W ciągu tych kilku tygodni
jego ewolucja w tym kierunku jest aż nazbyt czytelna.

A skoro tak, to jest zrozumiałe, że ci dwaj nie mają już
o czym z sobą rozmawiać, jak łyse konie, które kręcą się
w kółko w milczeniu, bo każdy wie swoje, ale nie potrafią
się rozstać. Wszak to ostatnie ich spotkanie, na stronie.
„Każdy odejdzie w swoją stronę,
Nie będzie wcale błogosławione
nasze samotne, nocne łkanie"
Pamiętacie? To fragment wiersza Miglanca (szukajcie
w dniu piątym, a znajdziecie). Nie wiem jak wam, ale
u mnie ten kawałek indukuje słowa Jezusa: „Tam gdzie
ja idę, wy pójść nie możecie". I poszedł, wiemy dokąd,
wystarczy przeczytać Ewangelię – nocne łkanie w ogrodzie
Getsemani, a dalej to aż wstyd mówić – jeden wielki
skandal, który podobnież ma być dobrą nowiną, słowem
życia. Ciekawe w takim razie, dokąd zmierza Reces. Na
drugi biegun Słowa? W przeciwną stronę, czyli gdzie?
W każdą poprzednią niedzielę jak zwykle przydługa
liturgia słowa koncentrowała się na Kazaniu na górze.
Teraz mamy dwudziestoczterosylabowe haiku-image, ale
może ta krótka forma, rodem z Kraju Kwitnącej Wiśni,
to kolejny trop. Wszak w buddyzmie odpowiednikiem
Kazania na Górze jest Kazanie o ogniu, nawołujące
do wypalenia się z ziemskiej formy w celu osiągnięcia
Nirwany. Nirwana – łapiecie? Nieraz Reces, na skutek
przejęzyczenia, mówił: „Nirwana" zamiast: „Niniwa".
Przejęzyczenie to nic innego jak wypaczenie sensu
wypowiedzi poprzez użycie podobnie brzmiącego wyrazu.
Czyż nie jest to owa biegunowość Logosu? Nie podejmuję
się przy tym bronić twierdzenia, że chociaż zalecenia
obu słynnych Kaznodziei wydają się być zbieżne, gdyż
zmierzają do uwolnienia się od ziemskich trosk w celu
osiągnięcia stanu wiecznej szczęśliwości, to jednak różnice
w akcentowaniu zarówno drogi, jak i jej kresu, stanowią
o zasadniczej odmienności nauki Jezusa i Buddy, która
wyraża się właśnie w zestawieniu obu symboli:

Niniwy, jako wspólnego, soborowego odnajdywania korzeni w Bogu, w obliczu którego, ostatecznie, każda jednostka doznać ma intronizacji, i Nirwany, jako samotnie przemierzanej drogi do zapomnienia o własnym pochodzeniu i roztopienia się w ogóle. Po prostu rzucam tezę i niech mnie sinolodzy powieszą, ale tak to właśnie widzę. Zresztą nie ja jedna, zapytajcie pierwszego z brzegu globalnego wieśniaka, a powie to samo. Chiwawa albo satori, how you wish. I co wy na to, mądrale? Reakcją Żydów na cytowane słowa Jezusa były domysły, że Ów chce się zabić. Czy w tę właśnie stronę zmierzasz, Recesie? Nie chcę ciągnąć tego wątku, który i tak aż nazbyt często przewija się w Kronice. Spójrz, wszyscy się o Ciebie martwią. Nawet Fircyk o Ciebie pytał. Co się z Tobą dzieje, Czekoladowy? Odezwij się.

Twoja Moni

[Odpowiedz na to]

**Re: *** (Wynik: 0)**
przez Anonim dnia 28 terminatora 2004 o godz. 21:31:34

Czyżbyś, Czekoladowy, zmienił pseudo artystyczne? Tekst twój krótki jest, ale komentarz jakże rozległy i dogłębny. Brawo Czekosister.

[Odpowiedz na to]

**Re: *** (Wynik: 0)**
przez Anonim dnia 28 terminatora 2004 o godz. 22:22:20

Tak swoją drogą fajnie by było, jakby gdzieś po ziemi
deptała taka Moni, trudno jednak w to uwierzyć. Odezwij
się, Czekoladowy, piszesz tę kronikę? Bo jak fircyk
skończyłem na oku. Moni, strasznie mi przykro z powodu
Twej straty.

Leader

[Odpowiedz na to]

**Re:** \*\*\* (Wynik: 0)
przez Anonim dnia 28 terminatora 2004 o godz. 23:30:32

Haaa... ikuur... więc na pytanie „KIM JEST RECES"
pada aMoniNowa odpowiedź: współczesnym,
monetarnym HAMLETEM o dwu obliczach: recesja
okresu wypowiedzenia i jej awersja. Ta niemożność
podjęcia decyzji, i te recesjady, recesjady, recesjady...

Ten – że go tak nazwę – jonaszowy omlet czy też raczej
pasztet – zamiast ostrzec Stolicę przed grożącym jej
upadkiem, zamierza „wypierdolić cały ten świat"ek.
Rękami aMoniNa podkłada tezę pod fundamenty. Co
będzie dalej? To czytelnicy mają podjąć decyzję???

[Odpowiedz na to]

# Dzień dwudziesty dziewiąty

## (poniedziałek)

– Co ty sobie w ogóle wyobrażasz?! Masz jeszcze czelność dzwonić do mnie po tym wszystkim?! Mecenasa nie ma! Wbij to sobie, raz na zawsze, do głowy, ty zakuty łbie! Dla ciebie mecenasa nie ma i nie będzie! Do odwołania! Z nami też jest koniec! Finito! Over! – Dominika rzuciła słuchawką. Była zła? Też pytanie. Była wściekła. Chciała gryźć, drapać, szarpać na strzępy rachityczne ciało tego padalca. Złowrogie: „wrrrrrrrr" rozchodziło się po sekretariacie. „Piiiiii…piiii… piiii…" – usłyszała w odpowiedzi.

– Spokorniałeś? Chcesz się przeprosić? – zapytała, stojąc nad kwilącym telefonem.

Bynajmniej. Tym razem to interkom.

– Pani Dominiko, proszę mi zrobić kawę, taką jak zawsze.

I tyle. Na więcej pana mecenasa nie stać. Nawet nie poczekał na odpowiedź, pewny, że natychmiast pobiegnie do kuchni, zrobić kawusię dla swojego szefuńcia, taką jak lubi, z podgrzanym mleczkiem. Zresztą, wszystko jedno jaką, bo to wcale nie w tym rzecz. Rzecz w tym, kto ma zrobić kawę. Jakby on sam nie mógł sobie zalać tej cholernej lury. O wszystko musi ją prosić. I to jak? Przez interkom. To taki problem ruszyć cztery litery? Zajrzałby czasem do sekretariatu (tak rzadko tutaj bywa), zapytał: „Pani Dominiko, jak się pani miewa? Pięknie pani dziś wygląda. Czy byłaby pani taka miła?" i już by to wyglądało inaczej, a nie taki ordynarny wyzysk człowieka przez telefon. Cóż miała począć? Strajk włoski – oto jej ruch oporu. Postępować zgodnie z regulaminem, to jest w czasie co najmniej dwukrotnie dłuższym niż normalnie. Niech się kutas wnerwia. A co? No więc czas na regulaminową przerwę. Parę głębszych wdechów i wydechów, parę skłonów, zgiąć przedramię w geście Kozakiewicza i pocałować piąchę, by odzyskać równowagę... „Wrrrrr". Dominika? Bynajmniej, tym razem to zawarczał interkom.

– Piiiiii...piiii... piiii... – zakwiliła do słuchawki Dominika, co miało znaczyć: „Tak, panie mecenasie?"

– No to jak, będzie ta kawa, czy nie?

Nic z tego, to znaczy:

– Już lecę.

Ale szanse na odzyskanie dobrego samopoczucia zniknęły bezpowrotnie, przy czym to dla niej normalne. Ten typ już tak ma – sajgonka – sekretarka pracująca w ciągłym stresie, jakby zaraz miało się zacząć bombardowanie biura przez Wietkongów i natarcie żółci na resztki spokoju – cena jednostkowa: 1000 zł na miesiąc plus ZUS, z gwarancją na trzy lata. Po tym okresie wystarczy wyczyścić styki symboliczną podwyżką oraz tanim komplementem i jest jak nówka. No właśnie, kiedy ostatni raz dostała podwyżkę? Nie ma co, musi o tym porozmawiać. Powlokła się do kuchni.

– Kto to był? – dobiegło zza drzwi gabinetu.

– Niby kto?

– Z kim pani rozmawiała przez telefon?

„Czy on już do końca zgłupł?"

– No przecież z panem.

– Wcześniej! – warknął mecenas, rozdrażniony, że musi się do niej zwracać pełnymi zdaniami.

„A temu co?" – pomyślała zdziwiona, bo przecież mecenas nigdy się nie interesował intruzami, wdzięczny, że sama sobie radzi ze spuszczaniem ich po drucie.

– A... to... To znowu ten Reces – odpowiedziała z dezaprobatą, zgodnie z obowiązującą w kancelarii tonacją.

I kolejne zaskoczenie, bo w reakcji na jej słowa drzwi do gabinetu się otworzyły i w progu stanął mecenas, osobiście. Nie użył do tego żadnego substytutu. Na jego twarzy, czerwonymi plackami, eksplodującymi to tu, to tam, a nawet poza, jak pod pędzlem pozbawionego koordynacji dziecka w ekspresyjnym szale, malowała się pretensja, emanująca wokół rozpalonej głowy niczym aureola z błyskawic.

– Dlaczego go pani nie połączyła? – Zapytała czerwona plama.

Dominika stanęła jak wryta, nie rozumiejąc, o co znowu ten furiat się piekli. Przecież zrobiła dokładnie to, czego zawsze od niej oczekiwał.

– I jak ja go teraz złapię?

„A po co ma go łapać? Zwykle to problem klienta" – pomyślała i dopowiedziała z zaangażowaniem:

– Może zadzwonimy do Maklera albo Miglanca... – ugryzła się w język, ale słowo się rzekło. Poza tym nie ma nic do ukrycia. Będąc sekretarką z wieloletnim stażem, ma prawo znać tajemnice swojego szefa, a w pierwszej kolejności wiedzieć, z kim się spotyka. Odczekawszy zatem regulaminową chwilę, dodała:

– Oni na pewno będę wiedzieli, gdzie go szukać.

– Jesteś! Już myślałem, że cię nie złapię. Gdzie ty się człowieku podziewałeś? Przecież umawialiśmy się na piątek.

Gdzie? Co? Jak? Reces nie mógł pojąć, co jest grane. Ostatnimi czasy miewał wrażenie, że jest śledzony. Co rusz ktoś go zatrzymywał, o coś pytał, czegoś chciał, groził i o wszystko miał pretensje. Gdzie? Wszędzie, a najczęściej tu, z tyłu głowy, za uchem. Nadawał jak ten tranzystor, co to go znalazł na śmietniku. Kiedy? Każdego dnia, skoro świt (świt? toż piąta to jeszcze środek nocy), wyrywa go ze snu zawodzenie, jakby jakiś mułła nawoływał wiernych do porannej modlitwy. Tylko po co? Od tego nasłuchiwania sygnałów dnia wszystko mu się przestawiło. I jaki to ma sens? Kiedyś przynajmniej wyławiał z tego podprogowego mruczanda poszczególne słowa, a nawet całe zdania, składające się na logiczną całość (tak, w każdym razie, mu się wydawało). Teraz słyszy tylko szmery, jakby ktoś ukradł antenę. Nagle wszystko się urywa jak hejnał na wieży mariackiej. Istna psychodelia. Dobrze, że nie nadają tego co godzinę, bo można by ocipieć. Wystarczy jeden obsesyjny trębacz, by całe miasto popadło w depresję, zamieniając swoich mieszkańców w pensjonariuszy wariatkowa, przechadzających się sennie po płycie rynku, jak po spacerniaku. I tak od wieków, od ostatniego najazdu Tatarów, jakby do dziś nobliwi mieszczanie cierpieli na psychozę strachu przed powrotem kohorty skośnookich małp, a tymczasem barbarzyńcy pod osłoną postępu i walki z analfabetyzmem, jeden po drugim, szmuglują za mury swoje trefne geny, szwarcują oblicze miasta i sieją ferment, by rozsadzić tę konserwę od środka. Czekają tylko na sygnał. Zaprawdę, zaprawdę powiadam wam, nadejdzie dzień, kiedy zamiast hejnału z mariackiego minaretu popłynie: „Allach akbar". „Wisła Pany Bóg Zastępów!" – odpowiedzą wierni. Już dzisiaj na każdym rogu Reces słyszy skowyt muła, nawołującego do świętej wojny z Żydami. „Cracovia rulez" – uspokajają innowiercy, odziani w pasy. Czerwone pasy kontra biała gwiazda – oto flaga imperium zła płonie na Wschodzie. Paranoja. Ale uwaga, to się rozprzestrzenia. Na przykład dzisiaj. Stoi w tramwaju, naprzeciwko kobiety karmiącej dziecko piersią. Nagle ośmiomiesięczny zboczeniec odsysa się od cyca i ukazuje twarz – jego własną twarz, twarz Recesa, jak wyrzut, jak jeden wielki wyprysk, pryszcz, któremu się wydaje, że jest pępkiem świata, niechciane dziecko, niechciany ojciec, niechciane życie. Chce uciekać i wtedy odkrywa, że wszyscy wokoło noszą jego twarz, a na niej wymalowany dżihad, jakby znów ogłosili stan wojenny. Ale pal licho te barwy wojenne. Agresja w życiu społecznym to sprawa dla reportera. Tu chodzi o jednostkę, która osiągnęła kres indywidualizacji. Stała się tak wyrazista, ekspresyjna, że aż zaraża sobą innych, na powrót popadając w anonimowość. Właśnie! Że też od razu na to nie wpadł. W tym tłumie każdy jest recesjanem, a Reces Jan jest każdym. Jest bezkarny, bo nikt mu nie udowodni, że on to on, a nie ktoś inny. Jest wolny od odpowiedzialności. Niewinny, bo nie inny. Inni są tylko tajni agenci. Noszą czarne garnitury, przyciemniane okulary i wetknięte w ucho słuchawki z mikrofonem. Zgrywają ważniaków, jak ten, który go właśnie zatrzymuje na ulicy. Pewnie mu się wydaje, że złapał Pana Boga za nogi. „Panie Boże to ja! Widzisz, dałeś mi talent i proszę…"

– Przepraszam, czy my się znamy? – zapytał z zimną krwią.

– Reces Jan…? – zgadywał zbity z tropu jegomość.

Nie zaprzeczył, uznawszy, że nie musi się ukrywać pod innym nazwiskiem – Reces Jan daje mu wystarczające alibi.

– Jutro masz rozprawę. Punkt dwunasta. Sala 226. Tylko żebyś był punktualnie. – Gość był wyraźnie z siebie zadowolony. Tylko dlaczego?

– Za co? – zaprotestował Reces. – Przecież ja niczego nie zrobiłem. – Bo niby skąd wiadomo, że on to właśnie on?

– Jan Reces? – jegomość powtórzył pytanie, znowu trochę zmieszany.

Jak blefować, to blefować.

– Nazywam się Reces… Reces Jan.

– Był pan u mnie tydzień temu. – Gość sięgnął po ton bardziej oficjalny.

– Nie pamiętam. – Nie potwierdził i nie zaprzeczył. Skubany. Gdzie się tego nauczył? Jak na przesłuchaniu: „Nie wiem, nie pamiętam, muszę spojrzeć do notatek".

– To ja panu przypomnę: biuro pisania podań, Swietłana: „Pan priszoł podanie pisat?", chciał pan przyspieszyć termin rozprawy, „Co się nie da?" – powiedziałem i proszę, wszystko się da, jak się ma talent…

– Co pan ciągle z tym talentem? – przerwał zirytowany Reces.

– Dał mi pan całkiem sporą sumkę. Już pan nie pamięta?

Oczywiście, że pamięta. Tylko że to przeszłość. Było, minęło. Przedawnienie. Koniec i kropka, gruba krecha. Amnestia. Nie pójdzie do pudła za stare grzechy, skoro inni mają większe na sumieniu i siedzą na ministerialnych stołkach. Zwróćcie mu jego PUdla, to będzie w nim siedział do usranej śmierci, jak hrabia Monte Christo, jak człowiek w masce Polaka szaraka. Zresztą wszystko mu jedno. Róbcie z nim, co chcecie. Jeszcze tylko ostatnie życzenie skazańca: „Panowie, bo zaraz mi pęcherz pęknie"...

*Jak nas poinformowała prezes sądu, jutro rozpocznie się proces Jana Recesa, o którym donosiliśmy w ubiegły piątek...*

Dominika wyłączyła radio. „No tak, wszystko jasne" – pomyślała i nie wiedziała, czy się śmiać, czy płakać, bo co ona będzie z tego miała? Ruszyła do gabinetu, jak w malignie, nie pojmując w pełni tego, na co się zdobywa, jakby ktoś ją zaprogramował na to posunięcie, ktoś kazał jej wejść do komnaty wszechmogącego po premię...

Puk, puk...

– Proszę!

– To ja.

Cisza. Jak zwykle mecenas nie zwraca na nią uwagi. Zapewne myśli, że przyszła tylko po akta. Może się jeszcze wycofać. Porwie pierwszą z brzegu teczkę i wróci do sekretariatu, jak gdyby nigdy nic.

– Słyszałam, że jutro ma być rozprawa Recesa. – Raz kozie śmierć.

Znowu cisza. Nawet nie oderwał wzroku od monitora. Nagle zaczął stukać w klawiaturę, jakby chciał zaprotokołować jej zeznania.

– Czyli, że mu się udało – ciągnęła.

Stuk, stuk, stuk, stuk...

– Wszystkim się udało. Maklerowi, Pyziowi, Miglancowi i panu też.

Stuk, stu...

Benek przerwał protokołowanie i podniósł wzrok.

– Co pani ma na myśli?

– Co ja mam na myśli? – Sama nie wiedziała, skąd nagle tyle u niej odwagi. – To tak trudno zgadnąć? Przecież mówiłam, że Reces ukradł mi całą kasę. Takiego drania gościłam na pana prośbę.

„Na moją prośbę?" – zdziwił się Benek. – „To był jej pomysł".

– I tyle z tego mam – urwała.

Benek odczekał dłuższą chwilę, żeby się upewnić, czy to koniec tyrady i dać do zrozumienia, że:

a) to on tutaj zarządza czasem, to on jest programistą w tej kancelarii, ustalającym reguły gry, rozpisującym porządek dnia na kartach kalendarza, to on zapisuje księgę życia całego personelu, strona po stronie, a stronom nakazuje szturmować twierdze nie do zdobycia, on jest *spiritus movens*, trzymającym pod kluczem, niczym trofea, zaszpuntowane w darowanych flaszkach dusze biednych klientów, chociaż prawie nie pije, prawie? nigdy nie wypija piwa, które sam nawarzy, bo niby z jakiej paki?

b) jest poza wszelkimi podejrzeniami, czysty jak łza, przejrzysty jak przepis, wydestylowany jak ten spirytus w barku, to klient kombinuje, a on tylko mówi: tak albo nie, kręcąc palcami młynka, w tę i we w tę, w tę i we w tę, w tę i we w tę, w tę i we w tę (więc może raczej we w tę, bo już brak jej słów),

ano właśnie:

ad. a) i b) siedzi przy żarnach i miele językiem na okrągło, nosi mundur międzynarodowego obserwatora z ramienia Temidy, a pod togą spekuluje, jak tu się wzbogacić na dewaluacji prawa i inflacji oczekiwań, jak oni wszyscy, wszyscy tacy sami: szamani i małpy – jedna banda, iluzjoniści w białych rękawiczkach, ściągają je tylko na manicure, a niejeden skrywa pod nimi czerwone paznokcie, ale co tam, gruba krecha, bez prawa do kasacji, wszystkie grzechy wywabione, więc dbają tylko o to, by nie stanąć przed Sędzią, Boże broń, w zaplamionym krawacie, w kolorowych śliniaczkach delektują się sorbetem w pięciogwiazdkowej restauracji (i jeszcze nazywają to piekłem), a te mokre włosy to żaden pot, to żel, którym codziennie rano układają przed lustrem plan dnia, a potem to wszystko skrupulatnie wpisują do tajmszitu: polerowanie zębów na wysoki połysk – 5,25 minuty – analiza sprawy, a dla zwykłych śmiertelników golenie – 15 minut – praca koncepcyjna, modelowanie włosów – 7,5 minuty – konferencja wewnętrzna, mydlenie oczu – 24 godziny na dobę.

Wskazując na powyższe, Drogi Kliencie, nie ma rady, musisz zdać się na któregoś z nich, ślepo, bezgranicznie, uczynić mecenasa powiernikiem swojego losu, podpisać cyrograf, sakramencko niekorzystny. Przecież komuś trzeba ufać na tym świecie. Więc dlaczego nie jemu akurat? W końcu nie jest taki zły. Wielkie mi łoł, że trzyma z Miglancem, Pyziem i Maklerem. Kolegów się nie wybiera. Ważne, co człowiek ma pod klapą.

Zważywszy na powyższe, Benek sięgnął po portfel.

– To ile pani zabrał? – I nie czekając na odpowiedź, odliczył plik banknotów.

Od powyższego rozstrzygnięcia stronie nie przysługuje apelacja. Bo niby z czym i do kogo? Bierzesz albo spierdalasz.

Spierdala. Znowu jest wolny, a mało brakowało, żeby wpadł. Z tego stresu naprawdę mu się zachciało, a euforia podziałała jak katalizator. Tylko jak w środku miasta znaleźć ustronne miejsce? Zwłaszcza na dłużej, bo nie ma nic przyjemniejszego niż zrobić to bez pośpiechu. Na chybcika to nie to samo. Wtedy jest zbyt mechanicznie, beznamiętnie, pompa ssąco-tłocząca pracuje na wysokich obrotach i za chwilę jest już po krzyku. Za to nigdy do końca. Za jakiś czas trzeba poprawiać, nawet po kilka razy w ciągu dnia, aż do pełnego wypróżnienia. Jeśli natomiast robić to na spokojnie, zwłaszcza rano, na pograniczu snu i jawy, kiedy wszystko wydaje się możliwe, zdarzają się prawdziwe eksplozje, zasysające co popadnie, co tylko stanie na ich drodze, jakby się człowiek cały przenicował w tę i we w tę, aż w końcu ten pomarszczony, skulony w sobie embrion, niczym wyrzutnia rakietowa, odpala torpedę w czeluść kanału, na spotkanie innych podwodnych obiektów, przy wtórze spuszczanej wody, niesionej po rurach, niczym poranna pieśń o solidarności regularnie wypróżniającej się braci. Bo tu, w podziemiu, wszyscy ludzie są braćmi, nie ma równych i równiejszych, są tylko rozwolnieni i parci (zatwardziali jak beton) oraz bękarty – owoce pozamałżeńskiej miłości, delicje i korpusy deliktów, nad którymi nawet najwięksi twardziele ronią łzy, jak andrzejkowy wosk, na gorzką, samospełniającą się wróżbę mezaliansu z porcelanką, a potem ze zwiotczałych członków krochmalą wszystko dookoła i leją miód do uszu spowiednika. Stop! Dość tej obsceny! Reces zatrzymał się w miejscu dozwolonym od lat osiemnastu. Z witryny wdzięczyły się do niego ciciolinki. Może jednak pofolgowałby swojej wyobraźni? Jakaś mała scena erotyczna? Przecież tego jeszcze nie było. No co? Należy mu się. W końcu to chłop jak każdy inny. Wystarczy upatrzyć sobie jakiś obrazek, donieść go do najbliższego szaletu i domyślić do końca. Wystarczy poderwać jakiś kolorowy magazyn z kobietą sukcesu na okładce. Co z tego, że ubrana w mundurek guwernantki? Jakby nie mógł jej sam rozebrać, zerwać z niej wierzchniego okrycia, rzucić w kąt dziennika. To nawet lepiej, będzie jak w szkolnym szorcie.

*Pani nauczycielka:* Jasiu, rozbierz szorta.

*Jasiu:* Gra wstępna, rozwinięcie i suspens w finale.

*Pani nauczycielka:* Dobrze, ale nie śpiesz się z tym finałem, Jasieczku. Ludzie patrzą.

Reces rozejrzał się dookoła. Oglądanie świerszczyków zawsze uważał za rzecz krępującą, a już w ogóle nie było mowy o nabyciu egzemplarza na wyłączny użytek, chyba że dla dzieciaka, żeby czym prędzej poznał, co to dorosłe życie.

Stał więc, lustrując kiosk z każdej strony świata, przebiegał wzrokiem po krzykliwych tytułach, jakby był zdeklasowanym intelektualistą, robiącym sobie darmową prasówkę, chyłkiem zaś ziorał na peepshow dla ubogich. Nie mógł się nadziwić samochodom, zaparkowanym pod różową ścianą kiosku, że tak spokojnie całymi godzinami gapią się na roznegliżowane baby i nikt ich nawet nie posądzi o dewiację. Że też ich konie mechaniczne nie staną dęba.

– Policja! Gdzie jest policja?! – Jakiś właściciel czworokołowca obok wszczął rwetes. – Panie władzo, on zajął moje miejsce! Miałem tu stołek, a on go posunął i ordynarnie stanął, o tutaj właśnie. Niech pan patrzy. No jak tak można?!

Ano trzeba uważać na samochody, zwłaszcza po zmroku.

– Czy to pana miejsce? – Stójkowy podszedł do Recesa. Czyżby bawił się w skojarzenia? Że niby przez Recesa ten rwetes? Skąd takiemu przyszło do głowy, że on, marginol, może być właścicielem wypucowanego na glanc, zaparkowanego na gwałt, podrasowanego podrywacza asfaltu, owszem, także bez dachu nad głową, bo podróżujący tym kabrioletem trendy-wagabunda lubi oglądać gwiazdy, kiedy one mu to robią? Toż to jakaś Pulp Fikcja.

– Nie, to miejsce niedoszłej zbrodni – odparł Reces.

– W takim razie proszę mnie zawołać, kiedy dojdzie.

– Już nie dojdzie – rzucił za oddalającym się funkcjonariuszem. – W każdym razie nieprędko.

Pełen rezygnacji, prześliznął się po pornowitrynie. Jak on uwielbiał surfować w towarzystwie pięknych kobiet w tropikalnych strojach, pławić się pośród nich w pianie złudzeń, ale tym razem nic z tego. Ni chuja, napięcie zmalało do zera. Jak to możliwe, że jeszcze przed chwilą chodził jak nakręcony, a teraz wszystko mu wisi? Mogliby go wysterylizować, a nawet odizolować – nie zrobiłoby to na nim żadnego wrażenia. Jakby staczanie się było jego prawdziwym powołaniem. Już nawet w tych sprawach nie było mu dane szczytować. Jeszcze tylko ostatnie namaszczenie.

„O gdyby tak wszystkie obrazy mogły odczuwać
byłby z nich słup
poświęcony azjatyckim kultom zwyrodniałej miłości,
ilekroć jestem w kościele,
trzymam się w rozprutej kieszeni, więc jestem,
wszyscy święci, którym odmawianie odebrało potencję
napalają się, wszystkie zaślepione święte
zstępują z ołtarza, rzucają się na świece
i zatapiają je, ile się da, aż na dno,
zapalają i odpalają się nawzajem,
zrywają z siebie szaty i tańczą z płomieniami w oczach,
ile to kosztowało zmartwień, przestać myśleć o befsztyku
między nogami,
przynajmniej na chwilę przepędzić myśl
o mężczyźnie ze sterczącym członkiem,
Chrystus im najpierw zaszywa ranę w kroku,
a dopiero potem pokazuje swoją w sercu,
gdzie z nieskończoności kapią sekundy na karbid.
Tysiąckrotne odpuszczenie za sromotny obraz,
który właśnie stworzyłem,
mea culpa roztropne panny Chrystusowe,
pokój waszym kryształom,
aczkolwiek wy, któreście dobrze wiedziały,
że Bóg przebywa w rozwarciu ud,
zatem wy, które poznałyście piekło i niebo,
was kocham, jestem z was,
ani ciało, ani duch, ale jedno i drugie.
Szkoda, że nie jestem Bogiem,
każdej z was podarowałbym wieczną menstruację
i niewyżytego męża
dlatego że dla brzęku idei
przechlastałyście życie”. *

---

* Fragment poematu Bohumila Hrabala *Bambino di Praga*.

– Cześć, dziewczyny – Reces odwrócił się na pięcie.

– Już idziesz? Weź którąś z nas – zaprotestowały dziewczyny.

– Tam, dokąd ja idę, wy pójść nie możecie.

– Czyli dokąd? – zapytała jedna z nich.

– Patrzcie, rzuca cytatami z Biblii – zauważyła druga, kreująca się na puff muter. – A nie mówiłam, że to szajbus. Lepiej się z nim nie zadawać. Widziałam ostatnio taki film z Robertem de Niro. Facet jeździ taksówką i wypatruje, kogo by ustrzelić w ramach odnowy moralnej. A ty, Bogu ducha winna, wsiadasz i jedziesz...

– Do Nirwany – odparł Reces.

– Chyba Niniwy? – Zza dziewczyn wynurzył się długowłosy gwiazdor rocka. Flower power superstar.

– I Ty tutaj? – zdziwił się Reces. – Wśród nierządnic?

Gwiazdor zawstydził się, przyłapany na dobrym uczynku. Nic nie odpowiedział. Ukrył się za kartką starą jak świat, nieruszaną od wieków i na wieki wieków amen: „Zaraz wracam".

– Mówię wam, im wszystkim w tym wieku odpierdala – skonstatowała puff muter. – Kompleks trzydziestolatka.

Kompleks trzydziestolatka? Dobre sobie. Tu chodzi tylko o kasę, a reszta to dorabianie ideologii. Tej szarej masie na widowni wydaje się, że to takie zajebiście rajcujące znaleźć się na scenie, w świetle jupiterów. Gówno prawda. Maksimum po dziesiątym występie popadasz w rutynę. Znika entuzjazm, a zaczyna się orka. Ciułanie grosza, jak wszędzie. I dobrze, przynajmniej tak nie boli, kiedy ludzie przestają przychodzić na twoje koncerty. Byle się załapać na imprezy promocyjne. Wtedy masz w dupie frekwencję, bo jesteś dogadany na ryczałt. Grunt to punktualnie zacząć i punktualnie skończyć, plus jeden zakontraktowany bis (bo teraz wszystko trzeba sprzedawać z bonusem), po czym szybko zejść ze sceny, by zrobić miejsce dla następnych i przypilnować menedżera z kasą. Zwykłe odpierdalanie pańszczyzny. Wcześniej było harcerstwo i bieganie po estradzie, jak w czasie nocnego alarmu, w przekonaniu, że się uczestniczy w tajemnym misterium. Teraz za to jest profesjonalnie. Wszystko wyreżyserowane do perfekcji. To chyba lepiej, bo wygląda bardziej przekonywająco. Przynajmniej dopóki ma się siły i ochotę robić z siebie małpę. A co w tym złego? Małpa wspięła się na wyższy poziom świadomości i już nie gania, ku uciesze publiczności, za bananami, to znaczy gania, ale sama się z siebie śmieje. No to jak, zaczynamy? Tak jak się umówiliśmy. Na początku niezbyt ostro, a później rozkręcamy widownię. Hity idą na końcu – pukanie do nieba bram i rozdzieranie szat ku uciesze gawiedzi, że niby wciąż tacy z nas buntownicy, a na bis jakaś kołysanka.

– A ty? Co się tak gapisz? Myślisz, że jesteś lepsza? – Reces przyglądał się wypomadowanej cizi z wyższej półki, na której kosmopolityczna prasa do gospodyń domowych tłoczyła ekstralaski.

– O wypraszam sobie – zaprotestowała cizia z wyższych sfer. – Mówisz do sądu, a do sądu należy się zwracać: „Wysoki Sądzie".

– A więc tak wygląda bogini sprawiedliwości – skonstatował pod nosem. – Temida w garsonce. Ale co tutaj robi Wysoki Sąd? – zwrócił się Reces do Wysokiego Sądu. – Wszędzie Cię szukałem, a ty pindrzysz się jak kobieta sukcesu.

– Będę cię sądzić – wyjaśniła i zabrała się za wkładanie pokracznej togi, która niczym pas cnoty miała ją ustrzec przed nadmiernym zaangażowaniem. – Bylejakość jako gwarancja niezawisłości, bezpłciowość zamiast bezstronności.

– A co ja takiego zrobiłem?

– Ty już dobrze wiesz – odparła, siłując się z łańcuchem.

– Nie dałoby się trochę z tym zaczekać? Jutro mam termin zapadalności. Później będziesz mogła ze mną zrobić...

– Wysoki Sądzie – poprawiła go machinalnie, zajęta pucowaniem orzełka przy łańcuchu, po czym, jakby to był talizman albo krzyżyk w różańcu, chuchnęła na niego na znak, że zaraz ujawni tajemnicę... Radosną? Chwalebną? Bolesną? Jakby to była dziecięca wyliczanka: kocha... lubi... szanuje... nie chce... nie dba... żartuje... więc lepiej „odsuń ode mnie ten kielich".

– Później, Wysoki Sądzie – poprawił się Reces. – Odroczmy publikację o trzy dni. Czyż wasze prawo nie mówi, że „w sprawie zawiłej albo z innych ważnych powodów sąd odroczy wydanie wyroku"?

– A kto powiedział, że wyrok jest już gotowy?

– Czyli że nie wszystko jeszcze stracone? – W oczach Recesa pojawił się promyk nadziei.

– Tego też nie powiedziałam.

– Nie baw się w Pytię.

– To w co się mam bawić? – zapytała Sędzia, podirytowana defensywną postawą Recesa.

– Bawmy się w proces, ale taki, gdzie ja wygrywam – zaproponował ochoczo Reces.

– Nudy.

– No to w berka – Reces kombinował na wszystkie sposoby.

– Ale ty gonisz.

– W porządku. Zaczynamy – Reces przystawił do ust zaciśniętą dłoń, jakby to był mikrofon. – Pani sędzio, cała Polska w napięciu śledzi ten wyścig z czasem. Czy już wiadomo, kto wygra?

– Proszę pana – ofuknęła go Sędzia. – To nie jest bieg na sto metrów. Dopiero co przejęłam sprawę do swojego referatu.

– To znaczy, że czeka nas maraton? – skonstatował zgryźliwie, po czym spuentował ze swadą reportera gorących faktów. – Bieg po sprawiedliwość dla wytrwałych.

– Coś w tym jest. Bo widzi pan, mamy straszne obłożenie, a przecież każdemu trzeba dać szansę. Jak wszystko będzie szło w dotychczasowym tempie, to niebawem zarejestrujemy dwudziestotysięcznego petenta. Takiej frekwencji nie mają nawet w Nowym Jorku.

– Nie odchodźmy zbyt daleko od tematu. Interesuje mnie, kto jest faworytem tu i teraz, że tak powiem, w biegu urzędowym nad Wisłą – Reces nie dawał za wygraną.

– Dowie się pan w swoim czasie. Nie mogę przecież zdradzić wyniku sprawy przed ogłoszeniem wyroku. – No i masz, zagalopowała się.

– A jednak coś jest na rzeczy – skonstatował z satysfakcją. – Od razu mi to śmierdziało: nagła zmiana sędziego, wyznaczenie rozprawy w ekspresowym tempie – dociekał jak jakiś rzecznik społeczny, wyraziciel vox populi, upierdliwiec jeden. – Społeczeństwo nie jest takie głupie. Wszystko jest ukartowane. Ci u góry ustawili cały proces...

Na te słowa Sędzia usztywniła się jak dyscyplina. Baczność, w prawo zwrot (bo lewy profil jest zdecydowanie mniej fotogeniczny), na służbę społeczeństwu marsz. Tak, tę pozę miała wystudiowaną przed lustrem.

– Co to, to nie. Wyznaczyłam rozprawę z uwagi na jej doniosłość społeczną – zaczęła, ważąc każde słowo. – Ponieważ uważam, że sędziowie powinni natychmiastowo reagować na bolączki obywateli – zawiesiła głos i celując w obiektyw(izm), zrobiła ukłon w stronę mediów – a zwłaszcza na te problemy, które stały się przedmiotem publicznej debaty. – Koniec? Jeszcze nie. Na koniec szeroki uśmiech marki Colgate white power.

– Wspaniale – Reces aż klasnął w dłonie i niemal ukłęknął urzeczony. – Temida jak malowanie. Zwierciadło sprawiedliwości. Stolica mądrości. Pocieszycielka strapionych. Pani wierna. Pani łaskawa. Pani domu. Krzyżówko z kociakiem. Dziewczyno miesiąca. Okładko roku. Módl się za nami.

– Darujmy sobie to pitu pitu. – Święta Temida przerwała litanię, spoglądając na Recesa z góry. – Nie jestem ślepa. Widzę, do czego zmierzasz.

– Ja do niczego. Jestem tylko dziennikarzem.

– Myślisz, że nie wiem, że chodzi ci tylko o odszkodowanie od supermarketu? Dla nędznych paru groszy udajesz ofiarę losu. Za nieczystość intencji skazuję cię na wieczne potępienie.

– To znaczy? – zapytał łamiącym się głosem.

– Szczegółowe uzasadnienie na piśmie – wyjaśniła tonem oficjalnym, po czym dodała: – Jak mi protokolantka wróci z urlopu.

– A nie dałoby się... – Reces zawiesił głos.

– Nie ma odwołania.

– ...zagrać... – kontynuował.

– Dość!

– ...w coś innego...

– Powiedziałam: dość!

– ...na przykład: w przychodzi baba do lekarza?

– Baba?!

– Pacjentka.

– A to co innego. Panie doktorze? – Zmanierowana paniusia podchwyciła pomysł.

– Słucham panią – zagadnął doktor Reces znad gazety.

– Od ciągłego ślęczenia nad papierami zepsuł mi się wzrok i spłaszczyła pupa – skarżyła się pacjentka.

– Proszę mi pokazać. – Reces przyjrzał się okiem fachowca. – Proszę teraz wypiąć. O tak. Proszę tak zostać. Zrobię zdjęcie.

– Coś mi się chyba należy od życia. W końcu też jestem kobietą – tłumaczyła się jak hipochondryczka i hipokrytka w jednym antycznym ciele bogini.

– To widać – Reces powiedział to tak, żeby zabrzmiało jak komplement.

– Naprawdę? – pacjentka domagała się większej dawki.

– Zbierz włosy w kok i odsłoń szyję – polecił, po czym zaczął ganiać wokół niej, cykając z palców fotki. – Masz piękną długą szyję.

– Jak Nefretete?

– Jak Temida. Nie wstydź się być sobą. Bądź naturalna. Połóż się na kozetce. Odpręż się. Zrobimy zdjęcie na rozkładówkę. Mogłabyś spiąć włosy?

– Oczywiście – wyciągnęła z kieszeni jakieś zawiniątko, które okazało się być gumką, i posłusznie spięła włosy.

– Mam cię! – krzyknął triumfalnie Reces. – Teraz gadaj, gdzie masz pieniądze?

– Jakie pieniądze? Przecież jestem ubezpieczona, panie doktorze.

– Skończ z tym doktorem. Zaraz inaczej porozmawiamy.

– Nie ma sprawy. – Podniecona zabrała się za rozpinanie garsonki. – Ale to zwykle mnie za to płacono.

– Wystarczy tego lafiryndrzenia – zaordynował Reces stanowczym tonem i złożył gazetę. – Zamykamy numer.

– Już? Dopiero zaczęłam – jojczyła. – Mam jeszcze sporo do pokazania.

– Lepiej pokaż, gdzie trzymasz kasę?

– Ludzie! Rabunku! – krzyknęła *pro forma*, nie chcąc psuć zabawy.

– To nie żarty. Gdzie są pieniądze?

– Co ty ciągle o tych pieniądzach? Lepiej byś się zabrał za gwałcenie.

– Nie słyszałaś? Dość tej zabawy w kotka i myszkę – Reces nie żartował. – Ty sprzedajna suko.

– Co ty powiedziałeś?!

– Nie wypieraj się (plama i tak zostanie). Widziałem u ciebie gumkę, którą Dominika spinała swoje oszczędności. Biedaczka, miała nadzieję, że będą jej rosły jak włosy. Czary-mary. I co? Nici.

– Jakie znowu nici? Co za absurd? – Sędzia udawała, że niczego nie rozumie.

– Wszystkie nici prowadzą do ciebie.

– Do mnie? A kto się obnosił z rulonikiem banknotów jak konik po bazarze czerniakowskim? – Sędzia przypuściła kontratak. – Kto je przekazał paserowi od podań, żeby podał dalej w tej sztafecie czystych rąk? Za próbę korupcji skazuję cię na milczenie. – Wypowiadając werdykt, przyjęła posągową pozę, ale nie wytrzymała długo, w końcu była w gazecie, a w tej grze z mediami trzeba być kociakiem. – Teraz kotek mówi myszce: marsz do nory!

– Jakiej myszce? Nie wiesz, kto ja jestem! Ja jestem Pies, Czekoladowy_Pies i zaraz to wszystko opublikuję.

Zapadła martwa cisza.

– Obiecałeś, że się nie wyda – odezwała się po chwili sędzia.

– Kto? Ja?! Chyba mnie z kimś pomyliłaś.

– Nie wnikam, kto. Taki już mam fach. Grunt, że miało być bezpiecznie.

– Z gumką?

– Nieważne, z gumką czy bez.

– No to nie będzie bezpiecznie – Reces wymierzył w nią z palca.

– Co ty robisz? – Sędzia wpadła w panikę i rozhisteryzowana zaczęła biegać po półce. Nagle rzuciła się w dół, szukając schronienia za lolitami.

– Poczekaj, bezwstydnico, już ja cię nabiję na pal – Reces poczuł nagłe wzmożenie libido. To zrozumiałe, shake z erosa i tanatosa działa jak viagra, jak mieszanka wybuchowa, koktajl Mołotowa dla weterana wojny patriarchalnej. Podszedł do okienka. – „Orgazm" poproszę.

– Właśnie się skończył – usłyszał w odpowiedzi.

Właśnie się zaczął, jak za dawnych lat, ale nie do końca, bo pod koniec niespodzianka – loteria fantowa w supermarkecie, tak, tak, w supermarkecie, w tym supermarkecie, nie innym, czynnym dwadzieścia cztery godziny na dobę, z czego dwadzieścia osiem na wysokich obrotach, a w osiemnastej godzinie szczytu, jakby tego było mało, w poszukiwaniu nowych doznań puścili muzykę na żywo, ze sceny ustawionej tuż obok wejścia, na drodze wydeptywanej przez obładowane siatami mrówki, eksportowane hurtowo w świat przez fotokomórkę, stosującą uproszczone procedury celne, podczas gdy olbrzymia pompa promocyjna zasysa do wnętrza jeszcze liczniejsze rzesze, pilnując, by bilans obrotów wychodził zdecydowanie na plus, bo przecież ilość robi jakość, a teraz już można bez ograniczeń, no limits, gotówką lub na kredyt, z odsetkami, pisanymi patykiem na wodzie, bo wszystko płynie i zmienia się jak w kolorowym telewizorze marki pod Warszawą, czy inna pipidówa, a wszędzie to samo, więc nie ma co szukać, w każdym razie bez pilota nie podchodź, siedź na dupie i przeskakuj po trzydziestu sześciu ratach, o suchym pysku, na samych paluszkach, jak baletnica, tańcz, jak ci zagra bank, i cienko śpiewaj na tym całorocznym balu karnawałowym, gdzie jakiś Master of Chłam mąci, wodzi Ryja de Żenada, bo zielone towarzystwo wierzy mu na słowo, że do szczęścia brakuje im tylko filtra, i znowu płynie kasa, jak ta *panta rei*, ta sama, a jednak jakby czystsza, więc cała sala śpiewa z nami, trzymając się za ręce w łańcuszku świętego Antoniego: rolnik sam w dolinie, i kręci się w kółeczko i bije kilometry w kieracie, z chomątem przy pysku i pampersem na dupie, rozbrojona bomba ekologiczna, która już nie ma nawet prawa wybuchnąć, gdy zupa jest za słona, bo takimi billboardami rozwiązaliśmy wszystkie problemy słoneczne, wszak dają dużo cienia, dlatego rozumiem cię doskonale, kontestatorze wielkich sieci, piewco wolnego handlu, reprezentancie wielkiej izby kupieckiej, rozbitej na tysiąc jeden drobiazgów, szpiegujący w krainie lewiatana, emisariuszu loży szyderców, z długopisem i kalkulatorem w ręce spisujący satyry na temat konkurencji, by potem chyłkiem opuścić szeregi wroga w nadziei, że nikt cię nie nakryje na schylaniu się po najniższe ceny, chociaż czemu nie, przecież lubisz te gierki, kiedy cię zakuwają w dyby programu dla stałych klientów i chłoszczą ekstrabatonikiem, żebyś własną krwią na sympatycznym wydruku z terminala podpisał lojalkę, ale uważaj, bo znajdziesz się w krzyżowym og-

niu, jak w końcu każdy podwójny agent, zresztą co ja ci będę
mówił, od dawna bawisz się w te klocki, zbierając lojalnoś-
ciowe punkty jak ordery, grasz w dwa ognie, na dwa fronty,
ruchany z każdej strony, no to posłuchaj – dzisiaj w bonusie wysypany z rogu obfitości nadziejesz się na Sztywny Pal
Azji, żebyś zrozumiał, że wszyscy i wszystko pracuje dla supermarketu, że dalszy opór nie ma sensu, najlepiej rozluźnić
mięśnie i pozwolić ciału osunąć się jak po maśle po promo-
cyjnej cenie w autodestrukcyjną, sadomasochistyczną kon-
sumpcję, przystań więc przynajmniej na chwilę w tej drodze przez mękę i rozbij obóz w uroczej nylonbojtel okolicy,
która pod koniec listopada zamieniła się w piknik country,
chociaż piździ jak w Kieleckiem, ale to nic, małe piwo, zima
wasza, wiosna nasza, jeden sążnisty łyk podawanego w pla-
stikowych kubkach chmielowego leku na rzeczywistość i jesteś w domu, grunt to nie przedawkować, bo trzeba będzie
tu tak sterczeć do roztopów, a w domciu na zmęczonego mi-
siaczka czeka przecież ciepłe łózio i rodzina wygłodniałych
niedźwiadków, które przezornie upychają zimowe zapasy do
lodówek, zamrażarek, spiżarni, pawlaczy, schowków i tajnych
skrytek, a jak się nie zmieści, to do piwnicy, między worki
z ziemniakami, słoiki i zestaw małego majsterkowicza à la
Adam Słodowy, zrób to sam albo wieczorna higiena, czyli,
żeby nie było głupich skojarzeń, pastowanie zębów, po cha?
+/– = zero, bo co masz zrobić dziś, zrób jutro, wszak przy-
słowia są mądrością narodu, więc siusiu, paciorek i… pora
na dobranoc, bo już księżyc świeci, misie lubią dzieci, dzieci
lubią Britney Spears, ale jakoś tym razem nie zaprosili, więc
na koncercie puchy, za to jak zawsze dopisali wierni fani,
trzydziestolatkowie, tylko, że ci są najgorsi, pojawiają się,
jak wyrzut sumienia, na wspomnienie starych czasów, ile to
już lat na scenie? Ile notowań list przebojów bez ich udzia-
łu? Który to koncert bez posuwania świeżego towaru? Same
odgrzebane starocie, ale jakie, któż to wie, zaśpiewamy dziś
piosenkę, może dwie, co za okazja, upadłe gwiazdy telewi-

zji przygrywają na wyprzedaży telewizorów, przed aspiru-
jącymi telewidzami pojawia się idealistyczny kanciarz, pieprzy jak poparzony w stylu „niebo gwiaździste nade mną,
prawo moralne we mnie", łatwo powiedzieć, jeśli się mieszka... (Ciii, bo właśnie się zaczęło)

„...w wysokiej wieży, otoczonej fosą.
Mam parasol, który chroni mnie przed nocą.
Oddycham głęboko, stawiam piedestały.
Jutro będę duży, dzisiaj jestem mały..." *

Jeszcze chwila i będę szczytował. Przepraszam, ale dzisiaj wszystko mi się kojarzy...

Jasieńku, co to za falstart? Mówiłam, żebyś się tak nie
spieszył z finałem. Dopiero co nadjechał pociąg do Moni.
Przecież ciągle na nią lecisz. Nie musisz się uzewnętrzniać
w miejscu publicznym, do opakowań zastępczych. Wsiadaj,
satysfakcja gwarantowana. Ekspresem znajdziesz się w małżeńskim łożu. Ale nie tak szybko! Powoli. Nie daj się zwieść
wyobraźni. Powiadasz, fantazja, pomysłowość, inwencja, swo-
boda twórcza. W porządku, ale zważ na fakty. Podróż na pro-
wincję trwa dwie godziny i czterdzieści minut. Czymś musisz
ten czas wypełnić. Dwie godziny i czterdzieści minut. Szybciej nie będzie. Nie ta kondycja, nie ten pociąg. Dwie godziny
i czterdzieści minut. W sam raz tyle, by obmyślić scenariusz
do filmu porno. Wszystkie chwyty dozwolone: kameralny
hardcore na dwa baty, full wypas kijem i marchewką, czym
chata bogata, co kupi na raty. Kwiaty? Czemu nie, będzie ro-
mantycznie. Przyznaj się do wina za pazuchą i złóż mokry
pocałunek królewicza zaklętego w ropuchę, a ona cię odcza-
ruje. Powie: „Witaj, skurwielu, gdzieżeś się podziewał tyle cza-

---

* Fragment utworu *Wieża radości, wieża samotności* zespołu Sztywny
Pal Azji.

su?", ale to tylko proza. W okamgnieniu stanie się liryczna, jak pieśń o pokoju, do którego wracasz, niczym żołnierz po przydługiej wojnie i tak znajdziecie rytm i rym w rozmowie waszych ciał... Powiadasz: fakty. W małżeńskiej sypialni nie obowiązuje prawo nagich faktów. Liczy się fantazja. To placówka eksterytorialna dla norm tego świata. Na mocy wieczystego immunitetu macie prawo po swojemu zadekretować miłość. Zbyt wzniośle? Dobrze, może być też przyziemnie, a nawet podziemnie, bo tu diabeł mówi dobranoc i kładzie się spać obok poczciwego staruszka z siwą brodą. Wystarczająco długo są razem, żeby nauczyć się rozwiązywać własne problemy w rodzinnym gronie, bez angażowana w to całej ludzkości... Rozejrzyj się. Poznajesz? Toż to mołodcy z porannego InterCity. Gęba im się nie zamykała od przechwałek, czego to nie dokonali i jaki osiągną target, a teraz co? Wracają z bitwy o Warszawę jak zbite kundle. Pokonani? Zwyciężeni? Czy to ważne? Ważne, że w domu czeka na nich ciepła jak rosół żona (bo na gorącą, jak kawa, kochankę jest już za późno), nad którą jak co wieczór... Zasną z nosem w arkuszu kalkulacyjnym, po którym hula przeciąg, od otwartych na przestrzał okien, licząc wyrzucane na ulicę z braku lepszego zajęcia złotóweczki dochodu narodowego brutto na głowę. Widzisz, nie ty jeden masz problemy ze zrównoważeniem budżetu. Nie tylko ty masz dość użerania się z opozycją, która chce trwonić jeszcze więcej i jeszcze więcej odkładać po stronie aktywów. Inni też marzą o tym, żeby mieć taką maszynkę do nakręcania na powieki snów o potencji. A jutro znów do boju. Chyba żeby zdezerterować...

„Mieszkam w wysokiej wieży.
Ona mnie ochroni.
Nie walczę już z nikim,
Nie walczę już o nic".*

---

* *Ibidem.*

To już naprawdę koniec. Już więcej chłopaki nie zagrają. Zakontraktowali tylko jeden bis. Nie, żeby im się nie chciało, ale na więcej nie było czasu. Kiedyś przecież trzeba zamknąć budę. Grunt, że koncert się udał i jutro znów tu przyjdziecie. Dla spragnionych mamy ofertę specjalną: czteropak w cenie pirackiej płyty. Więc o co tyle hałasu? Szołbiznes to jakaś lepsza kurwa, co się sprzedaje tylko wirtualnie, hologramowo, a oryginał pozostaje nietknięty? Wysoka kultura na obcasach i masowa rozrywka z płaskostopiem – wszystkie twardo stąpają po ziemi, po tej samej ziemi, innej nie ma, a jeżeli jest coś jeszcze, to na pewno w dupie ma nasze artystyczne klincze. Wystarczy spojrzeć na ufoludki i ich latające talerze. Gdzie tu uniwersalne pojęcie estetyki? Pewnie dlatego sztuka stała się autoironiczna, tylko że te żarty już nikogo nie śmieszą, a więcej prawdy jest w dowcipach żydowskich, bo z nimi wciąż jeszcze trzyma Jahwe i chociaż ma długą brodę, to nadal potrafi zaskoczyć. Podobno coś jeszcze szykuje na koniec. Ciekawe, że wszyscy wierzą w koniec, nawet ekolodzy. Można by na tym zbudować nową religię, w której wszystkie jupitery będą zwrócone na tego ostatniego, bo ostatni gasi światło. Ale to też już było. Wszystko już było. Brakuje tylko środków wyrazu. Do czasu. W końcu znajdzie się performer, który po prostu pstryknie. O tak, i gaśnie światło. Ciemność i cisza, ale to jeszcze nie rozwiązuje problemu, bo ty ciągle jesteś i boisz się ruszyć z miejsca. A gdybyś tak się postawił i nie czekając na resztę, skierował do wyjścia?

– Wchodzisz?
– Zamknięte.
– Nie pytam, czy zamknięte. Wchodzisz czy spierdalasz?
– Jakby to była jakaś różnica.
– No to jak?


– Spierdalam – rzuciła Dominika i wybiegła z gabinetu mecenasa. – Pieprzę taką pańszczyznę. Niech kto inny męczy się z tą rolą.

„Wchodzę" – powiedział do siebie, wkładając klucz do zamka. „Dobra moja – odetchnął z ulgą. – Nadal pasuje". Przekręcił dwa razy i przyciągnął do siebie ze znawstwem tematu. To niesamowite, że dłonie mają lepszą pamięć niż głowa. Powinniśmy o nie bardziej dbać. Albo i nie. Namacał wyłącznik. Nie. Nie będzie palił światła. Jeszcze wszystkich pobudzi. W końcu i tak nie liczył na powitalną fetę. Oj nie, to nawet lepiej, że śpią, zwłaszcza Moni. „Stary niedźwiedź mocno śpi (x 2), my się go boimy, na palcach chodzimy, jak się zbudzi, to…" Łóżko nosi ślady jego nieobecności. Co to ma znaczyć? Nic, a może aż nazbyt dużo, zwłaszcza co się tyczy okruszków spożywanego przed zaśnięciem, albo w środku nocy, albo też nad ranem, po przebudzeniu, nie wspominając już o drzemkach, ucinanych w ciągu dnia, i to gdzie – w łóżku, pożywienia. Cały jadłospis z ubiegłego tygodnia. Można by z tego zrobić bigos, zwłaszcza że, sądząc po swądzie, kapusta już podkiszona, a kiełbasa prosi się o powstanie z martwych. Wszystko da się po wielokroć wykorzystać, zgodnie z zasadą niezrównoważonego rozwoju i popędem seksualnym. Opór stawiają tylko wydrążone po skrobance, feministyczne opakowania po jogurtach, ale ich nikt normalny nie trawi, więc samotnie rozkładają w nogach trzecie tysiąclecie. Kultura żywych bakterii. A w głowie siano, jakby spała na sienniku. Baterie i cytaty, jakby powiedział despe, bo on lubi zasypiać z walkmanem na uszach i książką w ręku. Mówi, że ją to inspiruje. Do czego? To już jej słodka tajemnica. Przynajmniej nie należy do klubu stałych korespondentek Harlequina, zdradzających kieszonkowo, gdzie popadnie, trzymając w objęciach szary paperback (że niby to taki back up, alibi). Ona to robi z amantem dużego formatu, w połyskliwej oprawie, w złoceniach, zgodnie z szytą grubymi nićmi intrygą. Ale jedna intryga to za mało dla Moni. Jej perwersja domaga się orgii nakładających się na siebie akcji. Gromadzi w łóżku całe tomy sensacji, ekskrementów, wydzielin, wydalin, wypocin i wszystkiego tego, co jest chlebem powszednim dla kryminalistycznego laboratorium, przysmakiem ekspertów, białym krukiem w sosie własnym, którego zwykły człowiek nie jest w stanie przełknąć. Zatem bez wchodzenia w szczegóły, żeby nie deprawować spisem treści, napiszmy po prostu: „Cztery tomy makulatury do piekła". Na tym protokół zakończono i po odczytaniu podpisano. O pozostałych akcesoriach, dzielących łoże z Moni, przez przyzwoitość, lepiej nie wspominać. Balansując na krawędzi dobrego smaku można tylko trącić o figi, przelewające się na podłogę jak ten zegar na obrazie Salvadora Dali, który powinien stać, a za sprawą szatańskiej sztuczki przecieka przez palce. I to ma być surrealizm? Toż to hiperrealizm każdego, kto pozwala się łudzić rzeczywistości. I to jak? Nie chowa głowy w fakty jak struś, ale cały, jak stoi, daje w nie nura i miesza wszystko z wszystkim w kogel-mogel, w słodką, kaloryczną cykutę, wypijaną jakby to była ambrozja, specyfik na wieczny porost włosów i paznokci, usztywniacz, krochmal, spermę jak spuściznę, ostatnią wolę dziecioroba, rozmnażanie przez podział spadku. Pora postawić pieczęć na tym spisie inwentarza…

Podniósł walające się pod nogami majteczki, z wprawą rozprostował je w palcach, przybliżył do ust i dotknął językiem, powąchał – nic, żadnych śladów zdrady. Wszystko wskazuje na to, że ofiara do samego końca opierała się adoratorom. Owinął niespełnione *corpus delicti* wokół palca, chcąc w ten sposób wyrazić swoją dominację nad samicą. Wystarczyło parę ruchów posuwisto-zwrotnych, żeby zaelektryzowało, jakby trzymał w ręku laskę ebonitową, która klei się do fatałaszków, znajdując swoje przeznaczenie w magnetyzmie, *omnia in unum*, kuku na muniu, bo ona chce więcej. Już nie jest eksperymentującą na żywym organizmie, potwierdzającą odwieczne prawa twardą pałą, chociaż nie wyklucza, że jeszcze będzie się w to bawić, teraz jednak ślini się jak noworodek, jak ślimak i skamle po szczeniacku, żeby ją czule pogłaskać, pokazuje rogi, składa w ofierze fermentujący od wstrzemięźliwości serek. Ratlerek obsikuje swój rewir i skacze wokół pani z wywieszonym jęzorem, a z japy jedzie mu wodorostami. Za to jego pani pachnie rybą, przysmażaną rozgrzanym do czerwoności prętem, jak nabity na pal Azja Tuhajbejowicz z wytatuowanymi piersiami. Czy ona ocipiała? Tatuaż na piersiach? Kto jej to zrobił? Rozstępy rozsadzą jej ten wygrawerowany na skórze landszaft i będzie żałowała.

– Poczekaj, już ja cię profilaktycznie wypełnię własnym pigmentem. Śpij spokojnie. Nie przeszkadzaj sobie. Zrobię to bez twojej pomocy, tylko się nie wierć.

– No co ty robisz? Przerzucasz mnie z boku na bok, jakbym była kupą gnoju.

– Oj tak, moje gówienko, kupo ciepłego, swojsko pachnącego sadełka, słoninko, boczku, gęsia skórko, porzucona kostko Rubika z czerwonymi odleżynami na plecach, bladą twarzą i hebanowym dekoltem – ułożę cię według własnego widzimisię, fermentująca w rozgrzanej pościeli maso nieożywiona, pramaterio, praprzyczyno, falstarcie i przedterminowy finiszu, a zwłaszcza w trakcie, dojrzewający błogostanie, ideo zbawienia w łonie, w łonej, niebo-piekło, państwa-miasta – ta podróż nie ma końca – jako apostoł Słowa…

„Przybyłem do Kartaginy, gdzie kocioł występnych miłości huczał wokół mnie"[*]

…mistrz cytatu…

„Do Kartaginy wówczas przybyłem
Płonąc, płonąc, płonąc, płonąc
O Panie Ty wyrywasz mnie
O Panie Ty wyrywasz
płonąc"[**]

…czekam…

---

[*] Św. Augustyn *Wyznania* w tłumaczeniu Zygmunta Kubiaka.

[**] Fragment poematu T.S. Eliota *Ziemia jałowa*.

– Co jest?

...na natchnienie.

– Na co?

– Nic. Daj pomiędolić galarety.

– A międol sobie, bylebyś nie kradł całusków. Wylałam na siebie mleczko.

– Chodźcie tu, moje rodzynki, zaraz was schrupię...

– Głuchy jesteś? Mówiłam, żebyś się ich nie tykał.

– Moje języczki u wagi...

– Nie łap mnie za słówka. To nie jest flirt. Raz bądź twardzielem. Zrób to jak facet. Chwyć mnie za schaby i przyciągnij do siebie. Wejdź od tyłu w ful kontakt. Suplec i wózek. Liczenie do dziesięciu na łopatkach i zmiana pozycji. Co, zaniemówiłeś? Znowu odebrało ci męskość? No to się nie dziw. Co tak patrzysz? Co ty tam znalazłeś? No jasne, znowu będzie czytał w łóżku.

„*No jasne, znowu będzie czytał w łóżku*". – I kto to mówi? A raczej: kto to napisał? Nie mogłem uwierzyć własnym oczom. U wezgłowia leżały notatki, które zaczynały się jak moja kronika, a kończyły jak wyżej. A więc udało się – moje sieciowe listy do recesjan, epistoły do Moni, trafiły do adresata. Moi wierni, którzy z niecierpliwością wypatrywaliście mojego powrotu z misji, bądźcie pozdrowieni. Kochani, jestem! Odtąd już będziemy na zawsze zjednoczeni w duchu i ciele. Jeszcze tylko na chwilę wpadnę do Niniwy, by dokonać dzieła na jutrzejszej rozprawie. Tak, teraz widzę, że znowu mi się chce. Czuję, jak przybywa mi sił. Zatem jutro znów do boju – o swoje.

„Oj, jeszcze wiele przeszkód na drodze mi stoi!

Trzeba walczyć, robota ogromna mię czeka,

I wiele niebezpieczeństw, sprawa to nielekka!

Niegdyś duch Tejresjasza to mi przepowiadał,

Kiedym w gmachy Aisa zaszedł, wieszcza badał

O własną moją dolę i mych towarzyszy,

Lecz pora iść do łoża, aby w nocnej ciszy,
Na wygodnej pościeli błogiego snu zażyć".\*
Znowu zdziwko? No bo co w Moni łóżku robi Homer?
Nie poznaję cię, Penelopo. Odkąd to czytasz tego nudziarza?
Nie to, co twój Grisham. No tak, ale skoro już sięgnęłaś po
moje zapiski, to wszystko jest... Niesamowite, są tu wszystkie, ułożone w pudełku, jak moje listy od Moni, od pierwszego do ostatniego, a nawet jeszcze więcej. Jak to więcej?
Kto jeszcze pisze listy? I do kogo? Przecież jakiś czas temu...
Gdzie to było? O, jest. Pamiętam, jak dziś... *Mocnym szarpnięciem wykonuję twardy reset...* To chyba jasne. Proszę, tu jest to
napisane czarno na białym: *To koniec, moja piękna przyjaciółko.
Koniec zabawy i małych kłamstewek...* Zgodnie ze sztuką, wy-
łożyłem w ostatnim zdaniu kawę na ławę, więc skąd ten ciąg
dalszy? Przepraszam, ale czy ja, autor, mam jeszcze coś do
powiedzenia? Skoro już sam zacząłem tę komedię, to czy nie
mam prawa jej skończyć, gdzie mi się podoba? A ochrona
integralności dzieła? Przecież, gdybym chciał, to bym sam
dopisał inne zakończenie. Akurat pomysłów mi nie brakuje... *Można by tak jeszcze długo ciągnąć...* Jasne, że można, ale
czy wolno bez zgody autora operować na jego tekście? „Proszę ludzkości, reanimacja się powiodła. Pacjent zmarł, ale
z wnętrza wydobyliśmy ślicznego pogrobowca". A ja pytam,
kto wam na to pozwolił? Czy nie dość wyraźnie postawiłem
znak skorpiona na swoim lepszym ja? ♏ – to powinno za-
mykać wszelką dyskusję. Zresztą, o jakiej dyskusji mowa?
Ja mówię, ty mówisz i to się nazywa rozmowa. Nawet jeśli
pojawi się dialog, to jest to tylko zakamuflowany monolog
wewnętrzny. I kto to mówi? Właśnie, kto to mówi? Też tak
macie? Jakbyście to nie wy pisali. Słowa same z was wyska-
kują i dalej dokazują przed waszymi oczami jak bezpańskie
psy (a może właśnie pańskie psy – Domini canes – Dominika? – muszę to jeszcze przemyśleć, ale to raczej przypadek).

---

\* Fragment *Odysei* Homera w tłumaczeniu Lucyana Siemieńskiego.

Jakbym kogoś cytował... *Ta opowieść już nie należy do mnie...* Dość. Jeszcze trochę i prawo autorskie straci rację bytu. Zamieni się w powszechne prawo cytatu. Na wszelki wypadek niczego nie autoryzuję. Wszystkiemu przeczę, bo to wszystko nieprawda i będę szedł w zaparte, wbrew wszelkiej logice i dowodom. W szczególności chciałem oświadczyć, że nie pamiętam, żeby mnie cokolwiek łączyło z inną kobietą. Co z tego, że sam z nią zacząłem? To ona mnie uwiodła, zagubionego w gąszczu paragrafów, w kancelarii, padającego ze zmęczenia od ciągłej walki o byt. Ale do niczego między nami nie doszło, zwłaszcza do zaboru mienia. Nie pozwolę szargać swojego imienia. Wystarczy, że człowiek na chwilę wyjedzie w interesach, a już za jego plecami podli intryganci knują podstęp. I jak by tego było mało, zarzucają mi korupcję. Wielka ściema, bo niby skąd mają wiedzieć, jak załatwiłem tę rozprawę? Z gazety? Media kłamią jak z nut do soap opery. Bóg jeden wie, co we mnie siedzi, a im się wydaje, że prześwietlili fleszami wszystkie moje myśli. Nie wymyśliliście nic ponad to, czego ja sam o sobie nie powiedziałem. Tylko ja wiem, jak było naprawdę, i nie puszczę pary z ust, bo nie chcę, żeby ktokolwiek sprowadzał moje życie do artystycznej kreacji. Tak się składa, że znam ciężar właściwy egzystencji i mogę zaświadczyć, że ma się on nijak do wagi papieru. Więc nie miejcie mi za złe, że ja, niżej podpisany Jan Reces, będąc w pełni władz umysłowych, świadom znaczenia swoich czynów, niniejszym, tym oto nożem, wykonanym z papier mâché, popełniam harakiri, po raz już chyba enty i jak zwykle nie ostatni, bo tak już jest z ludzkością, która u schyłku dziejów nie potrafi posunąć się do końca. Żebyśmy się dobrze zrozumieli, nikogo nie oskarżam. Albo nie, wróć. Oskarżam was o to, że nie pozwoliliście mi skończyć po swojemu, kiedy jeszcze można się było z wszystkiego wycofać, wszystko odwołać. Jaką ja mam gwarancję, że teraz nic, co mówię, nie zostanie wykorzystane przeciwko mnie? Pal licho, jeśli znowu jakiś apokryf wykręci z tego ckliwą opowieść o życiu i śmierci *nastajaszczewo cziełowieka?* Ale co, jeśli napisze akt oskarżenia? Dlatego odmawiam dalszych zeznań.

*Nie, to nie. Nic na siłę. Nie chcesz ciągnąć tej historii, to nie musisz. Kto inny zrobi to za ciebie.* Co za wścibstwo. A napiszże sam swoją historię, popisz się, sobą zamęczaj innych, teraz akuratnie jest w dobrym tonie prać publicznie brudy. Ameryka! Każda szanująca się gospodyni domowa i nobliwy ojciec rodziny regularnie składają wizytę w pralni na rogu Woronicza. Obnażają się, pokazują najbardziej intymne szczegóły swojej garderoby, a potem paradują po ulicy z menażerią fałszywych wyobrażeń o sobie, które udało im się wygrzebać ze wspólnego kosza na brudy, po trzy złote kilo. Dalej, playboyu obyczajowego striptizu, pokaż, na co stać chłopca z plakatu, wygaszacza ekranu, szepczącego do uszka słodkie kłamstewka na tle relaksującej tapety, zalej swoim egotyzmem internet, zaraź wirusem ekshibicjonizmu generację intronautów. Tylko, spryciarzu jeden, hakerze, nie podszywaj się pod mój nick. Myśl perspektywicznie. A nuż twój blog zrobi furorę i wszystkie przeglądarki będą na niego głosować w konkursie na piątą stronę świata. Może ktoś to wyda i posypią się tantiemy.

*No co wzruszasz ramionami? Myślałam, że chodzi ci o honor. Mąż, ojciec rodziny, właściciel PUdla ma chyba jakiś honor? Trzydziesty za pasem, a ty wciąż nie skołowałeś pieniędzy dla banku.* Stop. A więc to ty za tym stoisz. Moja mała Moni. Powinnaś odwiedzić psychoterapeutę. On by cię wyleczył z grafomanii. Wygadałabyś się na kozetce i miałabyś dość konfabulowania na cały tydzień. À propos, z kim ty tam rozmawiasz? Komu było tak zajebiście? Co ty mu robiłaś? Przyznaj się. A ten koleś, który ci wręczył kopertę, to niby kto? I moja karta kredytowa, skąd się tu wzięła? Przecież odebrali mi ją w izbie wytrzeźwień. Skąd ją masz? Co to, to nie, wszystko bym zrozumiał, ale żeby z policjantem? Ty suko! Czyli, że prasa nie kłamie. Będziesz się musiała z tego wyspowiadać. Najlepiej od razu spisz wszystkie swoje grzechy, żeby niczego nie zapomnieć w konfesjonale – o tu, zostało jeszcze dużo miejsca, więc się tak nie wierć, już kończę, widzę, jak się palisz – dobrze, gaszę światło – w piekle. Na mój temat możesz sobie wydziwiać, proszę bardzo, ale o sobie masz pisać prawdę, samą prawdę i tylko prawdę, niczego nie ukrywając, tak ci dopomóż Bóg. Kto? Zresztą, jakie to ma znaczenie? Powiedz lepiej, gdzie się łajdaczyłaś? Chyba nie w naszym małżeńskim łożu? Pomyślałaś przynajmniej, jak ja się będę czuł? Jak teraz będę spłacał raty za te graty, na których ruch mnie do społu bank i twój absztyfikant? A czy przynajmniej się dołożył? Wstecz? Jasne, że od tyłu, w dupę jebany, kurwa jego mać. Od jak dawna to trwa, co? Ile rat już skonsumowaliście? Na ile etapów rozłożył dotarcie do sedna twojego wyjątkowego jestestwa? Na którym okrążeniu zaliczył lotną premię? Nie żartuję. To, że ironizuję, jeszcze nie znaczy, że mnie to śmieszy. Wcale mnie to nie śmieszy, chociaż wolałbym to spuentować zgrabnym aforyzmem i zamknąć się na zawsze w beczce cynizmu, bo nic nie jest tak ciasne, jak zazdrość. Albo przynajmniej mógłbym unieść się ambicją i odejść z urażoną godnością, jak wielki przegrano-wygrany, ostatni sprawiedliwy, *last man standing*… Zaraz zagryzę tego sterczącego chuja, zjem go z butami, którymi podeptał nasze małżeńskie szczęście. Kurwa, jakie to banalne! Sypialniana tandeta! Śpisz sobie snem sprawiedliwego, jak gdyby nigdy nic, Afrodyta na leśnej polanie, podczas gdy ja stoję nad tobą z doprawionymi rogami, jak jeleń na rykowisku. Co za kurewskie czasy, wszystko musimy widzieć z boku. Psychoanaliza zaprowadziła nasze myśli na manowce, a w samym sercu umieściła kozetkę. Tylko że ta małżeńska sypialnia, to nie jest pokój zwierzeń, ale sala tortur z madejowym łożem dla zazdrośnika. Jedyny ratunek w higienie ciała. Jak pomyślę, że leżę obok pojemnika na spermę jakichś niedojebanych zboczeńców, to chce mi się… Muszę to z siebie zmyć. Szykuj się. Kiedy wrócę, to inaczej pogadamy. Lepiej się pomódl, bo urządzę ci sąd boży. To będzie prawdziwa rozprawa. Żaden tam papierowy rozwód papierowego małżeństwa. Albo dowiedziesz swojej niewinności (przy czym uprzedzam, że wiem już o tobie wszystko), albo czeka cię sromotny koniec i twoja nieczysta krew poleje się litrami.

No to masz prawdziwy target, taki, jak lubisz, nie do przejścia. Kombinuj, jak wymazać z pamięci zdradę. Najprościej zresetować Recesa, wykasować niebezpieczne pliki, zrestartować i zacząć wszystko od nowa – od instalacji Worda 1.0. Krytyczny wyjątek zamiast happy endu. Tylko kto jest jego autorem? On czy ona? A może... Wybiła północ – godzina horrorów. Kosiarz umysłów wyszedł zbierać żniwo.

Zawsze przychodzi, kiedy się kąpie, jakby miał w głowie wbudowany czujnik poziomu wody. Mały Noe, gotowy ratować swojego tatusia przed potopem. Męski szowinistyczny beton powinien pójść na dno. Ale nic z tego, wypłynie – wiadomo, kto mu sprzyja. Męska solidarność, wszyscy tacy sami – On oraz stworzeni na Jego obraz i podobieństwo stoją murem chińskim przed JEJ emancypacją. Historia aż roi się od przykładów zaprzaństwa, na które nie ma miejsca w herstory. Choćby to:

„I dobrnął do Ogygii, gdzie Kalypso bierze
Pod swoją go opiekę, ugaszcza w jaskini
Lat wiele i chce gwałtem, by się został przy niej
Jak małżonek – a za to chce mu dać nagrodą
Nieśmiertelność i postać wiecznie, wiecznie młodą.
Lecz się jej nie udało sobie go zniewolić"*

Oto kwintesencja, jak chłop może pierdolić
Zdrada ujęta w ramy trzynastozgłoskowca

---

* *Ibidem.*

Buhaj alias jałówka, zamiast wilka owca
Pitu, pitu, odwracanie kota ogonem.

Wiecie, co ja na to? Ja to wszystko pierdolę. Jest mi jedno. Niech sobie przychodzi, kto chce.

Przyjdzie na mur beton. Zawsze przychodzi, kiedy się kąpię. Sen jak ściana dźwiękoszczelna, za którą znika zgiełk tego świata, jak rzeka, a właściwie jej drugi brzeg, z którego wszystko wygląda inaczej, odzyskuje właściwe proporcje i kolaboruje z moją wolą na obraz i podobieństwo niemożliwości, a nawet jeśli nie, to wystarczy obrócić się na drugi bok, jakby się zmieniało stronę, tworząc baśniowy kolaż według własnego klucza. Mój powiernik i pocieszyciel, moje ukojenie – sen. Zanurzam się w nim całym swoim ciężarem, poddaję się sile bezładności i dryfuję w stanie nieważności na głębię. *Duc in altum*, jak pierwsi misjonarze, którym po całym dniu bycia ustami niewypowiedzianego zaślepiały się wszystkie otwory, żeby w nocy nie tonąć w bezkresie grzechu, wygasał płomień wiary, by przez nieuwagę nie wzniecić piekielnej pożogi i w ciemności duszy zdać się na nieprzeniknionego. Powieki opuszczają się jak zasłona miłosierdzia na ziemię, a ta zgodnie z wolą biskupa Berkeleya ustępuje miejsca niewidzialnemu, które obmywa mnie na kształt ryby, omiata na podobieństwo ptaka, przygniata do ziemi jak płaza, potępia niczym gada, a mimo to pozwala wegetować amebie mojej duszy, przez którą przeciekają grzechy jak woda przez durszlak. Przez sito leje się woda życia – 2,47 zł za $m^3$ – tylko dla bogaczy. Protestanci mają racje za tę samą cenę, co katolicy, ale ich zarobki są wyższe. Z przeliczenia metrów kwadratowych świętego spokoju na głowę wychodzi większa kubatura nieba. Tu, na wschód od Edenu i Nysy Łużyckiej, nie ma co protestować, trzeba regularnie płacić drakoński haracz za wieczystą dzierżawę, bo jeśli zalegniesz, przyjdzie inkasent z wielkim francuskim kluczem i zakręci dopływ łaski, więc rzucaj na tacę regularnie, a jak nie masz, to ciągnij na kredyt, ile się da, choćby nielegalnie, i nie martw się, że jesteś brudny, wszak wszystko będzie ci odpuszczone, bez kitu i detergentów, bez dogmatów, *sola fide*, co w pewnym kontekście mogłoby się rymować z Midasem, tym od zamieniania wszystkiego, czego się dotknął, w złoto, nawet swojego dziecka nie potrafił uchronić przed zakrzepnięciem w pozłacanej wizji dobrobytu, podczas gdy w głębi duszy marzył o schabowym, niekoszernym dodatku do wzniosłej egzystencji, bez którego życie traci smak. No to mamy ładny portrecik – złotousty, zasiadający na chromoniklowym tronie z jacuzzi, pokutnik, biczowany przez chlorowane łzy, inkwizytor, aplikujący sobie hiszpański masaż na próbie wody, kulminuje w hadwaotycznych bojach o rosołowe z kością. Samozwańczy pomazańcu w gabinecie cieni, paradujący w cylindrze do samego nieba, pod którym tłoki cisną do głowy niebezpieczne myśli o bogoczłowieczeństwie, rusz się, bo przygniatasz Tego, który za ciebie zstąpił do piekieł. No przesuń to zdechłe cielsko. To takie brudne? Leży do góry brzuchem, jak po nokaucie, jakby wszystkie dwadzieścia dziewięć dni zacisnęło się w pięść terminatora i runęło na niego z impetem pięćdziesięciu dwóch tysięcy ośmiuset niutonów, które przyłożone do punktu na wysokości stu siedemdziesięciu sześciu centymetrów robią miazgę z ciała o masie siedemdziesięciu pięciu kilogramów w oczekiwaniu na końcowy werdykt. Proszę wstać, Sąd idzie!

Zawsze przychodzi, kiedy się kąpię.

– Tata, kąpku, kąpku – pyta mały majsterkowicz z zabawkowym młotkiem w ręce, gotowy podreperować życie świętej rodziny, wbijając plastikowe gwoździe w moje dłonie.

– Wskakuj, stary, wody jest dość dla nas obojga.

Ale podrósł, a ta wyporność! Niesamowite, jak dzieci szybko dojrzewają. Nawet się nie obejrzysz, jak zacznie im być ciasno w rodzinnym grobowcu. Będą wierzgać, żeby chociaż na chwilę zaczerpnąć świeżego powietrza, a ty trzymasz je na siłę przy sobie, bo wszędzie dobrze, ale w domu najlepiej się umiera. Tu przynajmniej wszyscy jesteśmy na kupie.

– Dziadku, to Ty? Skąd się tutaj wziąłeś?
– Co za pytanie? Ja tu byłem zawsze.
– W wannie?
– W zaświatach, idioto!
– Jak to? Czyli, że ja...
– Nazwijmy to przeżyciem mistycznym.
– Ale przecież ja... nie zasłużyłem. Do czego to doszło, żebym ja...
– Powiedzmy, że jest to warunek *sine qua non*.
– Co?
– Pewien stary chasyd\* powiadał: „Kiedy wyobrażam sobie, że jestem wielki i sięgam niebios, okazuje się, że Bóg jest odległym Tam, tym odleglejszym, im bardziej się wywyższam. Ale kiedy kładę się w głębi i uniżam moją duszę aż ku najniższemu światu, wtedy jest tuż przy mnie".
– Ale przecież to wbrew kanonowi.
– Jakby ci to powiedzieć, w tych sprawach wszystkie chwyty są dozwolone, jak w seksie.
– Nie bluźnij!
– Ja bluźnię? Pamiętaj, że to ja wymyślam reguły.
– Ale to nie fair.
– Co nie jest fair?
– Niby skąd mam wiedzieć, co ci za chwilę strzeli do łba?
– Musisz mi zaufać, jak kochankowi. W zasadzie to wystarczy.
– *Sola fide?*
– *Sola amor.*
– I to naprawdę wystarczy?

---

\* Mowa o Rabbim Urim ze Strzelisk – cytat za Martinem Buberem z *Opowieści Chasydów*, Poznań 1989, str. 202.

– A czy to mało kochać kogoś tak, żeby chcieć mu oddać wszystko?

– Pod warunkiem, że druga strona zna granice.

– Bez granic. Bezwarunkowa kapitulacja. Pokój bez koncesji i kontrybucji.

– ...

– Fajnego masz synka.

– To twój prawnuk.

– To mój syn.

– Wiesz, czasem też tak o nim myślę. To jakby wcielona na mój prywatny użytek idea zmartwychwstania.

– Dobrze powiedziane, ale do zmartwychwstania potrzeba jeszcze śmierci. Mogę się z nim pobawić?

– Jasne, przecież to twój prawnuk.

– Syn.

Jaki on silny, a jaki zwinny, gibki, jak się wyrywa dziadkowi. To zrozumiałe, widzi go pierwszy raz, ale zaraz się oswoi. Już dobrze, synku? Dzieci się szybko dogadują z dziadkami. To jest jak umowa ponadpokoleniowa, zmowa ponad naszymi głowami. Ty walczysz na wszystkich frontach świata, a na tyłach najbliżsi zawierają pokój wieczny.

– Obywatelu kapralu, szeregowy Jan Reces melduje się na służbie – zażywających kąpieli dwie sztuki: mężczyzna i dziecko, wyścigują się, kto najdłużej wytrzyma pod wodą.

– W porządku. Melduj, jeśli zauważysz jakiś ruch.

Czyli kiedy? Bo mały rojber dokazuje jak małpa w kąpieli. Duracelowy zajączek, śliczny jak z reklamy, „Mamo to ja", nie zna umiaru. Dla niego nie istnieje słowo „koniec". Nie ma prawa, jest tylko nieustanna zabawa – zabawa we wszystko, tylko nie w odpoczynek, w wieczny odpoczynek racz mu dać Panie. Reces in pace.

– I co?

– Nic. Dalej biją rekordy. Ojciec ma chyba większe szanse.

Tatuś poszedł nynu. Elektroniczna niania przeszła w stan hibernacji. Służba nie drużba, nudy na pudy, szeregowy Reces udaje się na spoczynek. Dobranoc. Na pstryk wszyscy zamykamy oczy. Pstryk i zajączek przestaje wiosłować. Cisza. Dobrze. Otwieramy oczy – zajączek leży jak żabka, zastygła z rozpostartymi ramionami. Zamykamy oczy. Uwaga, zaraz znowu powiem: „pstryk" i wszyscy otworzymy oczy. Trzy, dwa, jeden, pstryk. Żabciu, pstryk. Tatusiu, zepsiuł sie ziajączek. *Duracell sed lex*, synku, ale spróbujemy jeszcze raz. Zamykamy oczy i udajemy, że wciąż jeszcze śpimy. Obudzimy się w lepszy czas. A tak między nami, to wiem, że mnie obserwuje. Nie ruszam się, bo on tylko na to czeka. Jeśli tylko otworzę oczy, to tak mnie wystraszy, że chyba osiwieję. Dlatego wcale a wcale nie chce mi się patrzeć. Nie poruszę się za Chiny Ludowe, choćby mnie gilgotał, bo znowu będzie dokazywał, a przecież jest późno i trzeba iść spać. Nie ma co, przechodzę w stan spoczynku. Nadam tylko ostatni komunikat.

– Obywatelu kapralu, melduję, że mały nurek pobił wszystkie rekordy. Już nie wypłynie. Może tak godzinami leżeć na dnie, pod nogami starego.

– To teraz obudź starego.

Po co? Nie muszę się szczypać w policzek, żeby zrozumieć. Wiem, że to nie działa. Już lepiej trwać z zamkniętymi oczami. Przemyśleć sobie to i owo, poukładać, zrobić rachunek sumienia i zaplanować kolejny dzień. Synku, mam pomysł, odtąd całymi dniami będziemy się bawić w chowanego. Liczę do trzech, kryj się. Raz… dwa… trzy… Musisz się dobrze ukryć, żebym cię mógł szukać całe życie. Raz… dwa… dwa i połowa i liczę od nowa, jak u Hioba, tylko że to se uz ne vrati, pane Bohusku. Jest! A jednak, poruszył się. Wypływa na powierzchnię w aureoli z mydlin – aniołek ze skrzydełkami. Wygląda teraz jak latawiec, powiewający nad przeludnioną plażą z napisem: „Tu jestem", tutaj, niżej, jeszcze niżej, w letniej wodzie, nie tu – w Jordanie, w wan-

nie – od łona – I wanna – fiat, Veni Lumen Creator, Mara-
natha. Poczekaj, zawiążę ci na przegubie czerwoną wstą-
żeczkę, a drugi koniec przymocuję do własnego nadgarstka,
żebyś mi nie uciekł. Nie bój się, mam jeszcze dużo tej ta-
siemki w sercu. W końcu sporo tego wyssałem z otoczenia,
jak wilkołak, który chciał przelać na papier jak najwięcej życia, złotousty, który na ostatniej stronie unieruchomił własne dziecko. Chce mi się rzygać, a myślałem, że będę kończyć
w transie. Gdzie on się podział? Trans. Może w Transylwa-
nii? A może w Transcendencji? Błogosławieni, zaproszeni
na transfuzję baranka. Jak własnymi słowami oddać wzno-
szenie się duszy? Translacja?

„Tam jest Jakub, a tam co takiego?

Chcielibyśmy to wiedzieć?

Złote runo włosków odpowiada:

To jest Święty Wit”.[*]

Nie, to pan Bohumil Hrabal karmi gołębie. A poniżej, widzisz? Zmiennocieplny, a raczej jego złuszczona skóra, zastyga w kąpieli. Jeszcze mamrocze pod nosem starą pieśń:

„*Some outlaws lived by the side of the lake...*”[**]

Ale to mi bardziej pasuje:

„Nad wodami Lemanu siedziałem i płakałem...

Słodka Tamizo, płyń spokojnie, nim skończę mój song,

Słodka Tamizo, płyń spokojnie, bo nie mówię długo i cichy mój ton.

Lecz za plecami, w zimnym powiewie wiatru słychać

Grzechot kości, i chichot szeroko od ucha do ucha”[***]

Brzmi jak remake Psalmu[****]? Cóż poradzić? Taki czas, czas
*post modern*, czas *post mortem*, czas rimejków i czas zmartwych-

---

[*] Fragment poematu Bohumila Hrabala *Bambino di Praga*.
[**] Fragment utworu *Not to Touch the Earth* zespołu The Doors.
[***] Fragment poematu T.S. Eliota *Ziemia jałowa*.
[****] Mowa o Psalmie 137, który zaczyna się od słów: „Nad rzekami Babi-
lonu – tam myśmy siedzieli i płakali”.

wstania. Pora zostawić za sobą ziemię jałową i wyruszyć do ziemi obiecanej, cokolwiek by to miało znaczyć. On nie żąda od nas więcej, niż jesteśmy w stanie unieść. Bóg nie chce więcej ofiar z jedynego, umiłowanego syna – zapewnia Ten, który wisi na krzyżu. To dzięki Niemu lecę, jak na lotni zawieszony, rozpięty na krzyżu dziecka bożego. Ale ja nie chcę poręczycieli. Sam spłacę ten kredyt. Tyle razy umierałem na raty, że z rozkoszą osobiście rozliczę się ze śmiercią do ostatniej kropli krwi i odbiorę weksel z banku dusz – nie będzie mnie więcej trzymał w szachu. Halo, jest tam kto? Schodzę do was. Tu przynajmniej drzwi zawsze stoją otworem. *The doors are…* Zresztą, co ja wam będę powtarzał. Sami wiecie lepiej. Żegnam państwa, to był mój ostatni bis. Co z tego, że tylko jeden? Więcej nie zakontraktowałem z producentem tej nieludzkiej komedii. Czas odebrać zapłatę. Albo nie, zostawię to Moni – ona to lepiej załatwi. O taki bis ci chodziło?

# Dzień trzydziesty

## *(wtorek)*

Zamiast posłowia – ostatnia kartka z kalendarza. Przed przeczytaniem wyrwać, a najlepiej zjeść. W ten sposób nikt nie pozna epilogu, nie rozpozna epigona w sobie, w tobie, we mnie. Jeżeli jednak są wśród was odważni, to niech odwrócą kartkę na drugą stronę, gdzie tradycyjnie już autor zamieścił własną receptę na skonsumowanie w takim sobie towarzystwie kolejnego dnia, jednej trzysta sześćdziesiątej piątej roku bankowego, trzydziestej z kolei, dopełniającej jedną dwunastą, będącą tak naprawdę tylko jedną trzechsetną egzystencji przeciętnej hipoteki, co z tego, że trzydziestą siódmą, skoro do finalnej ekspiracji pozostało jeszcze dwieście sześćdziesiąt trzy trzechsetne? Nie ma więc co robić takiego aj waj wokół dnia trzydziestego. A okres wypowiedzenia? – zapytacie. Słusznie, właśnie upływa. Pora wypowiedzieć *sacra* mentalne i pójść do domu.

– Słyszeliście? Nie? Aż boję się wam powiedzieć. – Makler był rozgorączkowany, a jego rozgorączkowanie doprowadzało do obłędu resztę chłopaków z ferajny. Przecież dzisiaj miał dzielić kasę. Tymczasem od półgodziny kręci, chodzi w kółko i nie potrafi wydusić z siebie jednego logicznego zdania.

– Słuchaj – odezwał się Miglanc. – Jeśli nie masz kasy, to lepiej od razu to powiedz, przynajmniej nie będziemy tracić czasu, zajebiemy cię w tri miga i znów będzie po staremu, złota rybko.

– To nie to – przerwał Makler zirytowany, zawiesił głos, po czym wyrzucił z siebie z rezygnacją: – Reces nie żyje. Zabił się wczoraj wieczór. Wcześniej ukatrupił własne dziecko.

– No to masz, Miglanc, materiał na reportaż – skomentował Pyziu.

– Daj spokój, Pyziu. Nie rób wesela z pogrzebu. – Miglancowi nie było do śmiechu. Teraz wszyscy się będą doszukiwać związku pomiędzy jego napastliwym artykułem a tragedią w domu Recesów. – A jego żona? I to drugie dziecko? Miał przecież jeszcze jedno.

– Żyją – wyjaśnił Makler. – Co gorsza.

– To znaczy? – indagował Miglanc, obawiając się najgorszego, na przykład, że Reces oszpecił swoją Moni, jak to się zwykło postępować z kurwami, a przecież...

– Reces pisał pamiętnik – powiedział Makler grobowym głosem. – W związku z tą rozprawą poszedłem do jego domu. Zastałem jego żonę, to ona mi wszystko powiedziała. Nie powiadomiła jeszcze policji. Wyobrażacie sobie, że on tam ciągle leży, w wannie, z podciętymi żyłami, a obok pływa topielec? Leżą tam jak oskarżenie, ale prawdziwy akt oskarżenia – jego pamiętnik jest posegregowany w pudełku. Na każdego coś tam można znaleźć. Mówię wam, nawet dobrze to opisał. Zresztą pożyczyłem sobie jeden egzemplarz, że niby sam ocenię.

– Nosz kurwa jego mać, wiedziałem! – wtrącił się Benek. – Ten gość wyglądał na niezłego schizola.

– Schizol, nie schizol, napisał samą prawdę, niczego nie ukrywając. Może trochę przesadził w paru miejscach, przeszarżował w amerykańskim stylu pod publikę, ale nie można mu odmówić wiarygodności.

– I co my teraz zrobimy?

Zapadła cisza. Co będą gadać? Byli w dupie i już. Jeżeli cokolwiek z tej dupy wystawało, to tylko ręka, ta, która znalazła się w nocniku. Gdzie? W dupie! Jak to w dupie? W dupie, w nocniku, jeden chuj...

– Mam pomysł! – obwieścił nagle Makler. – Kupimy prawa autorskie.

– Co?

– Ona, to znaczy jego żona, jest przekonana, że to fikcja. Myśli, że Reces pisał do niej fabularyzowane listy, dzień po dniu, aż rozrosły się do rozmiarów kroniki. Umyśliła sobie, że pójdzie z tym do wydawcy i w ten sposób złoży mu pośmiertny hołd.

– Ale co to zmienia? – Benek jak zwykle nie łapał. – Przecież, jak to się wyda, to tym bardziej wpadną na nasz trop.

– My to wydamy, ale na łup płomieni. Kupimy od niej prawa do kroniki, a potem spalimy wszystkie kwity Recesa.

– A co na to ona? Nie będzie się awanturować?

– Spokojna głowa, jak już dostanie kasę, to zapomni o bożym świecie.

– À propos kasy – odezwał się uspokojony nieco Miglanc. – Dzielimy coś dzisiaj, czy nie?

– No masz – przytaknął Makler i rzucił na stół spięte gumką pięć pokaźnych plików banknotów. – Dla Miglanca, dla gazety, dla Pyzia, dla polityków i dla Benka. Przeliczcie.

– Nie trzeba, ufamy ci.

– Przeliczcie, bo będziecie musieli oddać część swojej doli.

– A to niby z jakiej paki? – Nikomu nie spodobała się propozycja Maklera.

– A z czego spłacę Moni? – O tak, nie można mu było odmówić racji. Gdyby tylko się dało, na pewno by to zrobili.

– Jest jeszcze jedna rzecz.

– Co takiego?

– Rozprawa – Makler dzisiaj myślał za wszystkich. – Z pewnością na rozprawę przybędą przedstawiciele mediów. Jeśli się dowiedzą o kaźni w domu Recesów, zaczną znowu grzebać w ich życiu, ale tym razem nie będziemy mieli na to żadnego wpływu. Co gorsza, to my staniemy się dla nich smakowitym kąskiem.

– Zostawcie to mnie – przejął inicjatywę Benek. – Umorzy się sprawę i będzie po Recesgate.

– Nie rozumiesz? Dopiero wtedy afera się rozkręci na dobre. Chcesz powiedzieć sądowi, przed kamerami, że pan Jan Reces popełnił samobójstwo, uśmiercając przy okazji synka, wobec czego nie pozostaje nic innego, jak rozejść się do domów. Sio, pani sędzio, bo nie ma już o czym dyskutować. Sio, kochana czwarta władzo. Co było i nie jest, nie pisze się w rejestr, czy jak wy to tam nazywacie – repertorium, a tym bardziej do gazet, chyba że w dziale z klepsydrami. Umarło się, więc umarzamy...

– Nie znasz się – przerwał Benek. – Roszczenie o zadośćuczynienie przechodzi na spadkobierców, gdy powództwo zostało wytoczone za życia poszkodowanego...

– To znaczy?

– To znaczy, że Monika Reces wstępuje w jego prawa.

– Sam widzisz, mądralo.

– Co widzę? – Benek ani myślał się poddawać. – Widzę czystą kartkę papieru, na której można napisać wszystko...

– Tylko bez seansów psychoterapeutycznych.

– ...a zwłaszcza jedno zdanie: „cofam pozew ze zrzeczeniem się roszczenia"...

– Proszę, strach cię pozbawił nawet instynktu samozachowawczego. Za coś takiego możesz wylecieć z palestry – zrzekać się roszczeń bez konsultacji z klientem, pod jego, że tak powiem, nieobecność. Sorry, ale czy wy się kierujecie jakąś etyką?

– ...podpisano: Jan Reces.

– Chyba zwariowałeś. Nie będę fałszował podpisu. Przynajmniej tego mi nie zarzucą.

– Mógłbyś mi dać skończyć – Benek był we własnym żywiole, pływał jak ryba po mieliznach sztuczek adwokackich.

– Już zapomniałeś, jak byliście u mnie pierwszy raz, za to ja pamiętam, jakby to było wczoraj, ale co tam ja, oddajmy głos kronikarzowi. – Zaczął kartkować notatki Recesa, aż w końcu znalazł stosowny fragment.

„– W poniedziałek składamy pozew.
Przytaknąłem i podniosłem się z krzesła, lżejszy o…
– Dwadzieścia jeden gramów? – zapytał, jakby czytał w moich myślach.
– Hę?
– Bez obaw – dodał tonem uspokajającym. – Tu się nic nie zgubi.
– Chyba że dusza – burknął pod nosem Makler.
– Co powiedziałeś?
– Nic, nic, żartowałem.
– Jeszcze tylko proszę tu podpisać.
– A co to? – Przede mną leżała czysta kartka.
– Pełnomocnictwo – wyjaśnił Benek.
– Ale przecież tu nic nie jest napisane.
– Czyżbyś nam nie ufał? – zapytał Makler.
Nic nie odpowiedziałem. Wziąłem do ręki pióro i wykaligrafowałem: «Jan Reces. In nomine Patri et Filli et Spiritus Sancti…»

– Amen – spuentował Benek, posyłając do druku pismo procesowe powoda.
„Cofam pozew ze zrzeczeniem się roszczenia – Jan Reces".
– Amen – zawtórowała reszta.
– Idźcie w pokoju – pobłogosławił ich consigliere. – To znaczy ty, Makler, pędź czym prędzej do wdowy z misją wydawniczą.

„Nigdzie nie pójdę, ni chuja. Taka szansa drugi raz się nie powtórzy. Teraz albo nigdy" – Makler bił się z myślami i trudno mu się dziwić, przecież dzisiaj miał oddać pieniądze Tegesowi. Zwodził go od piątku, chociaż już w piątek wiedział, że z poniedziałkiem to zwykła zmyła, bo niby jak miał go spłacić w poniedziałek, skoro w piątek, zamiast odebrać pieniądze z depozytu, dokupił jeszcze za nie akcje ABC. Zwrócił tylko akcje (a raczej biuro maklerskie samo je odebrało), które pożyczył do krótkiej sprzedaży. Poza tym sprzedał niewielki pakiecik, żeby mieć na dole dla chłopaków. Całą resztę trzymał na lepsze czasy, na hossę, która przyjdzie, na mur-beton, jak tylko przycichnie afera wokół ABC. Zresztą już teraz, zgodnie z jego przewidywaniami, kurs szedł w górę na tyle dynamicznie, by na kilkudniowej zwłoce w wypłaceniu doli zarobić dodatkowe kilkadziesiąt tysięcy złotych. Grupa trzymająca władzę szybko się zorientowała, że przesadziła z wyścigiem do fotela prezesa ABC. Chłopaki siedzą teraz cicho, jak trusie, na ministerialnych synekurach, obawiając się detronizacji, a nie daj Boże ciągania po sądach za narażenie Skarbu Państwa na straty w związku z niefortunną prywatyzacją ABC. Niebawem zaczną się fotografować z prezesem ABC, nadadzą mu order budowniczego Polski kapitalistycznej, eksportują na placówkę dyplomatyczną, tak, a ABC wystawią na targach EXPO, jako wzór rodzimej przedsiębiorczości. Zapomną o aferze. Giełda na to, jak na lato. Z początku inwestorzy zareagują umiarkowanym optymizmem i w miarę, jak z każdym tygodniem ABC będzie krzepła na rynku, wychodząc zwycięsko z kolejnych kampanii świątecznych, zaczną napychać portfele jej walorami, jakby to była polisa na życie, zabezpieczenie emerytalne, fundusz inwestycyjny „Złoty Strzał". Ale on już nie będzie się musiał bić o kolejne emisje. Zgromadził wystarczająco duży pakiet, żeby nie martwić się o przyszłość, chyba żeby chciał inaczej zagrać. No bo czemu nie? Warto sobie to przemyśleć. W końcu nie można całe życie być spekulantem. Kiedyś trzeba dorosnąć i zostać inwestorem. Przestać dreptać po parkiecie, a zacząć dobijać interesów na miękkich dywanach w gabinetach prezesów i w salach rad nadzorczych. Tak, warto awansować do pierwszej ligi, a nuż czeka go kadra narodowa i zagraniczne wyjazdy w asyście prezydenta i premiera. Nie, stanowczo nie powinien się przejmować kimś takim jak Teges. Poza tym Teges powinien go zrozumieć, sam też coś może z tego mieć. Władza lubi niegrzecznych chłopców, a niegrzeczni chłopcy lubią władzę. Wszyscy gardzą frajerami, ale on nie będzie frajerem. „Ni chuja. Nieprędko zobaczycie moje nazwisko na zleceniu sprzedaży. Wpiszcie mnie na listę akcjonariuszy na Walne, a później się zobaczy. Zresztą, co się zobaczy? Najlepiej od razu zarezerwujcie mi krzesło po prawicy prezesa, właśnie tam, a nie pomiędzy jakimiś ćwokami w głębi sali, kurczowo trzymającymi się swoich papierów bezwartościowych".

„Co pomiędzy tymi ćwokami w głębi sali, kurczowo trzymającymi się swoich papierów bezwartościowych, robi taka krasawica?" – kasjer nie mógł oderwać wzroku od niczego sobie-kobietki, stojącej w kolejce do jego stanowiska. „Jakie to szczęście, że wybrała akurat mnie". Trafiło mu się, jak ślepej kurze ziarno, jak estetyczny dodatek do pensji. Zawsze to coś, a tego czegoś jest całkiem sporo pomiędzy jej ramionami. „Daj Boże, żeby otwierała rachunek osobisty". Już on ją odpyta. Będzie się musiała z wszystkiego wytłumaczyć i, przede wszystkim, pochylić nad... „Regulaminem otwierania i prowadzenia rachunków oszczędnościowo-rozliczeniowych"... a jest tego sporo... pisanego drobnym maczkiem, więc nisko, niziutko, o tu, co tu jest napisane? Nie daruje jej żadnego paragrafu, aż nauczy się na *izust'*. „Tu się proszę podpisać i tu i jeszcze tutaj. Pozwoli pani, że teraz ja złożę swój podpis. Proszę nie protestować, takie mamy przepisy i nic na to nie poradzę". Ależ filuterne syrenki figlują na jej biuście. Pozwólcie, że dołączy do was królewicz Wars. „Chyba zaraz wstanę". Musi wstać, tylko po co? Żeby lepiej widzieć. *Powiadam: ta rzeczywistość jest nierzeczywista. Mam ochotę naprzeć na Monidło całym swoim ciałem, przekonać się, czy napotkam opór, czy też przeniknę ją na wskroś.*

– Słucham panią.

Dostojne Monidło wykłada na blat pokaźny plik banknotów, bez słowa zrywa gumową banderolę i liczy, powoli, bardzo powoli, bo królowa nie musi się nigdzie spieszyć, zwłaszcza w sprawach korony.

„Ja cię nie pierdykam, jaka ona dziana. Czy mógłbym zostać pani utrzymankiem?"

– Proszę, dwa tysiące sto złotych na spłatę kredytu, a reszta na lokatę.

„Proszę? Nie musisz o nic prosić. Żądaj, rozkazuj, zrobię dla ciebie wszystko. Chcesz? Sterroryzuję cały bank. Wskoczę na stół i zawyję jak pies: «Everybody hands up, it's the fuckin' robbery», jak w tym filmie. Honey Bunny. Bonnie & Clyde".

– Pani nazwisko.

– Reces. Moni Reces, ale możesz mi mówić: Mercedes, chłopcze.

El-Bros Building jak stał, tak nadal stoi, hardy jak stal, pęczniejący z dumy, nachapany po sam dach śmiertelnikami. Plujcie sobie w brodę, zwłaszcza wy, którzy zupełnie przypadkowo znaleźliście się w tej szklanej pułapce i przez weneckie lustra obserwujecie życie po drugiej stronie. Dzisiaj ujawnimy tajemnicę jednego z was, to znaczy kogoś, kto niebawem przestanie być jednym z was, a zacznie być jednym z nich. Nie wściekajcie się – drżyjcie, bo najwyższy czas rozwiązać zagadkę Recesa. Kto pod wieczór chodzi na trzech nogach? Znacie to? Pewnie, że znacie. Tylko że to nie to, co myślicie, bo pijany ze szczęścia człowiek w ogóle nie potrzebuje nóg, a dla delikwenta, pod wpływem, nawet cztery nogi to za mało. Otóż na trzech nogach chodzi stolik, na którym tańczą literatki, wypełnione napojem wyskokowym. Coś takiego trzeba przecież opić, zgodnie z tradycją wyborową jak nałóg. Ale z nałogiem trzeba walczyć, więc pan redaktor konsekwentnie od kilkunastu lat stawia na młodą prozę polską, wierząc, jak ten Symeon, że jeszcze dożyje nadejścia Mesjasza, który wprowadzi naród wybrany do światowego dziedzictwa. No i doczekał się, tak mu się przynajmniej wydawało, bo to nie mógł być przypadek, że właśnie w tym dniu, kiedy, zwątpiwszy w sens swojej misji, postanowił zwolnić się z wydawnictwa, znalazł na blacie recepcyjnego biurka kopertę z adnotacją: „Dla Sz.P. Redaktora – ł.o.r." Już w windzie zajrzał do środka. Nie mógł się powstrzymać, ręka go świerzbiła jak cholera, a przecież nigdy tego nie robił w windzie. Masz ci los, zakleszczył się, winda stanęła pomiędzy piętrami i zanim go uwolniono, zaliczył piętnaście orgazmów nad pierwszymi piętnastoma rozdziałami. Pozostałe osiem przeczytał już przy biurku. To było to, musiał dotrzeć do autora tej kroniki, tylko gdzie szukać Jana Recesa? Całe szczęście, że są jeszcze brukowce. Z jednego z nich dowiedział się o istnieniu Moniki Reces. To był strzał w dziesiątkę. Kobieta, oczywiście, kiedy tylko zwietrzyła pismo nosem, zgodziła się na współpracę. Ale targowała się, jakby sama to napisała. W końcu jednak dobili targu i wspólnymi siłami odnaleźli Recesa w Warszawie. Kiedy to było? W zeszły piątek? Bingo. Pozostało tylko dopisać cztery rozdziały i wypuścić na rynek...

– Pan wie, że to będzie bestseller? – zwrócił się redaktor do swojego gościa.

– Wiem albo nie wiem – gość najwyraźniej miał już dość wódki.

– O ile nie zmaścił pan końcówki.

– Prrr... prrr... – Tak, ponad wszelką wątpliwość gość przeholował z alkoholem.

– Przealkoholowałeś, stary – skomentował ze swadą redaktor. – Jak w *Kronice*. Mam tylko nadzieję, że niczego mi tu nie obrzy...

Nie dokończył, przerwał mu telefon komórkowy jego gościa. Rozdzwonił się na stoliku. Oczywiście, że szanował czyjeś prawo do prywatności, wiedział, gdzie są granice, których przekroczyć nie wolno, ale przecież nie chodziło o zwykłe wścibstwo, tylko artystyczne, powodowane biograficzną skrupulatnością.

– Halo – redaktor odezwał się niepewnie do słuchawki. W odpowiedzi usłyszał zadziorne kobiece: „Kto mówi?" To podziałało na niego jak płachta na byka. – To ja pytam: kto mówi?

– To ja, panie mecenasie – kobieta zmieniła ton, widać przywykła do uległości. Dominika? – Jest tutaj ten Makler i pyta o jakąś rozprawę.

– Przepraszam, to pomyłka. To znaczy, nie pomyłka, ale... – redaktor się zmieszał – już przekazuję słuchawkę panu mecenasowi.

Trochę to trwało, zanim go dobudził, zwłaszcza że równocześnie sam musiał się przebudzić z letargu. W końcu się jednak udało.

– Halo? Dzień dobry, pani Dominiko. Proszę mu powiedzieć, że cofnąłem pozew i sąd umorzył postępowanie... Tak, zgodnie z planem... Na sali nie było żadnych dziennikarzy. Rozeszli się, jak tylko im zapowiedziałem, że sprawa spadnie... Do widzenia – mecenas odłożył słuchawkę.

– Czegoś tu nie rozumiem – zaczął po chwili redaktor. – Jeżeli pan jest mecenasem, to kto jest Recesem?

– Przecież Reces nie żyje. – Mecenas powiedział to takim tonem, jakby to było oczywiste.

– Być może, ale nie miałem jeszcze okazji o tym przeczytać – tłumaczył się redaktor. – Mam nadzieję, że nie zrobił pan z tego sensacji.

– Skąd. Reces to postać fikcyjna. Zresztą, jak wszystkie postaci, a ewentualne podobieństwa są tu czysto przypadkowe – tłumaczył mecenas, po czym dodał z przekąsem: – Widzę, że będę musiał to wyjaśnić na wstępie oraz to, że autor nie ponosi odpowiedzialności za skojarzenia i ich następstwa. – Rozłożył ręce w geście pojednania. – Wie pan, chcę nadal wykonywać swój zawód. À propos, mogę jeszcze coś dopisać.

– Jasne. Tu ma pan maszynopis – redaktor podał wydruk z inskrypcjami autora.

Mecenas skreślił kilka słów na stronie tytułowej.

– Co to jest? – zapytał redaktor.

– *Ricie Prosper za niewierność* – wyjaśnił. – Gdyby nie jej zdrada, nigdy bym nie znalazł czasu na pisanie. Ale teraz, kiedy prosperita wróciła, a Reces Jan umarł, trzeba zabrać się za poważne zajęcia, pora wrócić do kancelarii, świadczyć usługi dla ludności. Idę do PUdla – tam jest moje miejsce.

– Pan raczy żartować.

– W istocie, jak te chłopaki spod supermarketu…

„Stawiam świat na głowie, do góry nogami,
Na odwrót i wspak bawię się słowami,
Na białym czarnym kreślę jakieś plamy.
Jutro będę duży, dzisiaj jestem mały".*

– Ale ja pytam poważnie – naciskał redaktor. – Co z prawami autorskimi, panie mecenasie?

– Prawo cytatu – mecenas przerwał tę wyliczankę. – Przecież napisałem… No tak, tylko że pan nie doszedł jeszcze do dwudziestki dziewiątki.

– OK, co się tyczy pozostałych, to w porządku. Ale Hrabal? Przecież pan cytuje ponad jedną trzecią jego utworu.

– Pożyjemy, zobaczymy. A jeśli wybuchnie afera, to też dobrze. Wszak skandal jest najlepszym narzędziem marketingu.

– Coś mi się wydaje, że ta myśl przyświecała panu przy pracy nad całą *Kroniką* – zauważył złośliwie redaktor.

– Nie potwierdzam, nie zaprzeczam… Ale na mnie już czas. Moni czeka.

---

* Fragment utworu *Wieża radości, wieża samotności* zespołu Sztywny Pal Azji.

– Jaka Moni? Przecież Reces nie istnieje – redaktor tracił grunt pod nogami. Mimo to kontynuował. – A skoro Reces nie istnieje, to i nie ma Moni, ale w takim razie z kim się spotkałem w ubiegły piątek? Komu wręczyłem zaliczkę? I, przede wszystkim, co ja tutaj robię?

– Widzi pan. Teraz sam pan musi uwierzyć w istnienie Monidła i żyć z tą wiarą całe życie – to powiedziawszy mecenas wstał i skierował się do wyjścia. – Do zobaczenia na promocji – rzucił od drzwi. – Niech pan się tak nie gryzie, przyjdę z Moni. Jak wiadomo, miała spory wkład w *Kronikę*.

A co? Co z tego, że sam wszystko napisałem? Ważne, że Moni była dla mnie inspiracją, kiedy za chlebem goniłem w czas recesji po stolicy, jak *Bambino di Niniwa* (co z tego, że nie ma takiego miasta, Złotej Pragi też już nie ma), a potem, wieczorami, ślęczałem nad klawiaturą, szukając wsparcia u ulubionych autorów, bo tylko im mogłem zaufać w tych sprawach, zamknięty na cztery spusty w kancelarii, która na noc zamieniała się w sypialnię z nadmuchiwaną... (wiem, co macie na myśli, ale to nie to) kanapą. I tak do piątej, bo skoro świt wstawałem, by nasłuchiwać sygnałów nadchodzącego dnia i uprawiać ten nasz flirt – romans w internecie, czatować na cnotę, na *cosi fan tutte*, penetrować zerojedynkową erpegrę, gdzie wszystko jest zarazem fałszem i prawdą, ja jestem Conanem, a ona Xeną – królową amazonek, policjantem i złodziejem, kotką i miśkiem, Czekoladowym Psem i Larą, ale wystarczy zdjąć wierzchnią warstwę, przebić się przez gotycki mur, zedrzeć fakturę fabuły, by odkryć puls naszych ciał i dusz, które rozdzielało trzysta pięćdziesiąt kilometrów torów i dwie godziny czterdzieści minut podróży. Najwyższy czas zredukować ten dystans do zera, właśnie dziś, w trzecią rocznicę śmierci naszej córki i drugą narodzin syna – to im dedykuję tę książkę, bo to oni są wcieleniem idei zmartwychwstania na mój prywatny użytek. Nie pytajcie jak tropiciele tanich sensacji: kto kogo zabił? Nie wińcie Boga. Myślicie, że Ojciec nie wolałby zamienić się miejscami ze swoim Dzieckiem? Spójrzcie na to w ten sposób i powiedzcie: kto poniósł ofiarę? *Sola amor* i świętych obcowanie – oto jest moja odpowiedź. Niby jesteście daleko od siebie, a jednak nie przestajecie z sobą rozmawiać, jak w internecie, tylko bardziej metafizycznie. I jeszcze jedna różnica – tutaj krytyczne wyjątki dopiero otwierają cię na eksplorowanie. *„The doors are opened"*. A zatem…

*Lecę. Niebieski autobus już czeka. „Panie kierowco, dokąd mnie pan zabiera?" Game over. W tle może iść:*

*„C'mon baby take a chance with us*
*C'mon baby take a chance with us*
*C'mon baby take a chance with us*
*And meet me at the end of the blue bus"\*,*
*ale niekoniecznie.*

Pan redaktor stał przy oknie, obserwując oddalającego się Recesa. Recesa? Pal licho, dla niego na zawsze pozostanie Recesem. Nagle całym biurowcem El-Bros Building wstrząsnęła potężna eksplozja. „Czyżby to była prawda?" – pomyślał przerażony. Zauważył jednak, że wszystkie okoliczne budynki drżą w posadach. „A więc to nie jest zwykły zamach. To Armagedon. Lepszego końca Reces nie mógł sobie wymarzyć". W istocie, lecz pan redaktor nie podejrzewał najważniejszego. Nie wiedział, że właśnie stał się świadkiem wybuchu rewolucji grafomańskiej, która wstrząśnie światem. Nikt z nas tego jeszcze nie wie. No, może z wyjątkiem Recesa… oraz jego dziadka. Dziadku! Czas na finał.

„Chrystus w białych tenisówkach
będzie siedział ze skołowaną głową,
będzie sądzony za aforyzmy o rebelii,
kiedy jeszcze wędrował wokół jeziora

---

\* Fragment utworu *The End* zespołu The Doors.

teraz widzę, że jemu też wybuchał granat,
gdy kroczył między ludźmi bez koszyka,
i że pokazał, jak iść za swoim aż na skraj pieca,
dzisiaj widzę, że to był on,
który sobie zafarbował włosy na zielono
i poszedł do opery
że to był on, który przechadzał się po murku, bulwarem,
i prowadził langustę na sznurku
że to był on, który w Szwajcarii ogłosił:
Na waszą przyjaźń, na waszą społeczność,
na waszą rodzinę, na waszą miłość: Gówno!,
że to był on, który tańczył w teatrze nagi,
tylko z kornetem na głowie,
że to był wszędzie on,
gdzie tylko wybuchał skandal,
i gdzie się cięło płótno na sztandary wolności.
I że to był chyba on,
który przeciwko sobie
podniósł czerwony sztandar krwi.

Kto wie?" *

---

* Fragment poematu Bohumila Hrabala *Bambino di Praga*.